《城市寻人电台》是一则惊险、紧张的政治寓言……既有奥威尔和赫胥黎的影子，又有惊人独创性的想象。丹尼尔·阿拉孔创造了一个凶险又脆弱的世界，里面的人物形象被赋予了才能与差异。叙述的广度和故事的紧迫感都显示出阿拉孔是近年来最令人兴奋、最具抱负的作家之一。

——科尔姆·托宾

这部极具野心的处女作机敏地描绘出战争所带来的难以泯灭的恶果。

——《出版人周刊》

《城市寻人电台》从出人意料的角度切入描写宏大主题，展现人类生存条件的恐慌，书中的每一个句子都如斯特拉迪瓦里斯小提琴一般精美，这些特点令读者阅读阿拉孔就像阅读约翰·斯坦贝克或加西亚·马尔克斯一般。

——《明尼阿波利斯星论坛报》

阿拉孔讲述了一个关于战争带来的道德、心理和情感创伤的故事，故事恐怖隐秘而又触动人心。

——*Elle*

阿拉孔的作品，既有宏大主题，即巧妙地将丛林和都市，政府和游击队，贫困阶层和精英阶层这些不同的世界联系在一起，又不牺牲精心塑造的人物形象。

——《华盛顿邮报》

阿拉孔笔下没有英雄，叛乱分子不是，士兵和政府也不是。他将大量的文学技巧注入到对双方的冷酷自私和遭到双方迫害的受害者的残酷思考中。

——《芝加哥论坛报》

阿拉孔描绘的不仅是战争直接带来的恐惧，而是战争引发的日常的谜题和困惑。

——*Time Out*（纽约）

鲜有新作家能够如此富有技巧地处理多个不同的主题——历史，悬疑，警世故事——或协调不同主题使其同时展开。《城市寻人电台》干得漂亮。

——《洛杉矶时报》

城市寻人电台

Lost
City Radio

[美国] 丹尼尔·阿拉孔
Daniel Alarcón / 著
成云 / 译

译林出版社

愿你的在天之灵安息

贾维尔·安东尼奥·阿拉尔孔·古兹曼

1948—1989

被处决的是人民，行刑的也是人民；“人民”这一概念既含糊松散，又无比精确。这里没有捷径，也根本就不可能有捷径。

——卡洛斯·蒙西瓦伊斯

目录

第一部分

第一章

星期二的早晨，因为一个被遗弃在电台门外的男孩，诺玛在播音的中途被打断了。男孩安静而瘦弱，随身还带着一张纸条。电台的前台接待员让他进来了。为了这个男孩，电台里召集了一场会议。

会议室里光线明亮，站在这里可以鸟瞰整座城市，一直看到东部的群山。诺玛走进会议室时，埃尔默正坐在桌前揉着自己的脸，仿佛刚被人从一场浅睡中叫醒。他冲她点点头，打着呵欠，从衣袋里取出一只药瓶，双手拨弄着药瓶的盖子。“莱恩·杰西，去倒点水来，”他低声吩咐他的助理，“还有，把这些烟灰缸倒干净。”

男孩坐在埃尔默对面的一把硬木椅上，低头凝视着自己的脚。他身形瘦弱，眼睛在脸上显得很小，他剃着光头——诺玛猜测那是为了除去头上的虱子。男孩的嘴唇上方已然出现了淡淡的胡须痕迹。他穿着一件破旧的衬衫，裤脚没有缝边，裤腰用一根鞋带系着。

诺玛坐在离男孩最近的地方，背对着门，面对着外面白茫茫的城市。

莱恩捧着一大壶水回来，水壶里充满了泡沫，略呈灰色。埃尔默给自己倒了一杯水，吞下了两片药片。他掩嘴咳嗽了两声。“我们开门见山吧，”待莱恩入座后，埃尔默说道，“诺玛，很抱歉打断了你的新闻节目，但我们想让你见一下维克多。”

“孩子，告诉诺玛你多大了。”莱恩说。

“我十一岁——，”男孩用几乎听不见的声音回答，“——半了。”

莱恩清了清嗓子，迅速地瞥了一眼埃尔默，仿佛在征询他的许可。看到他的老板点了下头，他开始发话：“真是大好年华！”莱恩说，“你是来找诺玛的，对吗？”

“是的。”维克多回答。

“你认识他吗？”

诺玛并不认识他。

“他说自己来自于丛林地带，”莱恩接着说，“我们觉得你可能想见见他，为了你的节目。”

“太好了，”她说，“谢谢你！”

埃尔默起身向窗前走去。映衬着窗外明亮的风景，他背影的轮廓依稀可辨。诺玛十分熟悉窗前的景象：窗外的城市默默地向地平线深处延伸。将额头抵在窗户玻璃上，下面的街道一览无余：宽阔的街道上交通拥挤、人来人往，公共汽车、摩托车的士和运蔬菜的车川流不息；还可以看到人家的屋顶：在生锈的鸡笼旁，绳上晾满了衣服，老人在牛奶箱上打牌，狗在愤怒地狂吠，牙齿暴露在潮湿凝重的海边空气里。有一次，诺玛还看到过一个男人坐在自己黄色的安全帽上抽泣。

埃尔默对他眼前的一切并不关心。他转过身来面对着他们。“诺玛，他不仅仅来自于丛林地带。他来自于1797村。”

诺玛瞬间绷直了身体：“埃尔默，你说什么？”

他们都知道那个真实的流言：在那片绵延的坟场，无名的村民们被谋杀后胡乱抛尸。他们永远不会对此进行报道，从未有人报道过这件事情。多年来，他们始终对此保持缄默。诺玛觉得心中一沉。

“或许并没有什么，”埃尔默说，“给她看那张纸条。”

维克多从衣袋里掏出一张纸条，是之前他给前台接待员看的那张。他将纸条递给埃尔默。埃尔默戴上眼镜、清了清喉咙，大声念着纸条上的字句：

尊敬的诺玛小姐：

这个孩子名叫维克多，来自于东部丛林地带的1797村。我们这些1797村的居民筹了一点钱，将他送到城市里。我们希望维克多能过上更美好的生活。他如果继续留在村里，将没有前途可言。我们恳求您能帮助我们。随信附上一张本村失踪人员的名单，或许当中有人能够照顾这个孩子。我们每个星期都准时收听您的节目——“城市寻人电台”。我们都热爱您的节目。

您最忠实的听众

1797村

“诺玛，”埃尔默说，“很抱歉。我们希望能够亲自告诉你。这个孩子能用来做一期很好的节目，但我们想事先提醒你。”

“我没事，”她擦了擦自己的眼睛，做了一次深呼吸，“我很好。”

诺玛对数字深恶痛绝。过去，每个村镇都有自己的名字：从不知猴年马月流传下来的中规中矩的名字，读起来掷地有声。然而现代化席卷了一切，即使最偏僻的村落也不能幸免。这都是由于政府推出的一项战后新政策，他们声称人民忘掉了过去的体系。诺玛对此十分好奇。“你知道你的家乡过去叫什么吗？”她问男孩。

维克多摇了摇头。

片刻，诺玛闭上了自己的眼睛。或许是大人教他这么回答的。战争结束后，政府没收了老版的地图。国家图书馆的地图被下架，私人收藏的地图被上缴，学校课本里也删除了关于地图的内容，随后这些地图被付之一炬。诺玛曾经在电台里报道过，她与激动的民众一起聚集在新镇广场目睹此事。曾经，维克多的家乡也有过自己的名字，但是现在被遗忘了。在反政府军兵败前夕，她的丈夫雷尔在1797村附近失踪。这已经是十年前的事情了，那时国内的暴乱已经接近尾声。她仍然在等待他回来。

“诺玛小姐，你还好吗？”男孩细细的声音问道。

她睁开了眼睛。

“这孩子真懂礼貌！”莱恩感慨道。他俯下身来，手肘撑在桌子上，摸了摸男孩光光的脑袋。

诺玛等了片刻，在心中默默地数到十。她捡起了那张纸条，重新读了一遍。纸条上的字迹工整而慎重。她仿佛看到村委会专门召集了一次会议，讨论决定谁的字迹最漂亮。多有人情味啊。纸条的背面有一长串名单，上面写着“我们失踪的同胞”，最后一个字结尾的笔画上扬，带着一种乐观的情绪。她无法继续读下去。每个名字的背后都曾经有一个鲜活的人，如今却只是一个冰冷的代码，既无面目，也无灵魂，等待着在电台节目中被念出来。她把纸条还给了埃尔默。这一念头令她莫名地疲倦。

“你认识这些人吗？”埃尔默问男孩。

“不全认识，”维克多回答，“认识几位。”

“谁带你来的？”

“我的老师。他叫马诺。”

“老师人呢？”莱恩问。

“他走了。”

“他们为什么送你来这儿？”

“我不知道。”

“你母亲呢？”诺玛问。

“她过世了。”

诺玛闻言向男孩道歉，莱恩详细地记下了谈话的内容。

“那你父亲呢？”这次是埃尔默发问。

男孩耸了耸肩，问：“能给我倒点水吗？”

埃尔默给男孩倒了一杯水。维克多大口地喝着，不断有水沿着嘴角漏出来。喝完以后，男孩用衣袖擦着自己的嘴。

“这里还有呢，”埃尔默微笑着说，“多喝点。”

然而维克多摇了摇头，眼睛看向窗外。诺玛跟随着他的视线向外看。

已经是隆冬季节，城市黯淡无光，山脉柔和的轮廓消失在雾霭里。什么都看不清。

“你希望我怎么做？”诺玛问。

埃尔默努了努嘴，示意莱恩带走男孩。维克多顺从地起身离开了会议室。当会议室里只剩下他和诺玛时，埃尔默才再度发话。他挠了挠自己的头，举起了药瓶。“你知道的，这些是抗压力的药。医生说我的工作时间太长了。”

“的确如此。”

“你也是。”他说。

“埃尔默，你怎么想？”

“我们的节目最近不太顺利，”他顿了一下，斟酌着措辞，“我这么说对吗？”

“最近六个星期，只有两个家庭通过我们的节目找到了他们失踪的家人。人们往往不愿意在这时候回归家庭。到了春天，情况往往会好转的。”

埃尔默皱了皱眉，收起了他的药瓶。“诺玛，这个孩子很好。你听到了吗？他的声音很悦耳，听上去很无助。”

“他几乎没说什么。”

“等一下，你听我说。我在想，这个星期天我们可以做一期大型节目。我知道1797村对你来说很敏感，我尊重这一点。这正是我想亲自将你介绍给这个男孩的原因。他对那场战争一无所知。他太小了。诺玛，这个星期和这个男孩待在一起。不会很难的。”

“他的村民们怎么办？”

“他们？他们会来的，或者花钱雇几个演员客串也行，他不会发现的。”

“开玩笑！”

埃尔默将手放在她的肩膀上。他的瞳孔又小又黑。“诺玛，你是了解我的：我多半在开玩笑。你忘了，我已经不再是一名电台人了，我现在是一名商人。如果找不到任何人来照顾这个孩子，我们必须把他送回去，车票我们来买。我们也可以把他送到修女那里。关键在于，他有助于我们的节目。我们需要这个，诺玛。”

“他的老师怎么办？”

“他？混蛋一个！他居然遗弃儿童，应该被判入狱。我们也可以邀请他星期天来参加节目。”

诺玛看着自己苍白的双手，手上皱纹累累，这是过去的她无法想象的。毕竟，这正是衰老的迹象之一。

“你怎么了？”埃尔默问。

“没什么，我只是累了。让一个遗弃孩子的人接受惩罚……这不是我活着的意义。”

埃尔默咧嘴一笑：“亲爱的，那你活着的意义是什么呢？”

看诺玛并没有回答，埃尔默将手放在了她的肩上：“诺玛，这就是生活。”

“好吧。”她思索了片刻回答。

“太好了！你能暂时收留他吗？”

“你想让我看孩子？”

“算是吧。”

“那么给我一个星期的假。”

“一天。”

“三天！”

埃尔默摇了摇头，微笑着说：“两天吧。我们改天找时间再聊。”他已经站了起来。“诺玛，你为我们电台做出了杰出的贡献。很了不起。我们感激你所做的一切，大家都很爱你。”他在门上敲了几下，一会儿，莱恩带着男孩回来了。埃尔默愉快地笑了，摸了摸男孩的头。莱恩让孩子坐下。“回来了，我的孩子！”埃尔默嘱咐道，“孩子，你暂时跟诺玛回家住一段时间。她人很好，你什么都不用担心。”

男孩看上去有点害怕。诺玛笑了，随后埃尔默和莱恩出去了，只留下了她和男孩。纸条还留在桌上。她将纸条收进衣袋。维克多注视着窗外那片辽阔平滑的天空。

诺玛的声音是她的无价之宝，成就了她的事业，决定了她的命运。埃尔默称它为能产生共鸣的金嗓子。雷尔失踪前曾经说过，每次听到她说早上好，他都会再一次爱上她。他说，你应该成为一名歌手，尽管她唱歌时经常走调。诺玛一直为电台工作，起初是一名记者，后来成为新闻播音员，播报那些轮到她来宣布的坏消息。她天赋异禀，熟知什么时候应该让声线颤抖、什么时候应该拖长尾音，以及哪些句子需要一字一顿，仿佛这些句子正经受烈焰锤炼一般。播报最坏的消息时，她语气轻柔、缓缓道来，仿佛在念一首诗。维克多来到电台的那一天，巴勒斯坦发生了一起自杀性爆炸，西班牙的海岸出现了一次石油泄漏，美国诞生了一名新的棒球冠军。这些事件并不特别，对于这个国家也毫无影响。在诺玛看来，播报国际新闻是一种掩饰，每天发生的国际大事只能证明我们这个国家是多么的不重要：一个位于世界边缘的国度，一个历史上没有的乌托邦。对于国内新闻，她必须遵循电台的政策，也是这个国家的政策：客观地播报好消息，乐观地播报坏消息。诺玛比任何人都擅长此道；经过她的播音，失业数据仿佛是苦中作乐的咏叹调，对敌人宣战像一封含情脉脉的情书，泥石流则成为对神秘的大自然充满敬畏的沉思，背后掩盖着二十人、五十人，甚至一百人因此丧生的真相。她工作日的生活井然有序，上午播报国内外新闻：公共汽车从盘山公路翻滚下去、河畔的贫民窟传来枪声，以及远在天边的其他国家的消息。她星期六休息，星期天的夜晚则回到电台主持她的招牌节目“城市寻人电台”，一档专门为寻找失踪者而制作的节目。

这个节目的创意很简单。多少难民辗转来到了这座城市？他们当中多少人与家人失去了联系？几十万？数百万？电台不失时机地推出了这一节目。在节目播出的数十年间，诺玛藉此寻找她失踪的丈夫。埃尔默说，诺玛的行为已经涉及利益冲突，但他仍然决定让她主持这一节目。诺玛的声音获得了全国人民的高度信赖和由衷的热爱，尽管她自己也说不清为什么。自从战争结束以来，每个星期天的夜晚做节目的一个小时里，诺玛接到形形色色的人打来的电话。他们以为诺玛拥有一种特殊的力量，可以预知未来、洞察一切，能够帮助他们从偌大的城市里找回失踪的家人。那些素昧平生的听众直呼她的名字，渴望得到她的聆听。他们说，我的哥哥几年前离开村子，去城市里找工作。他的名字叫……他住在……他以前给我们写过信，但后来战争爆发了。为了避开战争这个不愉快的话题，诺玛往往会及时打断他们，问一些别的问题，例如母亲做的饭菜的香味、风在山谷里呼啸而过的声音、村里的河流，以及天空的颜色。随着她的发问，他们仿佛重新回到了乡村生活，重温了他们留在身后的一切，并邀请他们失踪的家人一起回忆：哥哥，你在听吗？诺玛仔细聆听着，用她甜美的声音重复着失踪者的名字。这时，很多个电话会打进电台，孤独的红色信号灯闪个不停，背后是一个个渴望被亲人找到的人们。令人悲哀的是，这其中也不乏一些冒名顶替者。

“城市寻人电台”成为国内最受欢迎的节目。每个月，电台里都有三四次盛大的重聚，这些都被记录下来，并大肆庆祝。人们的感情十分真挚：他们风尘仆仆地从城市边缘局促的家中赶到电台，带着咯咯叫的母鸡和满袋的大米，这些都是送给诺玛小姐的礼物。在电台的停车场里，他们彻夜饮酒、载歌载舞。他们排成队挨个感谢诺玛，她则一一问候他们。他们善良而谦卑。当遇到诺玛的时候——不是在见到她的那一刻，而是在听到她声音的那一瞬间——他们不禁泪眼婆娑。摄影记者为他们拍了照片，埃尔默负责将最好的照片都张贴到露天广告牌里。这些单纯而愉悦的笑脸点缀着城市曲折的天际线，曾经失散的家人如今重聚在一起，每个人的脸上都带着灿烂的笑容。诺玛本人从未出现在照片里，埃尔默觉得最好能保留一点神秘感。

自战争结束以来，这是唯一一家现存的国家电台。反政府军被击败后，记者们都被囚禁了。诺玛的很多同事都被判入狱，甚至面临更糟的命运。他们被流放去了“月球”，其中一些人失踪了，他们的名字成为禁用词。她的丈夫正是其中之一。每天早晨，诺玛播报着经过政府审批的假新闻；每天下午，她提交次日的新闻清单，等待当局审批。诺玛并不因此而觉得受辱。她无法改变这个世界，因此她等待着星期天的到来。诺玛曾经想象着，或许哪个星期，雷尔会亲自打电话进来。他或许会说，我在丛林里迷了路，还失去了我的女人，我此生的挚爱，她的名字叫诺玛……如果他还活着，他一定躲起来了。战争结束后的几个月里，他被控几项严重的罪名。报纸和电台公布了一张通敌者的名单，列出了他们的姓名、别名以及被控的罪行。雷尔被指控为一名暗杀者和情报分子，涉嫌挑唆公众，是焚烧轮胎的始作俑者。那张名单在电台里播报了三个多小时，法令规定此后这些人的名字将不得被提起。反政府军已经战败，国家正在试图彻底遗忘这场战争。

这天晚上，诺玛收拾了自己的东西，带着男孩一起回家。她的公寓在城市的另一侧，乘公交车需要一个小时。维克多看上去很茫然。诺玛设身处地地想象着自己是这个孩子，突然来到这座喧嚣而肮脏的陌生城市，觉得维克多的沉默是种力量。整个下午，男孩都在播音室的沙发上睡觉，每隔几个小时醒来一次，忧郁地看着她。除了要水喝以外，他几乎没有说过话。有一次，她在播报新闻时朝他眨了眨眼，但他没有任何反应。现在，她牵着他的手乘车回家，不禁想起了丛林：雷尔的丛林。她只在照片上看过它。那是一片喜忧参半的土地，既令人恐惧，又令人喜悦。在维克多的家乡，反政府军的势力曾经很强大。他们在茂密的森林里搭建了军营，组织印第安人反抗政府。他们将武器和炸药藏在肥沃的土壤里，至今可能仍在那里。

公交车缓缓地在街道上行驶。这座城市在演奏一首不成调的奏鸣曲，汽车的喇叭声、汽笛声和引擎声交织在一起，声声入耳。邻座的男人沉入了梦乡，耷拉着脑袋，怀里紧抱着公文包。一名壮实的男孩站在车厢里，看上去比维克多略为年长，横眉怒目，当众数着钞票，没有人敢上前去抢。每天，公交车上都重复着同一幕景象，但是诺玛忽然意识到她应该带维克多去搭出租车或者城际列车的。对于从丛林地带的村里来的孩子，这也许太不可思议了。诺玛猜得没错。她意识到维克多正试图挣脱自己的手。诺玛紧紧地握住他的手，低头严肃地对他说："小心点。"

他愤怒地瞪着她，挣脱了她的手，在面前挥了挥手。公交车猛地停了下来，维克多趁机冲出车门，逃到了街道上。

诺玛只能跟着他下车。

已经是黄昏时分。男孩惊慌失措地沿着人行道奔跑，背影时而消失在暮色里。他的脚步在水泥路面上发出嗒嗒的声音。诺玛从未来过这里，街道异常安静。两边的建筑低矮而敦实，十分牢固，仿佛会因为不堪自身重量而下沉一般。水泥墙面上画着彩色的粉笔画。维克多撒开瘦长的腿在街道上奔跑，诺玛根本追不上他。

诺玛现在应该知道这座城市的布局了。她在这里出生长大，但这座城市衰败了不少，战后尤其如此。现在，这已经是一座完全陌生的城市。一位白发苍苍的老人从附近的门口走出来，他穿着一件黄色的背心，外面罩一件灰色的薄外套。他问诺玛："女士，那是您的儿子吗？"

在橙色的路灯下，维克多小小的背影蹦跳着跑向远方。诺玛点了点头。

"请恕我冒昧。"老人说。他伸出两根手指压在嘴唇上，吹了声口哨，尖利的口哨声划破了原本沉寂的街道。每户人家的窗前都有人探出头来，顷刻间，每户人家的门口都站着一个男人或女人。老人再次吹了声口哨。他和蔼地朝诺玛微笑，温和的脸上透着红润。他们等了片刻。

"你是新搬来的吗？"

"我不住这里。"诺玛回答说。她怕自己被认出来，赶紧致歉："很抱歉打扰了您。"

"没关系。"

他们又等了一会儿。很快，一位身材微胖、穿着一件浅蓝色家居服的老妇人走过来，维克多被她拖着往前走。老人看着他们走近，自言自语道："来啦，我们走吧。"仿佛在为她指路一般。她紧紧地拉着维克多的手，而他几乎一点也没有挣扎。她微笑着将孩子带到诺玛面前。"女士，"她鞠了个躬，"您的儿子。"

“谢谢！”诺玛说。

一辆公交车从旁边驶过，他们都陷入了沉默。三个大人微笑着看着彼此，可怜的维克多僵硬地站在一边，仿佛等待被充军的囚犯。夜幕降临，一阵微凉的晚风轻拂而过。老人要将自己的外套脱下来给诺玛，但诺玛谢绝了。身着浅蓝色家居服的老妇人转身面向诺玛。“需要我们帮你教训孩子吗？”她和蔼地问诺玛，一边用手抚平衣服上的褶皱。

经历了长达十年的战争后，政府以恢复被战争破坏的秩序为名，建议父母可以体罚孩子。电台曾经公开宣布这一决定，诺玛亲自录制过那期节目，但她自己还没有孩子，因此也从未真正打过他们。虽然她并不应该对体罚孩子感到奇怪，但实质上她仍然十分吃惊。“哦，不，”诺玛结结巴巴地说，“不敢劳驾。”

“小事一桩，”白发老人说道，“在这儿，我们互相照顾。”

他们期待地看着诺玛，维克多也冷冷地注视着诺玛。他们太友好了，令诺玛很难拒绝。“或许轻轻打一下就好。”诺玛说。

“这就对了！”老人在孩子面前微微俯下身去，“这样我们才能接受教训，对吧，孩子？”

维克多茫然地点点头。诺玛再次觉得，这座城市一定让维克多觉得格格不入。事实上，城市早已变得面目全非，连她自己都不认识了。她曾经听说过，乡下有些地方仍然按过去的方式生活。在山间丛林的一些村子里，战争结束以后没有留下任何痕迹。但是这里不一样。城市里一些街区被荒废了，反政府军炸毁了很多建筑，军队为了搜寻颠覆分子不惜将整个街区炸掉。大停电和塔摩之战留下深深的伤痕，足以让人们记住它们。1797村也未能幸免。诺玛能从维克多的眼睛里看到这一点。总统宣布，我们已经进入一个新的阶段，军事化的平静和战后重建阶段。顽皮的孩子将受到惩罚。老妇人架住维克多的肩膀。但是能拿他怎么办呢？维克多骨瘦如柴，几乎不像个孩子，仿佛一碰即碎。他连眼睛都不眨一下，只是怒目以对。

诺玛伸出右臂举过头顶，在空中停留了片刻。随后，她伸手将自己的头发拢于脑后。她知道应该怎么做：随着地球引力，手向下打在维克多的脸上，像她在大街上、市场里，或者公交车上看到的所有妈妈一样。这是她的责任。她闭上了眼睛，在心中想象着维克多挨打后脑袋垂向一边的样子，就像一个玩偶，脸颊上留下清晰的红色手印。他一声不吭。

“对不起，”诺玛说，“我做不到。”

“你当然可以！”

“不，对不起。他不是我的。”

老妇人点了点头，但她并未真正理解。她紧紧地拥抱维克多。“孩子，你妈妈太宠你了。”她喃喃自语。

“她不是我妈妈。”

诺玛觉得她的手指突然失去了知觉。她看着男孩，感觉很糟糕。“他不是我的。”她重复道。

老妇人摸着孩子的光头。她头都没抬，接着说：“你的声音听起来很熟悉。”

头顶上的路灯闪烁了一下。夜已经深了。诺玛耸了耸肩。“常听人这么说。我们该走了。谢谢你们。”

“她是电台的，”维克多突然冒出来一句，双臂交叉抱在胸前，“‘城市寻人’节目。”

白发老人抬起头来，吃了一惊：“仁慈的上帝！”

诺玛觉得他们好像认出她来了。她拉过维克多，抓住他的手。“孩子，别瞎说。”她训斥着男孩。

但是为时已晚。“诺玛小姐？”老妇人走到她面前，仿佛她知道诺玛该长什么样子，“是你吗？请说点什么，让我听听你的声音！”

白发老人站在她的旁边。在橙色的路灯下，他的笑容明朗而温暖。“是她！”他说。无视诺玛的抗议，他第三次吹了口哨。

人们像洪水一样从各自家里涌出来，街道上人满为患。

战争爆发前，诺玛这一代人提到暴力时仍然充满敬畏：清洁的暴力，纯净的暴力，能够化腐朽为神奇的暴力。每个人都在讨论着暴力，那些认为暴力并不必要的人们被边缘化。这已经成为当时年轻人语言的一部分。这是诺玛的丈夫雷尔所热爱的语言。

他也爱上了诺玛。她当时攻读新闻学专业，而他刚刚写完人类植物学的毕业论文。大学正在迅速瓦解，超负荷地运作，资源匮乏却又人满为患。建筑物的墙上出现了裂痕，课堂上则挤满了学生。教授们在上课中途被喝止，墙上的涂鸦宣告着战争的来临。总统警告要占领阵地，用武力惩罚异见人士。在诺玛和雷尔相遇之前的那个独立日，总统在主广场的讲台上发表了著名的演说，谴责道："这些煽动民众的反政府军制造了混乱，破坏了社会秩序！"他在空中挥舞着自己的拳头，仿佛在攻击想象中的敌人，听众对此报以热烈的掌声。总统宣布了新的措施以应对颠覆行为，人们欢呼声如雷。

接下来的那天，报纸上刊登了总统演讲的全文，附着一张从空中拍摄的广场全景：在夏日的艳阳下，广场上人山人海。照片看上去十分令人震撼：人们挤满了广场、喷泉池和教堂台阶。总统实际上操纵了连任选举，但看来他深得民心，根本无需那么做。男人们爬到路灯上，紧抓着横幅和铃鼓。圆脸的孩子们对着镜头微笑，挥舞着他们在学校里用蜡笔、新闻纸和塑料吸管做成的国旗。这是战争爆发一年前的事情，政府看上去是不可战胜的。后来，真相终于水落石出，原来独立日那天的人群都是受人雇用的。他们被公交车一车车地运进来，一天的欢呼能换来大米和面粉。他们当中很多人来自于偏远的农村，甚至连首都的语言都不会说。他们就像训练有素的工人，在提示下爆发出欢呼，获得他们的酬劳，然后回家。

就在那个星期的一场舞会上，雷尔和诺玛通过共同的朋友遇到了彼此。雷尔的英俊透露着一种不羁：他是那种看上去比真实年龄老成的年轻人。他的鼻子微微左倾，眼睛深陷在前额的阴影里。他有一个结实的下巴，微笑时脸上有两个小酒窝，显得十分稚气，与他的面孔毫不相称，诺玛却因此而喜欢他。他不断地抽着烟，尽管后来他戒烟了，但那个夜晚这似乎成了他的特征之一。他们一群人坐在一起，谈论着城市、政府、大学和未来。他们谈论着挤满广场的人们：那些人总是目光短浅，愚不可及。雷尔说，想想那些印第安人，他们连总统是谁都不知道！伴随着不断融化的冰块，他们大声地聊天，笑声阵阵。他们取笑总统，他不堪一击、随时可能被牺牲掉，他的麻烦还在后头呢。反政府军！这在当时还只是一个名词而已，他们和之前的反对派有什么区别？战争不是刚刚过去十五年吗？他们对反政府军没什么兴趣，因此继续饮酒聊天，拐弯抹角地谈论着性。诺玛觉得自己已经沉醉在音乐中，迷失在高涨的热情里。她向这个刚认识的陌生人靠过去，而他没有避开。她大口大口地喝着酒。他随着旋律轻点足尖，她意识到自己已经讲了好一会儿，却什么也听不到，根本无法进行交谈。朋友们成双结对地去舞池跳舞，最后桌旁只剩下他俩。直到午夜时分，雷尔才终于邀请诺玛共舞。他们置身于一栋老房子里，天花板很高，传音效果可与教堂媲美。乐队卖力地演奏着吵闹而俗气的音乐，刺耳的乐音盖过了正在跳舞和饮酒的年轻人的话音。雷尔拥着诺玛，带着她来到舞池的中央。他带着她旋转，将她拉近自己，他的舞步年轻而充满活力，老成的脸上莞尔一笑。跳到第三支曲子时，他拉过她，在她耳边低声耳语："你不认识我是谁，是吗？"

伴随着舞曲的旋律，他们舞到一起，又再度分开，然而他呼吸的温热感仍然留在她的耳边。他是什么意思呢？她察觉到他的手搭在她的背上，带着她滑过舞池。大厅里闪烁着五颜六色的灯，像是她过去的一个梦境，或者曾经看过的一场电影。他们继续翩翩起舞。随着一首新的舞曲，雷尔慢慢滑过人群。啪！舞曲里响起了一声响弦、一声钹、一声鼓：紧绷的鼓皮在歌唱战争！她终于意识到自己醉了，脚步已经不听她的使唤。他带着她，她则乐于跟随。当音乐让他们再次舞到一起时，她坦承自己只知道他叫雷尔。

雷尔笑了。他的手在诺玛背上向上游移，将她拉近自己，两人的嘴唇几乎相碰。她能闻到他的气息。随后他又让她旋转着离开自己，像轻轻转动一个玩具。

他们继续跳到最后，却什么也没说。

派对结束的时候，他提出要送诺玛回家。那时候市中心还未荒废，寥寥的几家小酒店开着门，出售着口香糖、香蕉片、阿司匹林和香烟。雷尔买了一大块糖果，等公交车时他俩分着吃了。夜色里到处都是年轻人，他们遍布在每一个角落，一起抽着烟，提高嗓门愉快地争辩着什么，带着凌晨四点的逻辑和酒醉后的清醒。诺玛的困意来了又走。那是一个夏天的夜晚，天空中还悬挂着一轮明月，情侣们十指紧扣地走在路上，他们是那么的美丽！看上去战争根本不可能发生。

诺玛和雷尔挤坐在城际巴士的后排，双腿紧挨着对方。雷尔伸出左手拥着她。她感觉到他的拇指正在抚摩她的肩膀。诺玛的双手无处可放，只好放在他的大腿上。她的食指摩擦着他的牛仔裤，这一点令她自己十分吃惊，因为她并不是那样的女孩。他的黑发本来梳向脑后，但彻夜跳舞之后，一缕发丝散落在眼前。快要拂晓了，公交车在空荡荡的街道上慢吞吞地开着。他漫不经心地把玩着脖子上的银链子，从耳后抽出一支烟。烟的尽头有一根火柴。当他到处找地方划火柴时，她询问为什么之前他问了那个奇怪的问题。

雷尔笑了，装作他已经忘了此事。他闭着眼睛，耳边似乎还回响着舞会的音乐。“没什么。”他说。

“让我猜。”

他点点头。他们坐在公交车的后排，车窗敞开着，夜凉如水。他向前微倾，在椅背后划着了火柴。金属质地的椅背上用刀刻了两个名字：“劳塔罗和玛丽亚，永远在一起。”雷尔右手甩出窗外，越过自己的肩膀向外吐出烟圈。他凝视着她。

“你一定是某人的儿子，”诺玛说，“我说的‘某人’是指大人物。不然你为什么问我呢？”

“某人的儿子？”他微笑着反问，“你在想这个？”他笑出了声来，“真聪明！我们不都是某人的孩子吗？”

“你姓什么？”

“你得问你的朋友。”

“如果你不出名，为什么要问我呢？”

他含糊地笑了一下：“我并不希望出名。”

“你一定不是一名运动员。”

他吸了一口烟，嘴里吐出蓝色的烟圈。“这么明显？”他忍不住被逗笑了。他故意露出手臂上的肌肉，装作对自己很惊讶的样子。

诺玛大笑起来，接着问：“你是政客吗？”

“我讨厌政治，”他说，“而且，现在根本没有政治可言，只有趋炎附势者和异见人士。”

“那么你就是异见人士。”

他咧嘴一笑，耸了耸肩膀。

“如果你是异见人士，为什么要告诉我呢？”

“因为我喜欢你。”

他的性格中有一种自信，有一点轻率，几乎到了令人生厌的程度，却令诺玛着迷。这个夜晚永远地定格在她的记忆里：陪他一起跳过的舞，跟他一起喝过的酒，以及凌晨时分他们愉快而随意的交谈。他们聊得如此投入，完全没注意到公交车已经停下、引擎在空转、灯光在闪烁。公交车前面有一个路障，这里离她家只有几站之遥。这时候诺玛才想起来向雷尔致歉，为了送她回家给他添麻烦了。雷尔皱了皱眉，但回答说别担心。

一名士兵上了车，左手拿着一个手电筒，右手则摸着步枪的枪管。雷尔急忙抽了两口快要抽完的烟，轻轻地将烟头扔到人行道上，向车厢里呼了一口气。士兵把枪放在面前，按部就班地进行检查，每个疲倦的乘客都毫无异议地递过自己的身份证件。当士兵走到他们面前时，诺玛仔细地看了看他，意识到他很年轻，还只是个孩子。这使她平添了几分勇气，或许她只是想在雷尔面前表现一下。

“你不需要拿枪对着我，”诺玛说着把她的身份证递了过去，“我没想去哪儿。”

“安静！”雷尔低斥她。

年轻的士兵面露不悦之色。“好好听你男朋友的！”他轻轻地拍了拍他的枪，仿佛那是一个听话的孩子。“男朋友，你的证件呢？”

“先生，我没有证件。”雷尔说。

“什么！”士兵咆哮着。

“很抱歉，我忘在家里了。”

士兵在手电筒的光线下检查了诺玛的证件，随后还给了她。“总有人自作聪明。”他嘟哝着，转身面对雷尔，然后俯身透过车窗叫一位军官上来。“跟我来，”他吩咐雷尔。“对不起，女朋友，看来你得自己回家了。”

公交车上一阵沉默的恐慌。人们都扭头来看着他们，尽管没有人与他们有眼神接触。只有公交车司机装作毫不知情：他紧紧地抓着方向盘，直视着前方。

“我会来的，”雷尔低声说，“我会解释清楚的。我的证件在家里。没有任何麻烦。”

“好的，”士兵说，“我们都讨厌麻烦。”

“你们要带他去哪儿？”诺玛问。

“你想一起来吗？”士兵反问。

“不，她不会来的。”雷尔代她回答。

他们带着雷尔下了车。透过车窗，诺玛看到他们让雷尔上了一辆绿色的军用卡车。

还有几站就到家了。诺玛安静地坐在车里，凉风拂面，她知道大家都在注意她。她觉得自己年轻而轻浮：车上所有人都早起去上班，而她却是个凌晨归家的宿醉女子。他们对她没有任何同情，或许还有一点恐惧和愤怒。下车的时候，她感觉到背后的公交车舒了一口气，仿佛她是一枚随时可能爆炸的炸弹，而现在他们终于安全了。

当她站在自己的家门外、在口袋里翻钥匙的时候，她才发现了雷尔的身份证。确切地说，那上面只是有他的照片，证件上印着另一个人的名字。

第二章

他当然曾经听过诺玛的声音。在1797村，乡村餐厅的老板有一台不错的收音机，能够接收到海岸那边的信号。每个星期天，妇女、儿童以及留守的男人们都会聚到这里，收听电台的节目，并以此取代了去教堂。他们往往提前一个小时就来到餐厅，吃着土豆、烂熟的水果和银鱼汤，大声地闲聊和唱歌。他们带来了失踪亲人的画像，成排地挂在墙上。这些画像出自于多年前一位流浪艺术家之手，看上去愁容满面、模糊不清。维克多并不认识这些人，尽管由于他们无声的存在，村子看起来更加局促。到了八点，餐厅里忽然安静下来，那个熟悉的声音透过小小的喇叭传出来：诺玛，倾听您的故事，抚平您的伤痕；诺玛，我们大家的母亲。

他们期待着从收音机里听到村里失踪者的名字。村里有些男孩离开了，其中有些只比维克多大几岁，留下了越来越空旷的1797村。他们渐渐长大成人，在别处生活。数年以后，他们当中有些人回来了，挑选了一位妻子，双双远走高飞；也有人选择留下来，从父辈那里继承了一块土地，以此维系生活。然而，大部分人一去不返。妇女们整天谈论着这些：她们的丈夫和儿子去哪里了？悲伤的母亲们仍然在哀叹着当初的强征入伍，孩子们被聚集到广场上，每人发了一把机关枪形状的木枪。孩子们趴在地上，在尘土里匍匐前进。母亲们看着他们，十分惊恐：天哪，他们得多累啊！

维克多听说过所有这些故事。当他还只是个六岁的孩子时，战争早已结束，只要有军用卡车驶进村里，母亲就会把他藏到树林里去。他躲在树林里向外张望：怒气冲冲的中士们挑选着最肥美的母鸡，士兵们的背包里鼓鼓囊囊地装满了水果。他们有没有注意到村子里没有年轻人？当卡车驶离村子后，维克多和其他男孩从丛林里走出来，迎接他们的是母亲们的亲吻和眼泪。大家都知道，那些跟随绿色军用卡车离开的孩子们再也没有回来过。

战争结束以后军队不再需要士兵，一些年轻人离开村子后去找了份工作。他们当中很多人去了首都，也有人去修建沿海公路，还有人翻过山脊去了山区。东部边境沿线总有些走私之类的活，北部的渔场常年招收每周能够工作七天的劳工。听说还有些人去了海边，靠向游客兜售廉价的小饰品为生，梦想着有朝一日能娶上异域的女人。这些都只是传说，没有人知道到底发生了什么。留守的村民们并不怨恨那些人弃他们而去，只感到被遗弃的悲伤，因此他们将希望寄托在那台收音机上。他们也曾经托往来的旅人们捎过一些书信，却一无所获。因此，他们等待着每个星期天的到来。那些夜晚让维克多明白了记忆的危险。他猜想，母亲一定指望着能够听到他那虚无缥缈的父亲的消息。维克多在心里祈祷，如果哪天我也离开了，请让母亲忘记我。他自幼就打定了主意，总有一天，他也要出发去城市。他那时已经意识到，遗忘是一种幸福。

这一天，维克多像往常一样一早去了学校。晚上回家时，他意外地发现家里挤满了来吊唁的人。他们说，他的母亲溺水而亡。他们重复着同样的话，妇女们的语调里充满了关心与忧虑，但这些都毫无意义。他们会怎么对待他呢？妇女们围绕着他大放悲声，用一种他听不懂的古老语言唱着挽歌。没有人向他解释什么，她们没有这个义务。在整个村子里，维克多最爱丛林边缘的一块空地，那里有时候是公园，有时候是垃圾场，开满了色彩斑斓的野花，蜥蜴瞪着金色眼睛在其中出没，隐匿其中的鸟儿呱呱地叫着——他想，她们可以把我埋在那儿，现在就可以，因为这对我来说不都一样吗？他能感觉到手指的刺痛。他有一种无比奇怪的感觉，仿佛自己正在下沉，帷幕正在落下，他的人生一片黑暗。妇女们照顾着他，喂他吃饭，唱着挽歌，整理着他的东西。

“我能见她最后一面吗？”他问。

她们把他带到了河边。前一个星期下过大雨，河水暴涨，水流打着漩战抖着流向远方，仿佛拥有了生命一般。维克多听到大人们在窃窃私语：阿黛拉的孩子来了，阿黛拉的孩子。他试图无视这些。村子在不远处，那些不愿与他打招呼的男人们——他们应该救他妈妈的——和他的同学都站在那里，所有人的目光都落在河流中间的一块岩石上。这块岩石突出于水面之上，覆盖着白色的泡沫。母亲的遗体倒在水里，紧贴着岩石前方，仿佛那是一只救生筏，却正是这块岩石要了她的命。男人们试图从对岸牵起一根绳，但他们看上去很无助。在头顶，天空湛蓝清澈，完全看不出一个星期前曾风雨交加。维克多意识到，母亲的遗体不会永远留在那里：那些人可能在水流卷走她之前够到她，也可能来不及救下她的遗体。一位妇女说，出事之前母亲在那里捕捉银鱼，那是村民们的主食之一。当那些银鱼聚集过来的时候，她在漩涡里失去了身体的重心。她一定是一时大意，因为从未有人因此而丧生。随后，河流将她带到了这里。

现在，妇女们对他说着一些令他心痛的话。她们说，你的母亲现在一定和你的父亲在一起；一想到那个死气沉沉而空洞的空间，维克多就觉得一阵恶心。维克多根本不了解他的父亲。母亲偶尔给他讲过父亲的一些故事，但大部分已经十分模糊：你父亲来自城里，他受过良好的教育，仅此而已，连姓名都不知道。但是妇女们说，他们现在在一起；维克多眨着眼睛，好奇那到底意味着什么。河水翻滚着，母亲的遗体靠在一块岩石上，随时可能被湍急的水流冲走，变得更加不堪入目。男孩们一个接着一个地向维克多走过来，将他团团围住。他们一起等待着这场悲剧结束，所有人都一言不发。从他们脸上的表情和他们走路的样子，他可以读出紧张、绝望，以及那个人不是他们自己母亲的侥幸。一个男孩过来抱了抱他，搂着他的肩膀，捏了捏他的手臂。维克多想，再过一会儿，河水就会把母亲的衣服冲掉，令她赤身裸体，露出皮肤和背上的肌肉。男人们在加快速度，但仍然不够快。这群男人中也包括以利亚·马诺，维克多的老师、他母亲的情人。维克多曾看到过他们一起走过村子；在他最好的朋友尼克离开村子以后，他们几乎每晚都在一起散步，虽然在步入森林之前他们并不拉手。现在，马诺混在一堆男人中间，比其他人更疯狂、更激动、更无助。维克多与马诺是她生命中的两个男人。维克多试图捕捉马诺的眼神，但他避开了。

维克多想，母亲已经死了，还急什么呢？有那么一会儿，他甚至仇恨这些男人：他们协力想拯救她的遗体，却未能挽救她的生命。他们无法感受到他的伤痛。几个月前，尼克离开了1797村。现在他的母亲也走了，整个村庄都可能突然爆炸，沉到地下去。她紧贴在一块岩石上。尼克的父亲笨拙地工作着，抬头看了看河流，又低头看了看自己的断臂以及无法打上的结，用牙咬着绳子。他在战争中失去了自己的双手。

"一点用都没有，"维克多轻声嘟囔着，"没用的废物！"这是他曾有过的最残酷的想法。

绳拉好了，直直地悬在河流上方。谁会跳进河里将她的遗体拉上岸呢？男人们做了一只木筏，用来放置维克多母亲的遗体。他们讨论了一番，随后马诺站了出来，跳进了河里。整个村子都屏住呼吸注视着，但维克多早就猜到他根本来不及抓住她。河流突然咆哮着上升，浑浊的河水已经淹到了马诺的胸部，母亲这时被水流冲走了。维克多再也没看过她的脸，只看到她的背部。母亲自由了，她的身体随着河水而浮沉，直至消失不见。

在电台的时候，维克多对诺玛撒谎了。他知道人们为什么送他来电台：他已经没有理由留下。他的母亲准备好了一切。她们说，他母亲希望他离开村子，他带到电台来的纸条是按她的遗愿写就的。1797村的妇女们细心地将纸条缝进了他的裤袋里，还缝了一点零钱，以及一张村里失踪人员的名单进去。她们提醒他说，小心点，路上有小偷。她们说，把这个带给诺玛，而他承诺他将照办。他看着这张名单，纸的正反两面各有两列名字，共有几十个。尼克是其中最后一个，其余的人他都不认识。其中一个是他父亲，但他并不知道具体是谁。村里有太多年轻人离开以后再也没回来，大部分是陌生人。村民们难道奢望维克多能把那些失踪的人都带回来吗？

对于村里的人来说，即使只是在电台节目里把这些名字念出来也有着重大意义。维克多的声音回响在拥挤的餐厅里，仅这一点便已足够。那些老处女、留守的男人，以及他的同学们，他们将一齐向他祝贺，仿佛他成就了一项丰功伟业：如同征服了一块异域的土地、突破了战火纷飞的前线，或者驯服了一头凶猛的野兽一般。他将读着那份名单，而这代表了一切；他的声音从收音机里传出来，提醒村民们为他死去的母亲祈祷。

这只是三天前的事情。从那时起，维克多的生活以他自己无法理解的速度发生着剧变。一切都混乱无序，他的世界被彻底打乱，然后重新组合。他凝视着河水咆哮着吞噬他的母亲。他在村子边缘一块充满甜香的土地里插下十字架，身后的不远处站着一群身穿黑衣的悼念者们。他的头发被剃光了，以示对母亲的悼念，他与朋友们一一道别，努力抑制着不让眼泪掉下来。

马诺的合约还有一年才到期，但村子里的人们并不愿意让他留下来。人们都说，马诺曾经陷入爱河，维克多知道那是真的。马诺将和维克多一起前往城市。妇女们说，他会帮助你的，随后他俩在凌晨离开了1797村。他们坐在一辆旧卡车的后面，沿着丛林里一条红土公路向前驶去，山边晨雾氤氲。一小群人聚过来祝他好运，其中有几名妇女，也有几位他的同学。维克多随身带着一个小小的编织袋，里面是他的全部家当：一套换洗衣服、一张母亲从杂志上剪下来的城市图片，以及一袋种子。路的两边都是森林，树影重重。卡车随着公路上下颠簸，驶过那些积水的坑坑洼洼，最终将他们带到了一个叫1793村的地方。

他们在那里等待着，但是没有船来。太阳渐渐升起，明亮而灼热。河边立着一个路标，几个年轻人站在路标背面等着。中午时分，一艘装有马达的木船开来了。船长说，木船只能载六个人，但是十几个人一起挤了上去。木船开始摇晃。维克多坐在自己的包上，脑袋耷拉在膝盖之间。周围很吵：船长吼着船票价格，乘客们大声还价。有几个人下了船，咒骂着船长，一位妇女口中嚷嚷着“乱要价！”，怀里还抱着一名婴儿。随后马达重新启动，所有人挤作一团。维克多独自坐在那里，其余的人都站着；在人们的腿和行李的空隙里，他看到黑色的河水以及水面上繁盛的水草。船开始向上游驶去。维克多感觉到马诺在摸自己的头，但他没有抬头。

这座州府城市叫做1791，是个简陋的小镇。镇中心有一间用护墙板搭建的教堂，周围散布着一些木房子。他们听人说，公交车会在当天傍晚或者次日早晨经过这里，没人知道确切的时间。“哪里能买到吃的？”马诺问。戴眼镜的卖票男子向市场方向点了点头。

维克多和马诺流连在食摊前，食摊的老妇人们即将结束一天的营业，正在收拾她们的器皿。他俩分享了一碗凉了的面条，喝光了面汤。马诺还叫了一瓶啤酒，对着啤酒瓶喝了起来。喇叭里播放着爱国歌谣。“你母亲让我照顾你。”马诺说。他眼睛周围的皮肤肿胀发红。

维克多点了点头，但什么也没说。看上去他的老师像在开玩笑。

“但是谁来照顾我呢？”马诺问，声音苦涩。

他们晃悠了一天，在广场上玩了一会儿玻璃弹球，又去教堂里为母亲点燃了一支蜡烛。马诺从长凳下面找到一份报纸，读了起来。报纸潮湿发黄，但只是两个星期前的。傍晚时分，他们背靠着镇上唯一的路灯柱小睡了几个小时。午夜之前，公交车终于来了，1791镇也开始苏醒。妇女们起床去贩卖银鱼、麦片、香烟，以及用塑料袋包装的烈酒。瘦小结实的男人扛着两倍于他们身材的行李上下公交车。司机和乘客们飞快地吃着，在寒冷的夜里，米饭热气腾腾。年轻的男人们抽着烟，随处吐着痰，向卖西红柿三明治的女孩抬起他们的帽子。几十个人冲向公交车，挤了上去。在昏黄的灯光下，一群与维克多年龄相仿的男孩爬上公交车顶部，将行李绑在车顶的架子上。这一切发生得十分迅速，很快他们已经完成了工作，四散开去，公交车的门已经关上，随着引擎的轰响，公交车开始发动。维克多从未看过在这么短时间内完成这么多动作。在片刻繁忙过后，这座州府城市消失了；妇女们回去继续睡觉，男人们则接着喝酒。几分钟后，镇上唯一的路灯将暗下去，只有拥挤的公交车留下的温度，以及引擎发动的声音。

公路颠簸不平，维克多几乎没怎么睡着。夜里，他的头无数次撞在车窗上。马诺将他的座位让给了一位老人，淡漠地坐在过道里一个鼓鼓囊囊的行李箱上，双手抱着自己的脑袋，慢慢睡了过去。维克多一个人坐在那里，此前他也从未离开过故乡。车窗外是无尽的黑暗，深蓝色的天空与大地连在一起。天亮之前，一抹红色出现在地平线上。他们现在进入到山里了。在微弱的浅紫色光线下，山脉看上去像鳄鱼的脊背。维克多邻座的老人陷入了梦乡，响亮地打着呼噜，头往后仰、嘴巴张开着。老人的腿上放着一叠闪闪发亮的塑料纸，看上去像大幅的照片。在学校里，维克多曾经在一本书上看过类似的图片，他觉得自己能够从中辨认出骨骼和胸腔。老人白发稀疏，嘴唇干裂。维克多再次低头看了一眼那些塑料纸：那些是肋骨！他碰了碰自己的肋骨，感觉到自己的皮肤在骨头上滑动。他感觉着自己的胸部，仿佛面前的图片是一张地图。它们闪闪发亮，蕴含着科学的光泽。他想摸一下它们，然而即使在睡梦中，老人的双手也始终放在上面。天空染上了一层橙色，随后是黄色，终于能看清外面的世界了，却是充满尘土的浅黄褐色，令人失望。枯萎而干燥的植物从卵石路面上钻出来。公交车缓慢地行驶着。维克多想迎着光看那些图片。当老人咳醒的时候，维克多敲了敲他。

“这些？”老人笑了，“孩子，我生病了。”

“我很抱歉。”

“我的太太也像你这样，”老人说，“她和我们的孩子都觉得很抱歉。我自己也很难过。”

公交车这时已经苏醒过来，但大部分的窗帘仍然拉着，以阻挡刺眼的阳光。远处，阳光下的山脉像是用金子做成的。

“您会好起来吗？”维克多问。

老人皱了一下眉。“我拿给你看。”他的手指十分瘦削，上面长满了老茧。他抽出最上面的那张，越过维克多，将它贴到窗户上。早晨的光线穿过了这张薄膜。维克多看到了人的胸腔、胸廓，以及两侧的手臂。维克多甚至还看到了他的脊椎。图片正好拍到了下颌上方，一团突兀的白色。

维克多看了看图片，又看了看老人。“这是您吗？”他问。

“你以前照过X光吗？”

维克多承认他没有。他从未听过这个术语。

“是的，这是我。”

“您怎么了？”

老人叹息了一声。他的脸颊上有一道深深的红色疤痕，他无意中碰到它。“我的骨头和我的心脏，”他的声音高低起伏，“我的肺、大脑和血液！”

“都生病了吗？”

“都生病了，”他爽快地回答，“我凡事总是全力以赴。”他咳嗽了几声，拿出了另一张X光片，将它贴在窗户上。“这些是我的肺，”他一边说一边轻拍着自己的胸，“我发育不良的弱小的肺。”

X光片上能看出纤维上有小小的孔，仿佛稀疏的硬币。

“生病的肺。”老人喃喃自语。他说城市外面的山脊里有一家医院，专门治疗老兵的。他说他曾经获颁勋章，但战争结束后为了治病已经全部卖掉了。

“我的父亲死于战争。”维克多说。他觉得很可能是那样的，失踪总是伴随着死亡。

“孩子，我很遗憾。”

维克多从未真正了解自己的父亲，因此说他已经去世也没什么大不了的。至于母亲已故的事实呢？那是一道隐秘的伤口，不会告诉任何人。维克多咳嗽起来。

“孩子，别靠我太近。等我康复了才行。医院的空气干净且清爽，他们会治好我的。”

他们沉默了片刻。在他们周围，乘客们有些在努力驱走睡意，有些则继续酣睡。马诺仍然低着头。公交车继续轰隆隆地驶向前方，行驶在山脉之间一片岩石平原上。外面没有绿色，没有任何生命的迹象。岩石底部的背面生长着一丛丛惨白的野草，一株矮小的植物上长满了刺。老人说，那是仙人掌。对于维克多来说，这种植物仿佛来自于异域，像是来自月球或其他遥远的星球。那里有原始的海洋，如今已经干涸消失。他想象着波浪、水流和银鱼。他能感觉到那张纸条在摩擦着他的皮肤。那是他的秘密，他的使命。如同X光一样，那张纸条上有他内心的秘密。在他身边，老人时睡时醒。最终，他被自己咳醒了，那一瞬间他向维克多眨了眨眼。“我会好起来的。”他在眼皮再度合上之前轻声说，脑袋靠到后座上。

公交车开始爬坡之前，老人终于完全清醒了。“我们快到了。”他说。维克多用他长长的粉色指甲弄断了缝在裤带上的线，取出了那张纸条。他并不知道自己为什么那么做；他只是希望老人能够知道。

老人打开纸条，慢慢地读了起来。他翻过纸条，看着背后的名单。“天哪，”他喃喃自语，“你一个人吗？”

维克多摇了摇头，指着马诺。“我的老师也在这里。”

老人看上去放心了。“我们叫醒他吧？”

“他很累了。”

但是马诺已经起来了。他揉了揉自己僵硬的脖子，伸出手来跟老人握手。老人询问他有什么计划，他回答：“我们打算去电台。我们要去见诺玛小姐。”

“你觉得你会见到她吗？你真的会见到她吗？”老人来回看着他们，表情突然生动起来。

马诺耸了耸肩：“不知道。希望吧。”

“你们以前去过吗？去过城里吗？”

“去过。我在那里出生。”

老人叹息了一声。“所以你知道电台在哪，那是国家的灵魂所在。”

“在城里。人们都说在那儿。”

“谁说得准呢？”

维克多听不懂他们在说什么。老人转过头来笑了笑。他要过去那张名单，从口袋里掏出一支笔。他将纸条铺在自己的腿上，在上面添加了一个名字，随着公交车的颠簸，字迹参差而潦草。“这是我的儿子，”他对维克多和马诺说，“你们懂的。”

他在下一个小镇下了车。医院正在这个镇上，宏伟壮观的建筑由钢铁和砖瓦建成，外面围着一圈铁栏杆。维克多从未见过如此宏大的建筑。这像是他曾经在图片上看到过的工厂，高耸于小镇之上。“到家了，”老人说，“孩子，你也快到了。注意看着点。”他将几张纸币折起来，塞进马诺的手里。“好好照顾这个孩子。”他说。马诺承诺他会的。老人收起他的X光片和他的包，缓慢地挪过过道。

不久，公交车经过一处山口，路的两旁开始出现木房子。开始是一两栋，继而是一群，当公交车开到海边时，外面出现了成片的房子。路况好了很多，公交车像是在路面上滑行。维克多终于睡着了，直到被喇叭声和叫嚷声吵醒。城市的噪音仿佛一台巨大的引擎：行人川流不息，发动机嗒嗒作响，城市的边缘肮脏不堪，人行道上人满为患。城市突然出现在眼前，公交车缓慢地经过拥挤的街道，维克多透过车窗向外张望。他希望一切都能结束。天上没有太阳，只有一片灰色的天空，如同他过去写作业时曾经用过的羊皮纸：在自己的家里，桌上点着一盏油灯，母亲一边煎着鱼一边检查他的字迹和拼写。那个世界已经一去不复返。城市像森林一样在移动：从远处先听到城市的噪音，随后城市映入眼帘，城里林立着钢筋水泥的墙壁，一切都躲在墙后面。他很高兴自己在一辆公交车上，并暗暗祈祷公交车将永不到站。他寻思着，不可能是这里。这里挤满了人群，布满了石头。前面一定有一个更好的地方，然而这时公交车开始减速，驶进了停车场。小贩们随时准备着冲向刚刚下车的乘客：妇女们头顶着整篮的奶酪，男人们兜售着电池、汽水，以及印着圣母马利亚的彩票。每个人都在大声叫卖。“请等一下，”维克多说，“拜托了！”

马诺点了点头。乘客们都下车了，只剩下了他俩。维克多想，他会让我走的。他只想躺下睡一觉，梦到他身后那片土地，梦到他的母亲被河水吞噬的场景，梦到河流和像鬼魅一样透明的人们。

公交车司机缓缓地经过走道挪过来，通知他们已经到了。

“我们知道。”马诺说。

“你俩有地方去吗？”司机问。他像野兽一样瞪着他们。

“我们这就下车。”

“好的。”他说。很明显他并不相信他们。

马诺的双手放到了维克多的背上，催促他下车。如果他拒绝呢？不，我不下车。不，送我回家。这里不是我的家。我的父亲失踪了，我的母亲浮在河里，如今快漂到大海里了。或许一切都没什么不同。或许——

他们在人行道上站了片刻。马诺几乎微笑了。他当然应该微笑：他到家了。维克多想象着自己走到一位城市里的绅士面前——一位头戴高顶礼帽、身着深黑色西服的绅士，开口问道：“先生，请问去电台怎么走？”事实上他并不需要那么做。电台正在他们前方，天线笔直地刺向天空。

街道上人满为患，维克多的身边挤满了兴奋而气喘吁吁的陌生人。维克多将自己的头埋在诺玛的手臂下面，闭上了眼睛，希望这一刻能尽快过去。白发老人和老妇人都不见了，他们都消失在汹涌的人群里。维克多嗅着诺玛的城市气息，她的衣服上有呛人的烟香，感觉着她的心跳。她也很恐惧吗？各种声音在他周围响起，人们急切的声音、叫吼出的祈祷，喊着诺玛、诺玛、诺玛！他想，原来哪里的人们都很崇拜她，不仅在我遥远的故乡，这里也是，在首都的市中心也是如此。他看着人们，黑压压的男人和女人们。除了从人群中走出去，他们插翅难逃。诺玛很温暖，但他能感觉到她很紧张。他是这一切的始作俑者：人们虔诚地发出请求，手上挥舞着泛黄的小照片。这一切，只是因为他说出了她的名字。一个满脸络腮胡子的男人向他们走过来，张着没牙的嘴一遍又一遍地哭喊着一个名字，双手仿佛在拥抱一个隐形人。他的眼神里流露出伤痛。他穿着一双过窄的塑料凉鞋，脚趾头露了出来，擦过肮脏的人行道。他看上去病得比那个拍X光的老人更为严重，简直病入膏肓。维克多仿佛能看到他们的内心。人们在他们上方，乱成一团，兴奋而焦虑；突然他们开始移动起来。诺玛紧紧地牵着他的手，维克多不愿放开。

白发老人再次出现，吹响了口哨。他猛烈地挥舞着自己的手臂，令人意外的是，人群突然安静了下来。“排成一列。”他命令道。人群自动向后散开，排成一列。维克多觉得自己在观看一部预先编排的舞蹈。他抬头看着诺玛：她脸色苍白，紧张而恐惧。

过了片刻，他们面前摆好了一张桌子和两把椅子。人群沿着街区排着队，几十双眼睛聚焦在他们身上。除了坐下，他们别无选择。白发老人向诺玛和维克多致歉。

“怎么回事？”诺玛问，“我做不到。”

“一个人只能报一个名字！”白发老人喊道，“不许多报，不许插队！不然你的名额就没了！”

他转过身来，微笑地看着诺玛。“女士，请允许我先开始。”他闭上了自己的眼睛，“桑德拉。桑德拉·托瓦。”

有人递给诺玛一支笔和一张纸。她看了看这张纸，又看了看白发老人，一言不发。

“您不记下来吗？”

诺玛眨巴着眼睛。

“我来写。”维克多自告奋勇。

“你可以吗？”诺玛低声问，“你会写字吗？”

维克多点了点头，提起了笔。“桑德拉·托瓦。”白发老人重复了一遍，维克多仔细地写下了这个名字。老人谢了他俩，鞠了个躬，随后走向一边。

维克多继续听写着名字。队伍缓慢地向前移动：每个人都站在诺玛面前，抚摸着维克多的头，念出一个名字。他们每个人都在那里徘徊片刻，直到维克多记下名字，诺玛又检查了一遍。她用疲倦的声音向他们道谢，安慰着他们。她承诺会在节目里念出这些名字。有些名字很难拼写，诺玛不得不帮维克多拼出来，那一刻他好像还在上学，像往常一样回到家里。人们的谈话声变成树林中的雨声。一切都仿佛只是个噩梦，也许他从未离开过他的村子。他迅速写满了一页，来不及进行任何思考。他低着头，看着那张纸、看着那些名字、看着自己的手小心地随着字迹移动。

这时，他听到有人念：“阿黛拉。”

当听到自己母亲的名字，维克多几乎愣了二十分钟。他抬起头，看到一名瘦弱的男人，他留着胡子，手里拿着一顶针织帽。维克多觉得他应该认识这个男人，男人也应该认识他。他两天的旅程即将结束，所有这一切都是天意。维克多放下了笔。他第一次意识到已经是深夜了。

“阿黛拉。”男人低声重复着，他开始拼着字母。

“我知道怎么写。”维克多说。他怎么会不知道呢？

“不懂礼貌！”队伍中有位妇女指责道。

“您认识她吗？您认识我的母亲？”

男人皱了皱眉问：“孩子，你是谁？”

维克多突然觉得头晕目眩。这根本不是他的母亲。不可能是他的母亲：世上有多少个阿黛拉？他听到诺玛问他怎么了。在眼睛闭上之前，他看到那个男人戴上了针织帽，迅速地走开了。

“维克多？”

他歪向一侧，倒在了桌子下面。人群顿时乱成一团。“别挡住队伍，”有个声音喊道，“把孩子移开！”

有人给维克多递了一杯水。他们再次围上来。他们在这多久了？白发老人再次高声叫喊着，但这次再也没人听他的了。诺玛双手抱着维克多。“我们现在就走，”她对维克多低声耳语，“我们现在就走。你能站起来吗？”

他点了点头，努力摇晃着站起来。

人群散开了。当诺玛经过的时候，人们的手指触碰着她，充满希望的触碰，轻轻地，没有任何冒犯的意味，仿佛她是一道护身符，或者一幅圣人的画像。人们的手也一一碰过维克多。他听得到各种声音，人们的喊声，引擎在回火。人们继续从四面八方聚过来。根本不知道街道上到底有多少人，也不知道他们从哪里来。他们在维克多的头顶，遮住了天空。他想向诺玛道歉，但他退缩了。这里的人们爱她，他理解这一点。他们亲切地叫着她的名字，永远也不会伤害她。他是安全的。

经过狭窄的巷子和弯曲的道路，维克多和诺玛逃离了那里，人群和喧闹声越来越远。他们脚下的土地很平整，被流到道路上的水流隔开，像是一条条静脉。离人群越远，他们走得就越快，很快他们几乎奔跑起来。诺玛跑在前面，维克多努力在后面跟着。他的手被她紧紧拉着，心脏剧烈地跳动，随后他们跑到了一个辽阔而荒芜的广场，周围芭蕉树环绕，亮着橙色的路灯。广场的建筑风格华丽而庄重，但广场中心的喷泉却已经干涸，默默积着灰尘。一位印第安妇女坐在路边，弯腰看着一本彩色的书，她的怀里抱着一个熟睡的婴儿，她几乎没有抬头看一眼诺玛和维克多。一名士兵在一栋建筑前面站岗，两脚轮换着来回晃悠，身旁有一把机关枪。

诺玛和维克多等待了几分钟，气喘吁吁，什么都没说。一名男子踩着辆嘎吱作响的自行车驶来，经过广场时他弹了弹自己的帽子。诺玛告诉他，已经是深夜了，这个时候人们都在室内活动。“这都是因为这些年来的宵禁，现在大家都已经习惯了。”这座城市与那天早晨维克多刚到时所见到的一点也不像，人群都消失了。过了一会儿，一辆出租车经过这里，轻声地按着喇叭，诺玛扬手拦下了它。他们沉默地坐在出租车里，维克多将自己的脸贴在车窗上，他的心跳仍未恢复平静。他确信他在每一个阴影里看到了他们：那些失踪者，他们蜷缩在角落里、躲藏在门口、躺在长凳上睡觉。出租车司机一边开着车，一边试图与诺玛攀谈，但诺玛明显没有聊天的兴致。她紧抿着自己的嘴唇，为了不显得失礼，才偶尔点点头或者说点什么。出租车司机并不介意：他抱怨着自己的工作，开着玩笑，声音沙哑却声情并茂。“几个小时后，”他说，“我的双腿就会失去知觉。”

诺玛叹了一口气。“听起来很危险。”她说。

维克多听到她的声音变了，已经不再像平时那么甜美。出租车司机不知道这一点。他无从知晓。

他们到家时屋子里完全是黑的。诺玛的公寓有一个大窗户，可以看到外面安静的街道。她说过自己的家很小，但对维克多来说，这已经堪称富丽堂皇。“你睡这儿。”诺玛指着长沙发对维克多说。窗外有一个霓虹灯灯箱，将整个屋子笼罩上一层刺目的蓝光。诺玛说那是一家药店，可以在那里买药。她打开灯，阴影顿时消失了。他看得出来她已经很累了。他以为会被训斥一顿，没想到她却进了厨房，烧了一壶开水。维克多坐在沙发上，凝视着自己的双手。他害怕看到陌生的公寓。

诺玛拿进来一壶茶和一篮面包。“你觉得好些了吗？”

他已经一天没吃东西了，空空的胃里一阵抽搐。她一定从他的眼神里看出了他的饥饿。“吃吧，”诺玛说，“男孩应该多吃点。”

诺玛端来的面包很奇怪：方形的面包边缘有一条整齐的棕色花纹，面包的中间则是牛奶的白色。维克多咬了一口，面包在他嘴里迅速融化成一条一条。他大口地啃着面包，味道棒极了。他伸长脖子，想把满嘴的食物咽下去，但那些食物像泡泡糖一样涨开，充斥在牙齿上方和两边脸颊。他抬头看着诺玛，发现她在微笑。他停止了咀嚼。

“没关系，”她说，“我只是看着你。”

维克多点点头。诺玛并不老。她不像那些被遗弃的老年人，拄着弯曲的木手杖弓着腰在镇上行走；但她比他的母亲老，也没有他的村民们都有的那种古铜色的光泽。她的皮肤苍白，直直的黑发系成马尾垂在脑后。看上去，她并不太在意外表。如果诺玛生活在1797村，她可能很难嫁出去。维克多一边吃着面包，一边观察着她。她瘦削的脸上有着他不认识的几何图形，就像她给他吃的面包一样。或许她柔和的声音与她棱角分明的轮廓并不和谐。他从未见过任何人长得像她那样，至少他不记得。没有人的肤色像她这样苍白。在听她的节目那么多年后，他从未想过她会长成那样。他从未好奇过她到底长什么样，一次都没有。她的听众中有任何人感到好奇吗？这一点冲击着维克多：难道他以前把她当成鬼魅吗？只有声音，没有身体、没有脸，甚至没有灵魂？简直就是鬼。他从未觉得她是一个真实的人。

“你一定累了。”过了一会儿，诺玛说。

维克多点点头。

“我从未去过丛林里。”她继续说。

他咀嚼着食物，点了点头。“很不一样。”他评论道。

“我猜也是。”诺玛说。她能看出他有多累吗？她知道他想告诉她什么吗？他们彼此都沉默了片刻。

“你不想说话，是吧？”诺玛问。

“嗯。”维克多不假思索地回答，他自己也很吃惊。事实上，他有太多话想要说了。

第三章

如果诺玛足够坦诚，她应该记得雷尔失踪时的情景：摇曳的微光，越来越强的恐惧感，之后并没有什么爆炸性事件，而是神秘而离奇的安静。他像从前一样出发前往丛林地带，之后诺玛就面对着他已经失踪这一冰冷而残酷的事实。没有关于他的任何消息，没有片言只语。诺玛的生活一天天发生着改变，在无法承受的压力下变得枯燥，失去了本来的光彩。

到现在，雷尔已经失踪十年了。

起初的日子充满了煎熬：切肤之痛从她身体的每一个细胞里流出来，他已经失踪的现实无处不在。她在街上拦下陌生人，在公交车和火车上仔细地审视每个乘客的脸、他们的皱纹、他们的微笑、他们疲惫的眼睛的形状，甚至他们脚上穿的鞋。她的丈夫没有回来的每一天，她都觉得自己失去了平衡，她需要承担的一切太多、太残酷。她对他的思念永无止境：他的气息仍然弥漫在他们的公寓里，混合着汗水和平价香皂的味道。她怀念他有着两个小酒窝的脸颊、怀念他的亲吻、怀念他读报纸时的样子：他紧盯着报纸，仿佛能将报纸看出一个洞来。他将报纸折成三折，有点尴尬地承认其实他只关心体育版。她也怀念他的身体和他的抚摸。他的双手在她的背上游移，她自己的手指则摸索着他的脊椎，指甲用力刮擦，仿佛能将他撕开一般。她怀念他的鬼脸，总是做出同样的痛苦表情，睫毛轻颤、眼睛紧闭、表情专注；她喜欢他站在她的身后，但是又想看着他，看血色涌上他的脸，五官忧郁，随后恢复自然。她整夜整夜地失眠，思念着他，十分害怕触碰到自己的身体。恐惧无处不在：万一他永远都不回来了，该怎么办？

过去的十年，他活在她的记忆里，在那个介于生死之间的失踪状态。每一天，她带着对他的思念而活，一如既往地工作和生活，仿佛他只是去度一段悠长假期，而不是失踪甚至死亡。起初，她还亲自承担起侦探的角色；某种意义上，当她停止侦察之后，生活变得容易了很多。不是放弃，只是停止。在他失踪的第一年里，她拜访了学校里他的每一位同事，向他们打听他的消息。他去哪里了？一位驼背的老先生告诉她：他不是很确信，但他听说了1797这个数字。他在研究些什么？药用植物，另一位同事回答说，但是她本来也知道这个。他们听说什么了吗？两人都摇了摇头，视线移向别处。

一位教授告诉她，雷尔对一种叫丛林卷烟的精神药物很有研究，但这不是新闻，是吗？诺玛摇摇头：不，当然不。这是一个明朗的秋日，战争结束已经两个月了。一个星期前，电台里公布了通敌者的名单。教授挠了挠自己的络腮胡，失神地看着窗外那抹蓝天。他的办公室和他整个人都处于一种混乱中。“或许他只是迷失了自己。”

“我不明白您在说什么。”

“我只是突然想到这个。他太过于沉溺其中，返璞归真，”他抚拭着西服上的褶皱，“或许他能突破困境，或许他能迷途知返。”

诺玛摇了摇头，这对她没有意义。“那张通敌者的名单呢？反政府军呢？雷尔是不是反政府军的一员？”

她为什么问这个？她连这个都想知道？每次当她问起这个问题，雷尔的同事们都是同样的反应：一脸的茫然，闪烁其词地回答她的问题，随后一阵沉默，暗自揣摩着她的意图。他们谨慎地关上门、放下百叶窗、拔断电话线：一提到反政府军，人们就会重复这些举动。但是战争已经结束了，难道不是吗？

教授转过身来，面对着她。他们只在社交场合遇到过几次，曾经一起参加过圣诞节聚会和其他同事的生日聚会，并无深交。

“有人跟踪你吗？”他问。

她从来没有想过这一点，“谁会跟踪我？”

教授叹了口气。“没关系，”他说，“我很了解你的先生。我们曾经一起在‘月球’待过。他不是反政府军，他不可能是。”

“这是什么意思？”

“人人都知道根本没有这回事。”

诺玛沉默了。她几乎屏住了呼吸。

“这只是政府臆造出来的，是欺骗。美洲人编出这个，用来恐吓我们。”

“哦。”她喃喃出声。

“问这种问题时，你最好小心点儿，”他停顿了一下，深深地呼吸，“有人可能会误解。”

诺玛谢过他，收拾了自己的东西快速离开。

她翻遍报纸搜寻任何相关的新闻，但是战争结束的消息铺天盖地，占据了报纸的主要版面。谁会关心一位失踪的教授呢？记者们忙于报道与战争相关的新闻、收集整理伤亡者的名单。整个国家在迅速地瓦解：卸任的士兵们在千里的一家地下酒吧里互相开枪；当避难所高原区的一名男子被宣布为通敌者后，他本人被逐出了社区，他的家被付之一炬。战争面临着结束的阵痛，每天都有新的事件发生，所有的暴力事件都在指向无政府的结局。

然而，城市还是渐渐适应了和平。现在，她已经明白他的失踪意味着什么，但当战争结束的时候，她还是觉得兴奋而愉快，为这个突然而至的和平而微笑。诺玛期待着雷尔能回到家里，脸上带着晒伤和微笑，或许还有点憔悴，但是仍然好好地活着，摇头晃脑地给她讲述在战地附近搜寻某种药用植物的经历。他是一名科学家和人类植物学者，致力于保护濒危植物物种。这是过去他告诉她的，她曾经相信过。她总是愿意去相信他。当他们新婚燕尔的时候，她曾经问过他：我们初识的那个夜晚，一起跳舞的那个夜晚，那个身份证件是怎么回事？他们带你去了哪里？

“他们治愈了我，”雷尔告诉她，“他们带我去了‘月球’，让我住在那里。仅此而已。”他说，“我对政治没有兴趣。我只想好好生活。”

因此他去了数次丛林，每次都带回来许多丛林里的故事：手掌大的昆虫、翠绿浓郁的山谷和它的奥秘，以及那些扑闪着翅膀的电色小鸟。之后，他再也没回来，诺玛默默地等待他。再后来，电台禁止提到在东部丛林附近1797村发生的那场战役，以及在那场战争中抓获和杀掉的人。谣言称，很多人被直接埋葬，很快将会消失在无比茂密的大森林里。他们说那是一场屠杀，战争的胜利以绵延的新坟和无名的死者而告终——在一场战争中，如果作战一方愿意赴死的战士没有全部阵亡的话，怎么能意味着战争结束呢？和平终于重返人间，就在人们周围。1797村附近的战役被人们遗忘了。坊间流传着其他的消息，战争的尾声是远方一系列的杀戮，最好不要被提起。城市里同样发生了一场战争，但是现在已经结束；如果人们数年来第一次抬起头来注视天空、误以为那乳白色的光芒是阳光，并且开始遗忘，他们难道不应该被宽恕吗？

那些天流传着两份名单，分别是官方和非官方的，每张上面都有着不同的伤亡者、失踪者、流放者和监禁者。诺玛暗想，如果通过适当的人脉，或许她可以看到真实的名单，上面如实地记载着战争及其战果。但她从未那么做。接下来的几个月转瞬即逝，诺玛重新开始生活。她回到电台，播报着各种新闻，并不试图理解那些新闻的具体内容。她向电台请了假，暂时离开了星期天午夜的节目。许多她的忠实听众打电话进来，表达着他们的忧虑：诺玛怎么了？她还好吗？她在大学校园里徘徊，一遍又一遍地被人告知反政府军并不存在，她的丈夫会回家，何时回来只是一个时间问题，他只是在森林里享受着药物的盛宴，压力一直困扰着他，等等。很多人以忙或者家里有事为由拒绝见她，但她能感觉到他们对她的恐惧。她粒米未进，每个星期好几个晚上留在电台，不敢回家独自面对空荡荡的公寓。当她最终回去主持“城市寻人电台”的时候，她整个人意志消沉、声音干涩，但是听众们还是陆陆续续地打电话进来了：战争结束了，人们开始询问，他们失踪的家人去哪里了。

某天，当她的状态已经严重到不能再坐视不理的时候，埃尔默提议他们一起去趟监狱。埃尔默推测，雷尔曾经被误认为是反政府军的支持者，因此他的名字出现在电台的名单里。他被发现失踪，又在东部丛林地带被发现，因此被捕。在监狱里，在那群半死不活的囚犯里，她或许能找到他；如果他在那里，一切就能水落石出。埃尔默那时是她的朋友，他鼓励着她。她提交了申请文件，获得了批准；电台正在吹捧着新近赢得战争的政府，承诺将积极地报道监狱里面的情形。战争已经结束一年了。

诺玛和埃尔默开着电台的一辆四轮驱动车，穿过建筑杂乱无章的街区，经过那些外墙上用粉笔写着门牌号码的房子，经过那些覆盖着铁皮的简陋棚屋，向监狱开去。一路上设有很多个关卡，有些由穿着军服的士兵把守，有些则由附近街区的恶棍之流坐镇，每次他们都得出示相关许可文件，贿赂一点小钱，脸上挂着谦卑的笑容。当他们的车疾驰而过，孩子们跟在后面追赶着，在漫天飞舞的尘土中挥舞着手臂。他们经过数个破败的社区，那里的房屋是一片烧焦的黄灰色，沐浴在黯淡的日光下。在天气晴朗的日子，诺玛能从电台窗前一直看到这里：群山开始出现，城市仿佛在这里终结——虽然事实上城市仍在继续延伸。每天，随着丛林和山脊里人烟散去，越来越多的人来到这里生活。在这个城市的边缘，周围是一片荒凉的低矮山脉，有时干旱成灾，有时又暴雨滂沱，城市的新移民们在这里安家。

监狱是一座庞大的建筑，它的瞭望塔高高耸立于这个叫“克莱德”的街区。供探视人员出入的监狱门前挤满了人，妇女们叫卖着报纸、三明治，以及用于贿赂狱警的小玩意儿，例如外国的硬币、塑料钥匙圈和旧漫画书。诺玛和埃尔默排在队里等待，与他们一起等待的还有不安的母亲、焦虑的妻子或者女朋友。他们都被拒绝探视。

别人都只需通过第一扇锁住的门，诺玛和埃尔默却走进了一道长长的走廊，经过数扇锁住的门，每扇门前都站着一位荷枪实弹的年轻警卫。每次，警卫都要求他们卷起右臂的衣袖，在手臂上盖上章。进入到下一扇门前，那里的警卫会数一下之前的章，并加盖上一个新的章，然后挥手让他们进去。最终，他们被带进一个没有窗户的空房间里，头顶的荧光灯发出嗡嗡的电流声。房间里放着三把金属折叠椅，他们坐下来等待着。

“别紧张，”过了一会儿，埃尔默安慰她，“没那么糟。看看你的手臂。”

她闻言再次卷起了衣袖，审视着那些已然模糊的紫色印记，上面没有州的图章，也没有国旗、州旗或任何编号。她微笑了起来。“城中最佳的办公用品”“维切尔兄弟罐头食品厂”“A-I窗户维修”“大都会宾馆”“优雅气质，无懈可击”，这些是她的监狱进门许可证。

“我还以为能更正式点呢。”诺玛说。

“这是因为你从未来过这里。”

随后，一名穿着旧橄榄色制服的壮硕男子走进来，带他们去他的办公室。他不仅不与他们握手，甚至没正眼看他们一眼，但是他衣服上的名牌写着“罗克勒斯”。他在自己的桌前坐下，声称没有人通知过他们的到来。“我怎么知道你们是谁？”他质问道。

他们都觉得最好让埃尔默回答，以免激怒这位军官。埃尔默向诺玛点了一下头，从里面的口袋里抽出一叠文件。“我们有监狱探视许可证。”

然而罗克勒斯瞪着诺玛，眼神带着威胁和拒绝入内的意味。“女士，”他说，“你为什么想来这里？”

这间办公室黑暗而凌乱，档案柜被塞得满满当当，里面的文件仿佛随时会掉出来，落到地面上。一个廉价的镜框里镶着一幅瑞典的山脉风景画，斜斜地挂在墙上。这在当时很流行，是美化这个国家生活的一种方式：将饱受战火洗礼的小村庄变成整洁的北欧小镇，那里有清澈的溪流、古朴的风车，还有绿草茵茵的群山。诺玛几乎要笑起来了：我们的山可不像那样。

她考虑了一下直接提起雷尔，想向他说明一定有什么误会，但她转念一想，改变了主意。“长官，我们有探视许可证。”

“我不是问这个。”

“那我不明白您要问什么。”

罗克勒斯叹息了一声。“这里面关着杀人犯、野蛮人和暗杀杀手，我们应该在发现他们的时候就地正法。你确认你想见他们吗？”

“长官，我是一名记者。”

“我痛恨记者，”罗克勒斯说，“你们在为这些杀人犯编造借口。”

“没有人再会为他们编造借口，”埃尔默说，“战争已经结束了。”

“这里还没有结束。”这名军官说道。

“是的，长官。”

“这里有多少名囚犯？”诺玛问。

罗克勒斯耸了耸肩。“几年前我们就不数了，现在里面的人员很固定，不会再增加。我们不再接受新的罪犯。”

“我明白。”诺玛回答。

“我们会先杀了他们。”

“我明白。”她重复道。

他站起身来。罗克勒斯从档案柜里取出一瓶外用酒精和一袋棉球。他打开酒精瓶，将一个棉球浸泡在酒精里，再递给诺玛。他指着诺玛的手臂：“你跟我在一起，不需要这些章了。”

诺玛犹豫不决。

“拿着吧，”这名军官说道，“你最好现在就清理。如果让外面的士兵们清理，他们要收你五十分。”

他们清理干净后，罗克勒斯拿着一串叮当作响的钥匙走在前面，带着他们走出办公室，穿过一道黑暗的走廊，爬上一个螺旋形的阶梯，最终来到了位于监狱院落上方的挑高通道上，两边围有钢丝栅栏。他们在监狱上方走着：站在这里，诺玛能看到不远处赭色的山脉，山上散布着简陋的小房子；在她下方，囚犯们站在尘土飞扬的院子里，回瞪着她。一群囚犯正在一名囚犯的带领下做热身运动，另外一些囚犯似乎在辩论着什么。他们当中有些人以嫌恶的眼神看着诺玛他们，有些则冷漠而淡定。阳光很耀眼，他们眯着眼看着这几位访客。有些囚犯对诺玛吹着口哨；毕竟，在这个被囚禁的男人的国度里，她是唯一一名女人。有些人在下面的监狱院子里跟随着她的方向走着，踢起地上的尘土，大声地说笑着。“宝贝儿。”他们这样叫她，还谈论着一些别的话题，例如她的私处和那里的芬芳，以及他们想怎样对待她之类。诺玛本能地向埃尔默伸出手，埃尔默则伸手握住了她的手。她觉得不安全。他们每走一步，通道都发出颤巍巍的声音，诺玛觉得整个通道随时会垮掉，她会掉进监狱的院子里。没有人能够救她，无论是刀枪上阵，还是调兵前往。罗克勒斯手中的钥匙一一划过天桥的网眼栅栏。他灰白的头发看上去很油腻，脖子后面油亮发光。偶尔，他还透过栅栏向囚犯吐痰。

罗克勒斯说，在黑暗而灼热的地下单人牢房里，还锁着另外一些囚犯。他指向下面的院子。“这些还算好的。”

“我们能见见他们吗？”埃尔默问，“您说的那些地下的囚犯们？”

罗克勒斯摇了摇头。地下的那些囚犯们曾经从本质上动摇过国家的根基。监狱院子里囚禁的是士兵和杀手，地下囚禁的才是那些反叛的头目。他们被单独囚禁、与世隔绝，只隐隐约约知道战争已经结束，而他们已经落败。“你们要找什么人吗？”

“是的。”诺玛回答。就在同一刻，埃尔默给出了完全相反的答案，“没有。”

罗克勒斯不禁笑了：“好吧，到底怎样？”

“我丈夫，”诺玛回答，“这是个误会。”

一群囚犯密切观察着监狱访客的动静，但大部分囚犯已经放弃从他们那里获得任何回应。有些囚犯蹲坐在地上，抽烟吐痰。阳光很刺眼，诺玛觉得一阵晕眩。她用手指抠住钢丝栅栏，努力让自己站稳。

一名囚犯邀请诺玛坐在他的脸上。

“禽兽！”罗克勒斯咆哮着。他转向诺玛，致歉道：“女士，我很抱歉。我们从不犯错。”

囚犯们闻言报以咒骂和嘲笑，他们直呼着他的名字：“罗克勒斯！刽子手！她是你女朋友吗？”

罗克勒斯皱了皱眉。“你有很多仰慕者，”他说，“这里不是女人应该来的地方。你还好吗？”

诺玛点点头，问：“我们能看看囚犯名单吗？”

“没有名单。”他回答说。

他们继续在天桥上走着。在天桥下方，囚犯们肮脏而不修边幅，赤裸的上身被阳光灼伤。每隔五十米会经过一座岗楼。罗克勒斯对每一名警卫都说着同样的话：“后面的两位是朋友。”然而，这些年轻警卫的眼神里仍然流露出恐惧，他们端着枪指着诺玛和埃尔默，直到他们经过。

罗克勒斯将他们带到最高的瞭望塔前，这里比通道高两层楼。瞭望塔里有两名士兵，架设着众多武器对准下面的囚犯，令人叹为观止。诺玛看向下面：囚犯们像蚂蚁一样在移动，混乱而令人晕眩。她透过望远镜端详着他们：他们的脸庞、他们下巴的弧线，以及他们的额头，但是一无所获，她的丈夫并不在其中。他一定能认出她来，不是吗？他还会大声喊她吧？但是他不在那里。她当然早就知道了，但不允许自己多想。还能怎么办呢？他曾经在战地附近工作。这里囚禁着犯人，那里则已魂归故里：如果能在这里找到他，无论是和其他士兵一起被囚禁，还是作为反叛头目被囚禁在地下，难道不是更好的结局吗？

没有人曾经指控过他是反叛头目。

或许他们发现了她在观察他们，也或许这是他们嘲弄她的方式，喧闹的人群分散开去，又重新排成队列。一队又一队黝黑瘦弱的男人们齐声喊着“刽子手”，他们看上去勇敢无惧，有些人的脸上还带着微笑。

诺玛扭过头，凝视着周围的山脉。如果没有那些简陋的棚屋，这些山脉看起来就像是一张明信片。

罗克勒斯摇摇头。“他们要唱歌了。”

片刻之前这里还杂乱无序，现在却井然有序。这些人是刚才那些追着他们满院子跑、被阳光灼伤的饥饿囚犯吗？从下面传来一声低语、一段旋律，再无其他。这仿佛是工作密码，囚犯们的手臂放在身体两侧，像雕塑一般庄严，像军人一样肃静。如果雷尔在里面，他会怎么做呢？他们挺胸立正，表情坚毅，看上去不像是人，更像是机器。他们开始歌唱。

“反政府军是真的吗？”诺玛问。这是她心中唯一的念头。

罗克勒斯难以置信地看着她。他转向埃尔默：“她到底是谁？”

“对不起，”诺玛说，“我只是——”

“你怎么不问问他们？”罗克勒斯一边说着，一边向下面的囚犯们挥着手。

“那么‘月球’呢？那里还有人吗？”

“女士，您疯了吗？”

诺玛一言不发。她闭上眼睛，听到埃尔默在替她道歉。她的雷尔在丛林里徘徊，呼吸着森林里湿润的气息，他热爱林间的鸟儿、青翠的草木和木头烟熏的味道。他不是一名反政府军，因为他曾经告诉她他不是。他曾经亲口否认过，不是吗？他不是一名反政府军，因为反政府军根本就不存在。

“我们为什么来这儿？”诺玛喃喃自语。

埃尔默眨着眼睛，“因为你想来这里。”

“开一枪警告他们。”罗克勒斯吩咐警卫。

警卫瞄准囚犯面前的地面射了几枪，地面上腾起小小的尘土蘑菇云。囚犯们继续歌唱。诺玛越过自己的肩膀看向埃尔默，当埃尔默看到诺玛的目光，他耸了耸肩。子弹继续规则地射向地面，越来越靠近囚犯们的队伍。他们唱着歌，罗克勒斯则诅咒着。他们的动作十分机械，令人吃惊地整齐划一。战争的策划者们没有利用这种狂热。这是他们致胜的关键。这个国家的历史充斥着各种形式的游击战：这里那里，一群乌合之众受某种空洞的思想意识或朴素的冤情所驱使，一名堂吉诃德式的没落贵族领导着一个装备不良的群体——这样的事情一直都在发生，每代人身上都要发生一两次，并且每次都以同样的方式结束：叛乱者们要么被饿死，要么因为染上疟疾而丧命。他们在国家的边缘展开战争，当枪战一开始就放弃了。反政府军与他们不一样。他们挑起了战争，但从未计划过休战。他们矢志得到一切。

警卫又开了几枪，子弹射穿了那些正在唱歌的囚犯们面前的土地。诺玛看着那位年轻的士兵，他的发际线上凝结着汗珠，枪支的后座沉重地拍压着他的肩窝。子弹离囚犯们越来越近，然而囚犯们继续高声歌唱，歌唱着战争和未来，歌唱着对旧日梦想的礼赞。有些囚犯闭上了眼睛。这是一场狱中歌剧，充斥着子弹、尘土和灼热的日光。年轻的士兵在囚犯周围连续开枪，但囚犯们并未因此而退缩。“长官，”士兵请示道，“可以吗？”

罗克勒斯摇摇头。“我没有射杀囚犯的权力。”他对诺玛和埃尔默解释。

诺玛从年轻士兵的脸上察觉到了失望。埃尔默记着笔记，研究着当时的场景。在强烈的日光下，一切都失去了本来的色彩。她随时可能晕倒。

子弹呼啸而过，囚犯们继续大声地唱着歌。雷尔也在唱；过去，他经常以富有喜感的破喉咙对着她唱歌，夹杂着走调的颤音和夸张的假音。他唱歌是为了逗她笑。有时候他在拥挤的马路上唱歌，或者在麦特泊罗旁边的公园里唱歌，完全无视周围路人厌烦的表情。一个疯子，你能怎么办？他后来告诉她，我疯了，我唱歌，是因为我为你而痴狂；诺玛脸红了，十分尴尬。在家里，他也为她唱着爱之歌，来自行吟诗人时代的甜蜜歌谣。诺玛能听出此刻子弹声里的急切，年轻的士兵渴望着射向一名囚犯，只要一名囚犯就行，或许只是将他射伤，子弹穿过他的腿或者肩膀。看着一个人在自己面前倒下，何等的欢乐！雷尔不可能死了。囚犯们的歌声迫使诺玛不得不闭上了眼睛，她能感觉到阳光在她的眼皮上留下的灼热感。她的脑海中混杂着一段小调和弦、一段忧伤的旋律，以及一幅画面：她的雷尔只穿着内衣，蹲在床脚为她唱歌。有些歌是浪漫的，有些歌则是欢快的，例如《你是我的阳光》，甚至更为庸俗的口水歌。

“他不在这里。”诺玛对埃尔默低声耳语。

他们被笼罩在亮白色的阳光里，枪声有规律地继续着。歌声的旋律飘向天空。

“长官，就一个囚犯行吗？”士兵问。

罗克勒斯疲倦地皱了皱眉头。他从埃尔默的手里接过了便签本。“我会坚持这些，”他说，“你明白的。”

埃尔默什么都没说。他的手伸向诺玛的手，而她任由他握着。她向他身边走过去。

“请给我看一下名单，”诺玛请求罗克勒斯，“拜托了！”

“你要找的那个人，叫什么名字？”

她告诉了他。

罗克勒斯扬了扬眉。“从未听过。他有其他名字吗？”

她轻咬了一下自己的嘴唇：“我不知道。”

“你连问题都不知道，我怎么回答你？”罗克勒斯叹息道，“女士，这是一场宏大的战争。一场规模非常宏大的战争，参战者数以万计。”

“长官？”士兵追问。

长官微笑着点头。“哦，再年轻冲动一回吧！”

士兵随即扣响了扳机，一名囚犯应声倒下：他位于第三排倒数第二个，因此大部分囚犯没有看到他中弹。他们高声唱着歌，目光直视前方。倒下的囚犯被击中了腹部。他跪倒在地，摔向前方，倒在了尘土里，被阳光晒成古铜色的后背弯曲着，手臂压在身体下面。他在祈祷，诺玛也在祈祷：她的手指紧紧地抠进栅栏上的网眼，指甲掐进了手掌里。雷尔没有回来。

每天晚上，诺玛都开着门睡觉。当她仍然对雷尔的回来充满希望的时候，她曾经想过：如果雷尔今晚回来，他能一眼就看到我在独自睡觉。起初她是这么想的，但是现在她彻底断绝了此念。现在，这只是一个简单而单纯的习惯，说不清具体从什么时候开始，但是始终存在着。她的门一直是开着的。

但是今晚，这个男孩来了。他就在那里，坐在长沙发上。公寓很小，站在客厅里，可以一眼看进厨房和卧室。诺玛此前并没有意识到，但这一刻突然意识到自己的孤独。这并不是因为这个男孩。维克多很安静：在表面的沉默下，他内心五味杂陈，充满惊讶。她不知道他看到了什么，但他因此几乎一言不发。他骨架瘦小、身形单薄，整个人一点也构不成威胁。她猜，无论让他睡在冰凉的厨房地板上，还是睡在带枕头的松软沙发上，他一定都没有异议。但是他在那里。即使将他瘦小的身体藏在水池下面的橱柜里，诺玛也能感觉到他的存在。不是他这个人本身，而是他的呼吸、他作为一个人的存在，在这间公寓里与她如此接近。这个空间曾经属于她和雷尔，后来只属于她一个人。这是一个被尘封的地方，充满了回忆。在这里，时间凝固了接近十年。曾经来访的客人？几乎屈指可数。没有了雷尔，她一直形只影单。

维克多睡在了长沙发上，在对面药店蓝色的灯光下轻轻地呼吸。毛毯几乎覆盖住他的全身，除了脚从毛毯下面伸了出来，伴随着他的梦境，脚趾或弯曲或伸直。这所公寓太小了。他们一直筹划着，等以后有了孩子，他们就搬进一所更大的公寓去，因此他们一直在尝试怀孕。当雷尔失踪的时候，她三十二岁。他们从未停止过尝试。即使是他们在一起的最后一个夜晚，他们也尝试了。医生曾经说过，他和她都没什么问题，怀孕是需要时间的。因此时间悄悄逝去了。当诺玛和雷尔结婚的时候，他们梦想着能有半打孩子，每一个都比上一个更漂亮，每一个都是他们更完美的爱情结晶。他浅褐色的眼睛，天然拳曲的头发；她柔嫩的双手，以及修长而高贵的手指；她的鹰钩鼻——不像他那样微微向左偏，但搭配他的肤质，更适合他们打算战争一结束就去度假的地方，那里阳光明媚。他们想象着孩子的模样，集中了他们两人的优点。诺玛说，孩子应该继承我的嗓音，用来说话。雷尔大笑着反驳她：不，还是继承我的吧，用来唱歌。

他们遵循医嘱，满怀希望地规律地做爱，但是诺玛却没有怀上孩子。无论他们充满热情，还是极其绝望，仍然什么都没有。当雷尔一去不复返以后，诺玛的经期奇迹般地中断了九十天。她暗想着，她将独自抚养他的孩子长大，这几乎让她觉察到了一丝幸福，然而后来证实，那只是因为她压力过大、经期紊乱，她的身心都备受摧残，慢慢停顿下来。有一天，她在镜子里看到自己形销骨立，就像一个刚从乡下回家的士兵，精疲力竭，衣衫褴褛。她看上去骨瘦如柴，肤色苍白。她并没有怀孕，而是在一步一步走向死亡。

男孩睡着了，他的脸埋在沙发的靠垫里。诺玛打开了收音机：里面传出了一首缓慢的旋律，一个充满留恋的声音。男孩没有被惊醒。她将门抵上，蓝色的光消失了。在黑暗中，她再次是一个人了。她默默脱去了自己的衣服。

第四章

很多年以前——遥远得像上辈子，曾经发生过这样一件事情：在一个没有月亮的晚上，雷尔和几个朋友猛灌了几杯米酒后，一时兴起地将石子掷向学校外墙，比赛谁掷得最准。他们喝得醉醺醺的，又是活泼好动的年龄，因此这本来只是一场小男孩之间的恶作剧。但就在同一晚，另外一件事情发生了：一枚自制的小型炮弹在镇长办公室里爆炸了。这是战争爆发之前的事情，比战争早了十几年。这次爆炸发生在一个偏远的小镇，那里过去从未发生过这样的事情。爆炸惊醒了尚未熟睡而迷惑的人们。火苗吞噬着屋顶，灼热的窗户玻璃碎片一片片迸射向街道。人们排着队提着一桶桶的水救火，但完全是杯水车薪。水很快用光了，人们的信心也被耗尽了，因此救火行动停了下来。天空黑压压的，微风轻拂。整座建筑慢慢燃烧殆尽。这是一个多么美丽的夜晚，火灾来得真是时候。

雷尔那时只有十三岁，但他那晚却因此入狱。为了他自身的安全，他被关了起来。监狱外面，人们愤怒地声讨他，声音中充斥着只有暴民能够体会的偏执。监狱的狱警是他父亲的兄弟特尼，他一直在呼吁人们要冷静。雷尔的父亲正是那所受害学校的校长，在监狱里面，他涨红了脸吼道：“孩子，你做了什么？你到底做了什么？”

镇上的监狱在广场两个街区之外，面对着一条安静的小马路，马路对面是女佣和工匠们简陋的家。监狱的外墙刷成了浅蓝色，上面印着这个国家的国徽，如果凑近了看（像雷尔经常做的那样），那国徽模模糊糊、难以辨认，像是镇上唯一的报纸头版上满是黑点的图片。在监狱门框的上方，以庄严的黑体字刻着一句印第安古谚：勿撒谎、勿杀戮、勿偷窃，与这个死气沉沉的监狱格格不入。雷尔喜欢这间监狱：他喜欢和他的叔叔坐在一起，在他看来，叔叔的工作就是等待出现各种乱子。特尼叔叔说，这里的乱子太少了。他愤愤地抱怨小镇太宁静，并乐于大谈他在首都度过的光辉岁月，根本分不清他哪些话是真的，哪些话是假的。听特尼说，城市里充斥着小偷、乡巴佬和杀人犯，谁也不比谁少。听特尼说，他曾经单枪匹马地与各类罪犯英勇斗争，在曲折迂回的街道上巡逻，坚定不屈、勇敢无惧。一座城市！真难想象：即使是那时，城市已经慢慢走向衰败，摇摇欲坠、阴影重重。但是城市到底是什么样子呢？雷尔想象不出来：沸腾的黑色海洋、绵延曲折的海岸线、厚重的云层，以及被永恒的黑暗笼罩着的人们。这里，阳光明亮而灿烂，山顶常年覆盖着晶莹的积雪。湛蓝的天空万里无云，河流在城市里蜿蜒流过，鹅卵石铺就的广场上有一座喷泉，清澈的水流在阳光下喷涌而出。情侣们依偎在公园的长凳上，手牵着手，花坛里鲜花盛开。早晨，新鲜烘烤的面包出炉，香味溢满整条街道。雷尔的家乡在广场周围方圆十个街区以内，再往外是尘土飞扬的巷陌、灌溉充分的良田，以及屋顶盖着红色茅草的农舍。雷尔无法想象特尼口中描述的地方：一座盛极而衰的城市，那里霓虹闪烁、珠光宝气、枪支林立、物欲横流，它既光鲜亮丽，又脏乱不堪。这里的一切都令雷尔的叔叔厌倦：绵延的村庄、灰色的山脉，以及永远一成不变的蓝天。最要命的是，这里的人们心性太单纯，他们不能或者不愿对彼此策划阴谋。对于特尼来说，他们正直善良得令人失望。“特尼叔叔，你为什么回来呢？”每当听到这个问题，雷尔挚爱的特尼叔叔便开始沉默，仿佛着了魔一般。

“曾经有一个女人。”他说，随即声音低沉了下去。他把玩着监狱的钥匙，“一直有一个女人。”

特尼叔叔讲着故事，将刚刚进来的那群骂骂咧咧的醉鬼们关起来。这群醉鬼知道他的名字，总是千篇一律地招认：“我本来只是在做自己的事情……”对于那些无可救药的嗜酒者来说，这里一半是监狱一半是旅店；对于小镇上的罪犯或者另类的人来说，这里还充当着精神疗养所的角色。很多个夜晚，雷尔匆匆忙忙写完作业，穿过四个街区，来到狭窄的小警局，和他的叔叔并肩坐在警局外面的台阶上，一起等待着小镇上出点什么乱子。乡村里不时发生些普通案件，例如扒窃和从集市上偷水果。每五年左右，小镇上会发生一起谋杀，往往是为了争夺土地、牲畜，或者女人。当那群醉鬼被警卫们带进来的时候，他们会叫着叔叔的名字“特尼”，以示反抗；雷尔的叔叔表情木然，伸手从腰带上取下钥匙。他会说着“欢迎回来”，脸上甚至带着一丝微笑。醉鬼们继续叫着“特尼”来求情，但他们知道并没有用；雷尔看着他们耷拉着脑袋鱼贯而入，接受惩罚。夜里，当警卫们离开以后，特尼会打发雷尔去商店里买酒。在空荡荡的街道上，雷尔蹦蹦跳跳地去索利亚太太通宵营业的酒铺。在那里，雷尔必须按固定的节奏敲打着窗户：啪啪、啪、啪、啪，索利亚太太才会打开窗户，露出她那张皱巴巴的脸，在暗淡的光线中眯缝着眼睛：谁啊，谁在那儿？太太，是我。我是雷尔。这时，她会递给他一瓶酒，瓶口盖着一小块塑料纸，用橡皮筋紧紧地固定住。啊，家酿的美酒！她把酒装进木桶和旧澡盆，埋在院子里，她的房客总是抱怨着散发出的酒味。酒看上去十分清冽，闻上去却臭味扑鼻，如同毒药。特尼叔叔喝着酒，皱着眉头，不自觉地眯起了右边的眼睛。但是雷尔的叔叔是位优雅的醉鬼，他描述着烈酒的甜美和心中的暖流。在酒精的作用下，他的精神像一座胡乱堆成的砖塔，一碰即倒。他会聊到那个曾经诱惑过他的女人，她的丰臀是世上最可口的美味，她有一双蓝色的眼睛，颈上有一道很小的疤痕，她用自己棕色的鬈发遮住了那道疤痕。她怀了他的孩子，因此他无法在那个城市里继续生活下去。她让她的弟兄们去找他。“孩子，光天化日之下，他们竟然在大街上揍我，”特尼说，那么多年过去了，他依然不敢相信，“我还是名穿着制服的军官呢！”雷尔倾听着，他的叔叔喝多了，口齿含糊不清。醉鬼们聚在生锈的监狱栅栏后面偷听，安慰着他：离开她，把她给忘了，咱们来喝酒！雷尔和特尼都笑了。特尼的酒后告白和那些醉鬼入狱的指控一样，强调了他们自己是多么的无辜和无助，他们的动机又是多么的单纯。他有过一个儿子。“我有个儿子！”特尼对着远处的天空吼叫，他曾经被逐出的城市的天空。过了几个小时，特尼让他的侄子喝了一小杯，又让他倒了一点在塑料杯里，递给那些被囚禁的醉鬼们，他们早就被酒味撩拨得心神不宁。在那一刻，雷尔觉得那些囚犯们很爱他。他们接过酒一饮而尽，像接受圣酒一样虔诚。雷尔让他们发誓，承诺好好坐牢，不惹是生非。“特尼，”他们对他大喊，“让你侄子别再折磨我们了。”他们继续喝酒，时间就这样悄悄流逝，很快到黎明了。雷尔感到头晕目眩，他把玩着收音机，直到他搜索到一个模糊的电台信号，听到来自首都的新闻、古老的古巴歌曲，或是为印第安农民播报的天气预报。最终，所有的人都醉醺醺地睡着了：囚犯们躺在监狱冰凉的地面上，雷尔和他的叔叔则睡在监狱的台阶上，天空渐渐地出现了一抹橘红色。在山的另一边，天已经亮了。

雷尔十三岁的时候，镇长办公室发生了一次爆炸。就在同一晚，雷尔和他的朋友们将石子砸向了学校的窗户。他们用印花头巾遮住了脸，就像首都报纸上描述的游击队员。就在同一个星期，一名男子在一间装满武器弹药的房子里被逮捕了。他将在狱中度过好几年，之后在一次大赦时被释放。随后，他整合了五个不同的党派，建立了反政府军，但当时还不为人所知。在雷尔所在的小镇，这是一条爆炸性新闻，因为那位被捕者在去首都前曾经在小镇上度过了他的少年时光。

然而，谁会关心这些呢：在这个国家里，不是总有人试图挑起战争吗?

在夜色的掩护下，雷尔和他的朋友们徘徊在街道上。整个小镇已经沉入梦乡，街上有几只流浪狗，门廊上时不时还躺着流浪汉，雷尔和他的三位朋友一起在小巷里追逐奔跑。“那三个人是谁？”父亲后来问他，但他拒绝回答。在雷尔的心目中，把自己的朋友供出来是不对的。那一刻，整个小镇仿佛无人居住。你很容易想象你是这个小镇的主人，拥有每一个角落、每一栋低矮的房屋、每一个公园和公园里的每一条长凳；还有教堂的台阶、西斜的棕榈树和小镇边缘的田野，那里饥饿的田鼠横行、到处觅食。所有的这一切，都是你的。你很容易以为自己是街道上唯一的人，但实际上你错了。

学校门口没有看门人，只有一圈铁栏杆，上面挂着一把年代久远的锁。孩子们轻轻一跃就能爬进去。后来，雷尔的父亲问他："你到底做了什么？为什么要那么做？"雷尔的手臂上一片瘀青，是愤怒的人群试图抓住他时在他手臂上留下的伤痕。

"我什么都没做。"

"什么都没做？"

雷尔一阵咳嗽，几乎喘不过气来。监狱外面，人群高呼要伸张正义。他再次为自己澄清："我没有那么做。"

"你给我解释清楚。"父亲责令他。

他向父亲一一解释：他们出于无聊，在诊所后面的空地上生起一小堆火，火焰在铺着石子的地面上投下了橘红色的影子，光滑的石子在火光里熠熠生辉，随后，他们发现了一个明显的目标，正在小镇另一头召唤他们。这是个晴朗而凉爽的夜晚。他们口袋里装满了石子，一路狂奔，说不出的爽快惬意。他们在索利亚太太的酒铺外驻足停留了片刻，啪啪、啪、啪、啪地拍打着窗户，凑钱买了一瓶酒。他们闭着眼睛吞下烈酒，喉咙仿佛要烧着一样，眼前的一切都变得参差不齐、模糊不清。"为什么？"父亲再度发问，但是雷尔也说不清自己的企图。雷尔还只是个十三岁的孩子，喝完酒已经三个小时，他仍未完全清醒。他直视着父亲的眼睛，对父亲有了怜悯之心：父亲黑色的眼睛怒火灼烧，头发花白，脸上写满了失望。他不是一个坏人，至少在家里不是。在学校里，他就像一名暴君；在这一点上，他和其他所有的校长一样。雷尔并不仇恨学校，至少不像他的朋友们那样仇恨学校。

"我不知道。"雷尔回答。可不可以既说出事实又不承认错误？

事实上，他根本不应该被抓住。如果在那天以外的任何一天，将石子扔向学校呢？什么事都不会有。几扇窗户可能被砸坏。那又怎么样？难道会有人责怪校长的儿子吗？学校里有很多来自贫困家庭的学生，他们脸色阴沉、膝盖灰白，人们会先怀疑他们。没有人看到过雷尔。一位老街坊声称看到了四个男孩，但只看到了他们的影子，笑着走在路上。他们可能是任何人。随后一道亮光闪过，轰的一声，一切都随之改变。在爆炸发生的第二天，军队进驻小镇。士兵们荷枪实弹，决意查出元凶。

这些事情之后才发生，因此那晚雷尔仍不应该被抓住。雷尔和他的朋友们跑到广场上去看热闹，仅仅是出于好奇，没有别的原因。朋友们消失在了人群中，不是吗？他们不是也喝酒了吗，难道他们不怕火，难道他们不是和你一样兴奋吗？你为什么将石子扔向学校（这其实并不是什么严重的罪行，如果发生在任何别的夜晚，都不会有人注意到）？父亲问道。他接着说：儿子，你为什么要与全镇人为敌？你为什么要这样对你自己？为什么要这样对我们？

雷尔立即明白，出大事了。镇长办公室是一栋小楼，当雷尔到达广场的时候，它几乎要倒塌了。火苗吞噬着木质的屋梁，窗户玻璃被烧成了红色和黄色，扭曲变形，办公室里的报纸和椅子都在燃烧。有人跑去通知镇长。一阵烟扩散向空中，热浪灼人。一切都显得迫不及待，仿佛所有人都在等待这场期待已久的灾难。雷尔仍然醉醺醺的。在火光里，他从自己的呼吸里闻出了酒气，因此惭愧而忸怩。大火继续发出噼里啪啦的声音，屋梁随之掉进了余火里，浓烟四起，人们大口地喘着气。雷尔再次将头巾往上拉了拉，试图遮住自己的口鼻。他想找到特尼叔叔，和他一起分享这一刻的兴奋。他的朋友们走散了，消失在了人群中。雷尔站在人群外围，仿佛没有人能看见他，但是他错了。只过了几分钟，人们就发现了他：他在广场的背面摇摇晃晃地走着，步履蹒跚，眼睛发直，他的脸上还遮着一块深色的头巾。只有恐怖分子才这样打扮！这仿佛就是他们的制服！他站在火灾现场之外，看上去却是这场火灾的导演。

那个星期，雷尔这张照片登上了所有报纸的头版。照片上，他是个年轻的罪犯，正在抗议学校乱收费。

“我是无辜的。”他后来在狱中告诉父亲。

“你太蠢了，”父亲说，“他们都以为你要谋杀镇长。”

为此，全镇的人几乎都想在广场上当场杀了雷尔。曾经为雷尔做过第一套西服的裁缝抓住他的手臂，大声喊道："他在这儿！"人群骚动起来；雷尔的脸上还蒙着头巾，愤怒的人们围上来，对着他怒吼：

纵火犯！

犯罪分子！

恐怖分子！

他们连他是谁都不知道。大火继续熊熊燃烧，人们大口喘着气，急于惩罚火灾的元凶。就在那一刻，有人扯掉了他脸上的头巾，人群发出了一声惊叹：校长的儿子！恐怖分子！他们认出了他的脸，他也认出了他们的：满脸大胡子的屠夫，总是愁容满面的镇长秘书，还有驼背的管理员，他的皮肤粗糙而紧绷，隐隐闪着光。在他的故乡，那些看着他长大的父老乡亲们目瞪口呆，感到被背叛的痛苦。他们恨他入骨，愤怒地冲向他，雷尔觉得他们想要把他生吞活剥，而他就像一只待宰的羔羊。就在那一刻，特尼从人群中走出来，抓着他侄儿的手臂，将他带出人群，关进了监狱。全镇的人都跟在后面，确信他们已经抓到了恐怖分子。

数年后，在他遇到诺玛的那个派对上，在他与诺玛调情的那个夜晚。你不认识我是谁，是吗？他们通宵共舞，直到他问这个问题，直到他自己也开始困惑：自己到底是谁，为什么要问这个问题。他还是那个意外获罪、最终跟着父亲和叔叔逃向城市的孩子吗？舞池里传来了一声鼓、一声钹、一声断断续续的切分音。我是谁？我是什么？他想，陷进去了，我已经陷进去了。陷进什么了呢？唉，他问自己太多问题了。他告诉自己：什么都别想，继续跳舞。我陷入了我说不出口的事物，即使对自己也不能说。当然对她也不能说。那么，是因为同情吗？这听起来像是托词，令人难以信服。他审视着她，她的脸时而隐在阴影中，时而回到灯光下面。他在心里默默想着，我是先锋，当然对堆砌辞藻不屑一顾。乐队在演奏，他的脚步随着音乐移动，目光却聚焦在她轻轻摇摆的臀部上。她会看到我吗？他的手放在她的背上。音乐再度响起！随后他们上了公交车，接着遇到了路障，在片刻的慌乱之后，他将自己所有的秘密都悄悄放进了她的衣袋里。她什么都没有觉察，而他等待着最糟糕的结局。

那天早晨，他坐在那辆绿色的卡车上，想起了他的特尼叔叔，想起家乡友善的监狱。特尼叔叔如果知道他的处境，一定会给他的老同事打个电话，然后将他从这里拯救出去。卡车里还有别的人，他们也能像他这样幸运吗？一位满脸络腮胡子的男人穿着一件皱巴巴的西服，看上去疲惫不堪。雷尔好奇地想，为什么你要穿一件西服去坐牢？卡车里还有十几名年轻人，他们表情凝重，看上去百无聊赖，其中年龄较小的一位正用他那长长的粉色指甲去掏耳朵，另一位正在调整着坐姿，对周围的一切漠不关心，他茫然地瞪着空中，仿佛他的头号敌人置身其中，正在祈求他杀了他。几名衣冠不整的学生坐在雷尔对面，看上去喝多了酒、晕头转向，还有点恐惧。其中一名学生哭了起来，双手捂着脸呜咽着。他的耳朵变红了，仿佛会突然流血一样，没有人上前安慰他。一名士兵坐在卡车最前面，腿上放着一支步枪，对面前的人漠不关心。

天快要亮了，卡车驶过黎明前空旷的街道。路面坑坑洼洼，这辆老卡车不时驶进坑里，一阵摇晃。即使这样，雷尔还是慢慢睡着了。这里尚未执行宵禁，但是那一刻仍然无比安静。雷尔在那个大火之夜已经明白，安静不代表安宁：在不远处，有些事情可能一触即发。当然如此。当然如此，是因为军队第二天进驻他的家乡，盘问人们问题；也因为他的朋友们没有站出来证明他的清白，雷尔曾经以为他们会自己站出来，但他们没有，或许是因为胆怯，或许是他们的父母让他们保持沉默；还因为雷尔当晚被关在了监狱里，在地上睡了一夜，他全身裹在一张毯子里，脚却露在了外面，他的脸颊贴在阴冷潮湿的监狱地面上。雷尔高大而瘦削。他的父亲曾经说过，他是个笨孩子，但绝不是个坏孩子。

当父亲的怒气渐渐消散，他说："孩子，我们必须离开这里。"

这一想法令雷尔不胜悲伤。"我们去哪儿？"他问，但显然他知道答案。城市，去城市里：那是众人趋之若鹜的地方。父子俩哭成一团，随后和衣睡在地板上，就像罪犯一样。对于他们来说，这是镇上唯一一个安全的避难所。特尼把那些醉鬼都放出去了，监狱里只剩下了雷尔和他的父亲。

面慈心狠的镇长站在监狱外面，人们紧随其后。特尼请求他们全部回家，说到了早上一切都好了。事实上的确如此：几辆绿色的军用卡车停在了山上，下来了一群荷枪实弹的士兵，他们是来调查火灾起因的。他们检查了镇长办公室的余烬，随后搜查了主要嫌疑犯的家，都惊讶于雷尔的年轻。愤怒的人们躲在各自家中，怕自己看上去太关心此事，宁愿让当局去履行他们的职责。在雷尔的家里，士兵们发现了几本前卫的书籍，宣扬着城市里判定为危险的观点，即使雷尔所在的小镇也从未这样宣布过。

士兵们带走了雷尔的父亲，对他进行审讯。一个星期后，他被释放了出来，身上伤痕累累，一根肋骨被打断了。雷尔的父亲不是教过那个被拘捕的人吗，那个在小镇上一间装满武器弹药的房子里被捕的男人？这个小镇上的居民向来品行正直，为什么这个年轻人堕落成了一名罪犯？谁应该为这样的悲剧负责？谣言铺天盖地。学校董事会称他们很遗憾，但必须让雷尔的父亲离开学校。他们给了他两个星期的时间，让他从学校为他租的房子里搬出来，还为他准备了一场简单的派对，却没有任何老师来参加。雷尔那天正装出席，想和他父亲的同事们告别。当发现没有老师前来的时候，他怒气冲冲。“孩子，他们只是害怕了，”父亲安慰他，“别怪他们。”

突然，雷尔感觉到一支步枪顶住他的腹部。“小男朋友，醒醒！”正是之前将他带下公交车的那位士兵。他正在咧嘴狞笑。

雷尔无意反抗。他的脖子很痛，太阳穴突突直跳。从卡车上下来后，雷尔发现已经是早晨了。他们已经远离城市，正处于一片不毛之地：一个空气稀薄的暗淡的星球。地上铺着碎玻璃，脆弱易碎，路面坑坑洼洼。在昏暗的光线中，他能依稀看到沙丘和小山的轮廓。

“我们在哪儿？”雷尔问那位士兵。

士兵没有回答。

“‘月球’。”那位穿着皱巴巴的西服、满脸络腮胡子的男人说。

罪犯们被铁链锁在了一起。“笔直往前走，”一位士兵发号施令，“跟你前面的人保持一致。”

雷尔猜测，“月球”一定是个雷区。穿着西服的男人正位于他前面，他转过头来朝他微笑。他抬起自己被锁住的双手，摸着自己的胡子。“对我来说这很简单，”他说，“我的脚很小。对你来说就不容易了。”

“我没事。”雷尔回答。

从远处传来了一声枪响，队伍停下了片刻。远远传来了有人掩口而笑的声音。

“你以前来过这里吗？”雷尔问他前面的西服男人。

男人咬着他的上唇，点了点头。“这是我第二次来。”

他们拖着脚上的脚镣，向地平线走去。

第五章

无论在何种意义上，诺玛都不是一名母亲。在她的公寓里，有两盆植物可以证明这一点：它们曾经努力地朝着阳光生长，现在却已颓然放弃，枯黄的叶子上落满了灰尘，一天天地枯萎，一天天被遗忘。她独自居住，不是因为自私或自我，只是因为她是一个人而已。她所有的社交活动都通过一台收音机进行，在那个由失踪者组成的虚幻国度里，她是大家信赖的母亲。工作之余，她沉浸在回忆、音乐和孤独里，生活得孤僻而空虚。诺玛不是一名母亲，当孩子饱受牙痛折磨时，她不知道该怎么安慰；当孩子打碎瓷器时，她也不知道该如何惩罚他。她不知道如何帮孩子梳理打结的头发而不弄疼他，当孩子的长裤膝盖处磨破时，她也不知道如何打补丁。她从未经历过这些事情。她没有养宠物，因此没有笨拙的小狗扒着门等她回来，也没有花猫慵懒地从床架后面跑出来，用它黄色的瞳孔欢迎她，再偷偷溜走。自从雷尔失踪以后，除了那两盆奄奄一息的盆栽，她独住的公寓里没有任何动植物。因此，没有人问她讨吃的，也没有人等她帮忙洗澡，更没有人会在年少的噩梦中惊醒，大汗淋漓、高声尖叫，需要得到她的安慰。

因此，维克多给她上了人生的第一课：那天早晨，破晓之前，维克多尖叫着从梦中惊醒。

母亲们的心中始终充满了对孩子无私的爱，要唤起诺玛的母爱却是一种折磨。每个星期天，她都得在节目中假装成母亲，这已经令她勉为其难。现在她该怎么办？她的直觉是将门关上，将声音挡在门外——只是门已经关上了。她无处可逃：他是个活生生的人，一个活蹦乱跳的孩子，他的疼痛正在侵占她的空间。她揉了揉自己惺忪的睡眼，从床上起身。

她发现孩子仍然在颤抖，刚才那声尖叫已经用尽他全部的力气。他大口地喘着粗气，赤裸着上身，身形单薄，两眼充血，仿佛刚从动物园里逃出来的一头小兽。“维克多！”她叫了一声。诺玛觉得自己应该抚摸他，但是该抚摸哪里？怎么抚摸？她把手放在他的头上，在她和雷尔的沙发上坐下，孩子随即靠了上来。孩子的动作出于本能，没有丝毫犹豫，十分自然。他的双手紧紧抱着她。“没事了，”诺玛安慰着他，“只是一个梦而已。”她曾经听人这么说过，不记得是在电影里看过，还是在电台肥皂剧里听过。

孩子沉重地呼吸着，心怦怦直跳。诺玛能感觉到他在自己怀里颤抖。

雷尔失踪了，诺玛在接下来的一年里没有见到过他。诺玛随身携带着他的身份证，证件上的名字有着奇怪的外文发音。诺玛觉得随身带着那张身份证很危险，但她又很好奇。她觉得自己应该向谁打听此事，例如他们在大学里那些共同的朋友，但她又立即否定了自己这一想法。对她来说，这意味着某种背叛。这个男人有很多秘密，而她怀疑这正是他看上去少年老成的原因之一。整件事情看起来那么戏剧化、那么夸张，那晚的音乐、灯光，以及他那个荒诞而自以为是的问题。当雷尔被带走以后，公交车上那些乘客脸上的表情仿佛在谴责她：富有的白人女孩，愚蠢地打扰了他们早上的通勤，竟敢置车上所有人的安危于不顾，嘲笑一名士兵。这听起来有点丢脸，但是她现在能做什么呢？他被带走了，诺玛只剩下那一晚的回忆，以及他那张奇怪的身份证。派对那晚以后，她不敢向任何人打听他的消息。她也不敢告诉任何人他被带走了，而她目睹了他被带走的过程。无论如何，她根本不知道该对谁说这件事。

诺玛保持着沉默。在雷尔失踪的那段日子里，她发现自己在内心深处渐渐喜欢上了他，尽管那个夜晚她才刚刚认识他。或许这是因为她曾经目睹他被带走，就像亲眼看着他死去一样，还有什么关系能比这更亲密呢？万一她的脸是他今生见过的最后一张友好的面孔呢？他俩的相遇是他今生最后一次友善的肌肤之亲？她在夜里思念他，猜测他什么时候能再次出现。她梦想着自己能嫁给他，因为这是她能想到的最浪漫的情节。她琢磨着如何能够既打听他的消息又不引人注意：一张便条？一个电话？每一天，她都越来越紧张；每一天，她都期待着在大学校园里与他重逢：他站在人群里，被一群大学同学围绕着，手里夹着一支烟，漫不经心地谈论起他短暂的狱中岁月。如果看到他，她该怎么办？如果他问她要身份证呢？她胡思乱想着这些：她会回答，我一直随身带着它。她会像母亲教她那样温柔地微笑，母亲声称她曾经凭借微笑轻而易举地迷倒众生，她是对付男人的专家。读大学时，诺玛回家时经常发现母亲一个人在家里，眼神呆滞，收音机里传出的小夜曲在空荡荡的家中回响。“你父亲去喝酒了，”她含糊不清地说，“他抛弃了我。”

诺玛将母亲扶到走廊尽头的卧室里，帮她脱掉衣服，让她在床上躺下，嘴里重复着她俩都不相信的谎言：“母亲，他只是在加班罢了。别胡思乱想，这样你容易老得快。”

在餐桌上，诺玛的父母简短地交谈着、敷衍着对方，诺玛则配合着他们。她努力出演着这幕和睦家庭的哑剧，直到她的眼神和思想游离开去，雷尔出现在她的眼前，他透过公交车车窗吸着烟，傻乎乎地笑着，完全没有意识到自己即将消失。父亲说，把米饭递过来。诺玛过了片刻才回过神来。“你怎么了？”“父亲，我没事。”她颤抖着双手将盘子递给父亲，父亲皱着眉头转向母亲：“都是你，把她给惯坏了！”母亲唯唯诺诺地点着头，低眉顺眼地接受一切指责。他们为诺玛的教育倾注了毕生积蓄，因此当父亲对诺玛的举止不满意时，母亲一直逆来顺受。他们从未公开讨论这些，但诺玛心中深知父亲冷酷的逻辑，她宁愿暂时忘记这些不快，想起神秘而勇敢的雷尔，而不是她安静神秘、氛围紧张的家。

后来，当她与雷尔成为夫妻以后，她告诉雷尔，当他不在的时候，她一直在思念他；那时她并不了解他，很诧异自己为何会一直惦记着他。雷尔咧嘴一笑，一本正经地说：“我的魅力不可阻挡！”

尽管出于虚荣，她仍然很想知道：“你想到过我吗？”

“当然！”

“真的吗？”

“这是个老故事了。”雷尔说。

他们在市中心一个叫做阿伊朵的区里，在一家电影院的门外，这里专门放映宝莱坞电影和英语、孟加拉语和印地语的奇怪电影。这时距他们初次相见已经两年，雷尔重新出现也已经一年了。他正在买电影票，带她一起进电影院。她向他伸出手。电影院两个多月以来一直在播放同一部史诗片，年轻女孩们为了电影中的舞蹈动作结伴而来，男孩们则为了华丽的打斗场面蜂拥而至。“我听不懂印地语。”诺玛低声说，然而雷尔说故事情节简单明了，根本无需翻译。事实上的确如此：反面人物显而易见，每次他们一出场，人们都发出一阵嘘声。与此相反，正面人物每次一出场，观众都报以热烈的掌声，雷尔也在其中。他抓起她的手，一起鼓着掌，在微弱的光线里，她能看到他脸上的微笑。诺玛觉得又热又不舒服，电影院里很吵，汗味和酒味弥漫。银幕上，演员们正在交谈着什么，诺玛什么也听不懂。“为什么带我来这儿？”诺玛低声问。

“存在的就是合理的。你不好奇吗？”

电影继续播放着，灯光一直没有亮起。雷尔说：“这里的事情五花八门，这里的人物形形色色。”他正在向诺玛介绍她自己的故乡。“你生活得太好了，”有天他郑重其事地对她说，“你不知道这座城市真实的样子。我带你去看。”

“乡下男孩，你太逗了。我是在这里出生长大的。”

他坚持着自己的主张。

诺玛从未见过这么肮脏的电影院。观众中有人点燃了香烟，随意地将烟头扔向银幕，肆无忌惮地大笑着。电影本身十分晦涩，观众们的反应更是令人费解：银幕上，男人们在唱歌，女人们在跳舞，彼此眉目传情。当留着八字胡的无赖绑架了一名女子时，观众们发出了一阵欢呼；当这名无赖被打死后，观众又发出了一阵欢呼。当电影中的男女欲吻而不能时，观众爆发出一阵嘲笑声；当身材苗条、眼神迷离、黑发飞扬的女主角出现时，人们发出一片嘘声。演员们的对白渐渐隐去，歌声响起，人们来来往往，仿佛这里是一间候车室，电影只是个幌子，完全不重要。随着嘎吱一声，门被打开了，银幕笼罩在一片浅黄色的光线里。在这样的环境里，诺玛觉得自己无法专注于任何事，不只是因为她听不懂印地语，更因为她所置身的这间电影院。在角落里，一名醉鬼胡乱地弹奏着一把走调的吉他；黑暗中，观众们的喧哗声几乎能压死他。

一小时后，诺玛要求离开。

然而雷尔意犹未尽。他带着她穿过市区边缘人烟稠密的街区，路过那些世纪初建造的老房子，它们外墙上的漆已经脱落，窗户上没有玻璃，只用钉子钉了白纸板在窗棂上。那些房子看上去如同坟墓，它们也曾经光鲜亮丽过，然而经过多年油烟的洗礼，已经被熏得十分斑驳。眼神犀利的女人从窗口探出头来，伸长脖子看外面发生了什么事情、是什么声音、有什么人正在走来、又有什么人在跟谁一起离开。精心打扮的女士、面容严肃的男人和穿着运动鞋却没有系鞋带的男孩们来来往往，七嘴八舌地彼此问候。雷尔说，这样的街区就像神经系统，十分人性化，就像森林一样：夏天，一场人类的狂欢；到了冬天，窗户上挂着毛毯，背后是一个个阴暗的家。那天正是冬天。雷尔说："他们仍在用蜡烛，就像山里一样。"

如果诺玛能够预知未来，她会说："等城市里爆发战争的时候，我们都会用蜡烛的。"但是她并不能未卜先知，因此什么都没有说。

没有人知道，局势会变得多么糟糕。

他们沿着拥挤的人行道往外走，她抓紧了他的手，依偎着他。"森林是什么样子的？"她问。

他思忖着她的问题。她曾经不止一次地问起这个，仅仅因为她喜欢听他谈到森林。"森林无边无际。它是大自然无尽的创意，色彩斑斓，它是扭曲盘错的树干，也是行将腐烂的树皮，阳光透过树荫洒下来，雨点落在树顶上，就像敲打在金属上，发出悦耳的声音。森林里色彩丰富、光鲜亮丽。”

“你听起来不像一名科学家，倒像一位诗人。”

雷尔的脸上露出微笑：“我难道不能两者兼备吗？”

“但你宁愿成为一名诗人。”

“大家不都是吗？”他说。

他们继续向前走着，诺玛此时只想谈情说爱。人行道、排水沟和街道都很肮脏，而她眼前仿佛出现了他向她描述过的丛林：那里广阔无边、包罗万象，居住着淳朴的居民，按照传统的方式生活着。她并不愿见到城市，至少不愿意见到这一段肮脏的街区。她累了，脚开始隐隐作痛，在城市的另一头，那里有咖啡店、餐厅和公园，治安良好，没有人会来打劫你。“你一直像现在这样没有绅士风度吗？”她问，“难道你不知道怎样照顾女人吗？”

“我们过去住在这里，”雷尔无视她的抗议，“刚来到城里的时候。”他指着一栋绿色房子二楼的窗户：“你不想去看看吗？”

“不，”她回答，“我没什么兴趣。”

他苦涩地一笑。诺玛的回答令他受伤了。

“亲爱的，你太累了，”诺玛说，“我们回家吧。”她说的“家”，是指他从学校里租的房子。有时候，她下午在那里小睡，傍晚时再起床乘车回父母家，爬上她自己的床，整夜不眠地思念他。诺玛走到雷尔身边，踮起脚来亲吻着他的太阳穴。“还在做噩梦吗？”

“好些了。”

“你什么时候才会告诉我呢？”她问，“告诉我他们到底对你做了什么。”

雷尔皱了皱眉，但是他忍住了。“等我们结婚的时候。”他说。

诺玛一直抱着维克多，直到他的呼吸渐渐平缓。他用乞求的眼神看着她，接着又紧紧闭上了眼睛。“你没事吧？”诺玛关切地问，但是维克多并不愿交谈，他说他想再睡会儿。诺玛接着问：“你需要我留在这里吗？”

孩子点了点头。她在孩子身边躺下，孩子很瘦，因此他俩躺在一张沙发上也并不拥挤。他将自己的脸埋在诺玛身边，诺玛任由他这么做。过了一会儿，维克多再次睡着了。她想要问他到底做了什么梦，但又觉得不应该问这个问题。在一个陌生的地方、对着一个陌生人，孩子有权做他自己的梦。

天亮以后，诺玛从沙发上起身。她没有叫醒维克多，蹑手蹑脚地去厨房煮了一壶咖啡。她打开了收音机，将音量调低到仅能被她听到的程度，听着新闻主播沙哑的声音。几个小时后，她和维克多都得去电台，鬼才知道接下来会发生些什么。不是对她，她是安全的；是对那个孩子而言。埃尔默曾经说过，要把维克多的故事制作成催人泪下的节目。她回头看了一眼客厅，孩子仍然在熟睡。虽然还只是早晨，他还在睡梦中，他们已经在计划对他做点什么。难怪他会做噩梦：人在逆境中往往格外敏感。昨天在电台里以及回家路上他从公交车上逃脱的时候，他一定已经感觉到了什么。可怜的孩子，可怜的家庭，那些可怜的村民们居然对她虚假的感情深信不疑，还把孩子送到了电台里、送到了她身边。该怎样告诉他们，这只是一档节目："城市寻人电台"是一档真实存在的节目，但并不代表它的内容都是真的。她甜美的嗓音并非真情流露，实属天生如此。与她相比，她的后一任早间新闻播报员总是干巴巴地照本宣科：罗马发生了一起紧急迫降，但没有造成人员伤亡；一场热带低压可能发展成飓风；关于糖尿病病因的研究取得了新的成果。他完全没有个人魅力可言。她不禁想：如果是自己来播报那些新闻，效果将是多么迥异。本地新闻没什么特别：一栋建筑最近粉刷结束，将举办一次剪彩仪式；一位著名的作家被人发现在码头上与一名妓女鬼混。在迈阿密威勒，一场夜里的大火烧毁了一栋房子，十七人因此无家可归。"是因为线路故障造成的。"他语气生硬地念道。他清了清嗓子，继续念下去——她没听错吧？诺玛的眼前仿佛出现了一幅景象：一间小房子熊熊燃烧，十七个人从中逃了出来。她想，十七个人？她抿了一小口咖啡，掰着手指数着：父亲、母亲、四个孩子、满嘴古老语言的奶奶、叔叔、婶婶、另外四个孩子、带着前女友来做客的表哥、远房姨婆最宠爱的侄子和他有孕在身的妻子，还有吗？诺玛猜，大概整个村子的人现在都站在街道上，无家可归。夜里，他们所有人都得在公园里露宿，或者在遍布岩石的沙滩上过夜，盖着他们从大火中抢救出来的毯子，身边仅存的物件提醒着他们，火灾发生以前他们曾经拥有的生活。这一想法令诺玛心中一颤。他们拍掉火灾留在身上的灰尘，待在一起。他们不得不这么做：因为他们一旦分开，整个家庭将无法团聚。他们将像灰尘一样，随风而散。

诺玛自己的家并不像那样。她家不是大家庭，没有表兄弟姐妹陪她一起长大，也没有家人曾经离开她。她的家庭回忆十分有限，只有她和她的父母。父母互相厌恶、形同陌路，诺玛可以把父母对彼此的憎恶算成一个人，像是潜伏在父母心里的野兽；当他们在一起时，两人都郁郁寡欢、怨声载道，如果他们不是夫妻的话，一定和现在判若两人，从这个角度，诺玛可以把他们分开算成两个人。如果诺玛真的想要大家庭，她可以把父亲的情妇们也一并算上。父亲曾经有过成打的情妇，她们满头秀发、衣着光鲜，母亲既深深地憎恨她们，又忍不住嫉妒她们，而诺玛对她们则只有厌恶之情。父亲的身边总有不同的女人，但是诺玛能立即认出她们：从她们身上香水的味道，以及父亲脸上内疚的讪笑。

雷尔的家庭更小：他是家里唯一的成员。他的母亲年纪轻轻就过世了，以至于雷尔几乎没有任何关于母亲的回忆；他们搬到城里几年后，父亲也辞世了。雷尔没有兄弟姐妹，父亲过世后，他和特尼叔叔一起生活。谁知道事实真相呢？对于过去，他一直讳莫如深。诺玛觉得，如果他现在还活着，或许还是不会对她说真话。那个寒冷阴郁的午后，站在雷尔搬到城里后住过的第一个家的门外，雷尔坚持要敲一下门，看看什么人住在里面，但诺玛却十分迟疑。

“你还记得什么街坊邻居吗？”诺玛问，“有人记得你吗？”

雷尔耸了耸肩。“只要告诉他们我以前住在这里就行了，没什么大不了的。”他看上去十分确信，“何况我的微笑这么迷人，我身边还有这么美丽的女人！”

诺玛脸红了。他们并肩走上二楼，楼梯在脚下发出颤巍巍的声音。

雷尔让她敲了敲门。这扇门年代久远，经过多年的日晒雨淋，门板早已腐朽不堪。诺玛觉得自己不应该站在这里，她不熟悉这一带，还敲着陌生人的门，试图参观她爱人曾经居住过的地方。她亲了一下雷尔，又继续敲门。诺玛听到屋里有人拖着缓慢的脚步在移动，还有金属锁的声音。门就要打开了，但是里面的人停顿了一下："谁？"门缝里传出来一位老人又轻又弱的声音，"外面是谁啊？"

两人一阵沉默。雷尔的脸上露出了一丝微笑，但他什么都没说。诺玛用手肘碰了碰他，轻声催促："快回答啊！"不是他拖她来这里的吗？

"是谁啊？"老人又问了一遍，声音听起来很困惑。雷尔将手指放在嘴唇上，示意诺玛不要出声。诺玛的脸红了，觉得自己很不礼貌。她忍不住又想笑。"快说话！"她低斥着雷尔；雷尔却将双手罩在耳朵上，仿佛听不清她在说什么一样。

她清了清喉咙，打算回答老人，但是雷尔用手捂住了她的嘴。

"父亲，"他说，"是我，我是雷尔。"

上午，诺玛和维克多来到电台控制室，戴上老式的耳机，听着演员们努力模仿着丛林地带的口音。前前后后来了好几拨演员。他们在维克多面前堆满了糖果和糕点，带着他参观电台，仿佛他是位尊贵的王室成员。维克多已经记不清具体细节，但是演员仍然在那里，控制台上的红灯随着演员声线的高低起起落落。莱恩在录音棚里，努力地打出他独特而夸张的台词。埃尔默巡视着工作室，仿佛一位公爵在视察他的封地。在污迹斑斑的玻璃后面，一个表情哀伤的男人正念到他即将离开家乡，去大坝上工作，然而大坝却在战争中被炸毁了。他当然也是一名演员。"炸弹！"他吼道，"爆炸声吞噬了——"他停顿了一下，捂着嘴咳嗽。"这样对吗？"他问，"听起来好像不太对。谁写的台词？"

诺玛退缩了。他们正在录第五轮，或者已经第六轮了。这位演员接受过莎士比亚风格的培训，他的简历上是这么写的。每次录完，他都充满期待地看着莱恩，莱恩则看向埃尔默。埃尔默摇了摇头，他们便接着录下一轮。诺玛摘了耳机，叹息了一声。埃尔默微微张着嘴，任由烟圈从他嘴里慢慢扩散出来。他看上去有点累了。他身着一套棕色的西服，肘部和膝部已经磨得发光。维克多看上去自得其乐，开心地笑着，当演员念错某个单词的时候，他还帮忙纠正发音。诺玛摘掉了耳机，她开始觉得这件事情的荒唐：演员这时已经开始录下一轮，低头专注地看着他的台词，在玻璃后面默念着。他才念到一半，埃尔默已经开始摇头了。莱恩在这位失败的演员肩膀上敲了几下，后者沮丧地放下了手中的剧本，离开了录音棚。维克多笑出声来。

“插播广告。”那名演员出去以后，埃尔默通过内部通话系统说。莱恩拍了两下手。维克多被告诫过不得乱摸，但这是他第一次来演播室，因此充满了好奇。好几轮录制都因为他乱按按钮而不得不中断。他为此向大家道歉，除了演员以外，所有人都笑了。没过几分钟，诺玛发现维克多正在注视着另一个闪烁的灯，仿佛随时要上去触碰一样。

“这里就像一架直升机！”刚被带进来的时候，维克多兴奋地重复着。他说，他曾经看到过直升机悬在村庄上方的天空里。诺玛猜，那应该与根除毒品种植园计划有关。他曾经画过一幅图，问老师那是什么。“它有一个印第安名字，但我想知道那实际上应该叫什么。”

“那个印第安名字是什么？”

维克多思索了片刻。“我不记得了。”他说。

男孩活泼了起来。诺玛可以从他的眼睛里看出这一点：整个电台就像一架直升机，控制室的工作成果迅速传遍整个国度，飞越山川河流，沿着海岸线，一直传播到沙漠里。诺玛和男孩同时沉浸在幻想里。看到他的注意力被分散，她觉得十分欣慰。他突然看上去比他的实际年龄显得更小，难道只有昨天他看上去很老成吗？

莱恩将电台调回来。一则洗衣粉广告渐渐淡出，孩子们嬉笑的声音消失在空中。他们聚到一起，专注地聆听着。电台里先传出了一声吱啦声，随后传出了一阵如泣如诉的小提琴声。这时，画外音响起：

这个星期天，“城市寻人电台”来了一位丛林地带的男孩。一个让您难以置信的故事，它将打动您的心灵，令您流下感动的热泪，也为您带来喜悦和希望……倾听他痛苦的旅程故事，凭借梦想的指引，步行到这座城市……诺玛能够帮助他找到他的家人吗？一期不同寻常的节目，一个动人心魄的故事，尽在本周日“城市寻人电台”……

小提琴的琴声随即被天籁之音所取代，鸟儿在啁啾，泉水透过光滑的石头冒着泡，之后传来男孩颤抖的声音：“我叫维克多。”

莱恩忍不住鼓起掌来，维克多眉开眼笑。

“好样的！”埃尔默夸奖着维克多，“诺玛，你觉得怎么样？”

“挺好的，”她说，“没什么问题。”

“开玩笑！他只录一次就成功了！这个孩子简直是个天才。”

维克多把玩着控制台上的一个球形把手，一阵声音从扬声器里传出来，随后又消失了。他们都回头看着男孩。“我并没有步行。”他说。

“你当然没有步行。”埃尔默挠着自己的额头，又点燃了一支香烟。

诺玛站起身来，将她的椅子推到了这间小控制室的角落里。“根本就不可能，不是吗？”

“听起来没问题。”莱恩说。

埃尔默清了清他的喉咙，叫男孩先出去，承诺门外有为他准备的食物。维克多一声不吭地站了以来。莱恩调低了扬声器的音量，跟着男孩出去。门在他们身后自动关上了。

“诺玛，怎么了？”当控制室里只剩下他俩的时候，埃尔默问诺玛。扬声器里传出了一阵低沉的嗡嗡声，仿佛气球放气的声音。埃尔默用手指梳理着自己的头发。诺玛没有立即回答他。他松开了领带，解开了衬衫的第一粒纽扣。“说话呀，”他说，“我在听着呢。”

“我累了，”她重重地跌坐在自己的椅子里，“我对看孩子并不在行。今天早晨，他从梦中哭醒了。”

“诺玛，孩子都会哭的。能拿他们怎么办呢？”

“你说得对。我不知道。”她轻咬着自己的嘴唇。雷尔也曾经哭着醒来，大汗淋漓，有时还发烧。那些曾经困扰着他的噩梦。

“这个节目令你困扰？”埃尔默问。他脱掉了外套，随意地扔在控制台上，盖住了那些小小的红色的灯。

“埃尔默，他并没有步行来这里，我们也不能送他回去。我们不能骗他。”

“诺玛，你知道我们该怎么办的。”

“答应我！”她直视着他的眼睛。无论如何，他仍然有一张和善的脸，圆润而臃肿，带着一种没有任何特点的柔和。当他微笑的时候，像现在这样，他的双颊鼓鼓的，眼睛眯成了一条缝。他老了，他们曾经是朋友。过去，当她悲痛得说不出话来的时候，诺玛甚至还允许他吻她。那是他们从狱中出来之后，当她失去了一切希望的时候。这已经是很多年前的事情了，由于太久远，她几乎已经忘了。

“我试试。”埃尔默说。

“谢谢你！”

他站起身来，在衣袋里摸索着香烟。“你跟他在一起时做什么？”他问，“他跟你交谈吗？”

“他说得不多，”诺玛回答，“但他看起来是个好孩子。”

“小心他偷你的东西。”

诺玛微笑了起来：“我家有什么可偷的？你又没付我很多钱。”

“对政府抱怨去，别对我抱怨，”埃尔默说，嘴上叼着一支烟，“诺玛，你知道的，我无能为力。”他递了支烟给她，但她摇了摇头。

“让我找找他的乡亲们，”她说，“我会从那张名单开始。”

埃尔默抬起头来：“为什么？”

“他昨晚逃跑了。他跳下了公交车，冲进了营房区附近的街区。你能想象他心里有多恐惧吗？”

“他在这里时看上去并不恐惧。”

“埃尔默，你根本没认真听我说话。今天早晨，他尖叫着从梦中惊醒。”

他们都沉默了一会儿。埃尔默挠了挠头。“我答应放你几天假？一天？”

“两天。”

“你仔细看了那张名单了吗？”

“没有，”她回答说，“你看了吗？”

“还没来得及。”他叹了一口气，“你知道的，除了姓名，我们对名单上这些人一无所知，连住在哪一区都不知道。我猜他们住在新镇附近，但是天知道他们具体住在哪里。”

这座城市不断扩张，人口稠密，根本无从知晓。那张名单上有近六十个名字，其中一定有人还活着。

“我们得按部就班，先确认这些人的名字。”他说。

“当然。”

有人敲打着窗户，打断了他们的谈话。维克多通过侧门进了录音室，莱恩站在他身后。男孩向他们挥着手，埃尔默和诺玛也向他挥挥手。

埃尔默按了内部通话系统的按钮：“孩子，你还好吗？”

维克多咧嘴一笑。在他身后，莱恩竖了一下大拇指。几分钟后，他的声音通过内部通话系统传了进来：“他想知道什么时候能走。”

埃尔默对着诺玛微笑了一下，随后按了内部谈话系统的按钮，问道：“他想去哪儿？”

男孩回答着什么，但埃尔默和诺玛什么也听不见。莱恩的声音传了进来：“去哪儿都行。他说他哪儿都想去。”

“这难道不代表什么吗？”埃尔默对诺玛说。

“太好了！”她能看出孩子很高兴，“真是太棒了！”

“这就是进步！”埃尔默说，“诺玛，按你的想法去做。这已经超出了我的预期。”

“你本来想怎么做？”

“我不太确信。我不想再看到你难过，仅此而已。我觉得这可能对你很好。多年来，你的生活一成不变。”

“埃尔默，这不像送我一只小狗一样简单。他是个活生生的孩子。”

“我知道，”埃尔默向前俯着身子，“我觉得这说不定能给你带来生气。我看到1797村，然后想到了你，我还能说什么？”

“什么都不用说。你什么都不能说，从来都是这样。”

“你在说什么？”

她突然沉默了。“我不知道。”

他摊开了双手。“诺玛，听我说，”他叹息了一声，“当我说关心你，是因为我真的很关心你。仅此而已。你想帮助他寻找他的家人，我没意见。按你自己的想法生活。”

“谢谢你！”

埃尔默问她要那张名单。当她在衣袋里找那张纸片的时候，埃尔默转向内部通话系统。“太棒了，”他赞扬道，“你是个好孩子！”

在录音室里，维克多晃了晃他的手臂，露出了上面的肌肉。

诺玛曾经很难放下，这一点，雷尔难辞其咎。他失踪了。她眼睁睁地看着一名持枪的士兵将他押下公交车。一年后，他再度出现；每次当她问起他被带去哪里，他只简短地回答去了“月球”。之后，在市区西部一栋绿色建筑的二楼公寓门前，他让自己的父亲复活了；以前，他曾经亲口说过父亲已经过世了。这是为什么呢？这些记忆留在她的心里，令她坚定不移地相信：我的丈夫能一个人闯进战争地带，也能毫发无伤地回来。他可以做到，他曾经做到过，将来一定也可以。他能令死者复活，自己也不会死去。这虽然是一个奇怪的想法，但这难道是诺玛的错吗？

雷尔的父亲打开了门，上上下下地打量他的儿子。诺玛站在一边，觉得很不自在。“是你吗？”老人喃喃问道，“是吗？”

“父亲，是我啊！”雷尔回答。老人看上去难以置信，根本不敢相信他自己的眼睛。他伸手去摸雷尔的脸，摸他微微左倾的鼻子、微笑的酒窝、浓密的眉毛。雷尔像猫一样趁势钻进了父亲怀里。诺玛十分尴尬，只好扭过头去，装作在看满是水渍的墙。

公寓很小，连一个人住都略显拥挤。地板上堆满了报纸，上面压着一块巴掌大的石头。房间里有很多本字典，书桌上、咖啡桌上随处可见：法语—沃洛夫语字典、英俄字典、西班牙语—希伯来语字典、盖丘亚语—加泰罗尼亚语字典、德语—葡萄牙语字典、意大利语—荷兰语字典等等。诺玛和雷尔坐在一张老沙发上等着老人给他们倒水，沙发的弹簧透过表面戳了出来。诺玛听到年久失修的管道从墙里发出的声音，她转向雷尔："你真是个混蛋！"

雷尔微笑着点头表示赞同，但是诺玛并非在开玩笑。她无法理解他的冷酷无情：谎称自己的父亲过世了，然后又以这种方式将他介绍给她？

老人的视力正在下降，但他仍然熟练地在公寓里走着。他稳稳地端着茶碟，没有水洒出来。雷尔在咖啡桌上清理出了一处地方；老人不愿和他们挤在沙发上，而在一堆报纸上坐下，他们一起举起了水杯以示庆祝。"庆祝我们的重聚！"老人说。他们沉默了片刻，喝下了浑浊的自来水。雷尔的父亲用满是皱纹的手捂住嘴巴咳嗽。公寓里阴暗而发霉。"你去哪里了？"他问自己的儿子，"等我过世吗？"

他们三人都沉默了。雷尔静静地坐着，仿佛在思考父亲的问题。诺玛眨了眨眼睛，赶走了一只落在她脸上的苍蝇。

"我们不说这个了。"老人笑着说，挥手表示忘掉那个问题，仿佛驱散一阵烟雾，仿佛这个问题无足轻重。他脸色发黄、神情委顿，稀疏的头发直直地梳向脑后，头顶光秃秃的，一片惨白。"儿子，你还好吗？"

雷尔点点头。

"我勉强度日，"老人说，"谢谢你的问候。你见到你叔叔了吗？"

"有几次。"

他们的谈话就像一场访谈，诺玛完全是多余的。老人几乎没有招呼她，雷尔也没有介绍她。她安静地坐着，努力把自己变成一个隐形人。父子二人凝视着对方，一来一去地问着问题：关于学业、健康、金钱，以及远房亲戚。

当他们聊到一时无话可说的时候，老人从抽屉里拿出了一包香烟让他俩抽。雷尔拿了一支，两人抽了起来。他们抽烟的姿势一模一样，都是将烟夹在食指和中指之间，看上去很奇怪。老人说："儿子，你应该戒烟。"

"我会的。你也要戒烟。"

老人点了点头。"这位漂亮的小姐是谁？"

"这是诺玛。"

诺玛明白这一刻她应该微笑，因此她努力地微笑着。老人点点头，作势要脱帽致意。他将双手放在膝盖上，说道："孩子，你应该找个比我的逆子更好的男朋友。"

雷尔打断了他："别跟她说这个！"

"他告诉你了吗？"

"告诉我什么？"诺玛问。

"他们把他带去了'月球'。"老人的眼里闪过一丝光亮。他在那堆报纸上移动着重心，对着诺玛苦笑了一下。"我的儿子是名通缉犯。"他说。

"父亲，这就是我不来看您的原因，"雷尔摇摇头，"您总是胡言乱语。"

"你们多久没见面了？"诺玛问。话音刚落，她已经开始后悔介入他们父子之间。

父子两人都耸了耸肩，仿佛商量好的一样。"不是很久，"雷尔的父亲回答。"一年吧。他回来的时候住在这里。你告诉她了吗？"他再次问道。

"回来？"

"从'月球'回来。"雷尔说。

"我知道他们带走他，"诺玛说，"我也在那里。那大概是两年前的事情了。"

"你也在'月球'？多浪漫啊，你跟我的儿子在'月球'上相遇？"

"先生，不是的。"

"我的儿子是一名恐怖分子，"老人嘟哝着，"在这个国家，你如果大声说话，就会被当成恐怖分子。"

“但是他们带走他的时候，我也在场。”她说。她最隐秘的回忆：那辆公交车、雷尔的突然失踪、数月的等待，以及爱上一个陌生人。“我——”

“我们快要结婚了，”雷尔打断了她，说道，“诺玛是我的未婚妻。”

诺玛怒气冲冲地瞪了雷尔一眼，他则掐了一下她的腿。

“哈！”老人惊呼了一声，放下了手中的水杯。他拍着手微笑，像得到一个心爱玩具的孩子。“我就知道你来这里是有原因的！”

公寓里密不透风，也没有光线。烟在天花板下面聚成一团。结婚？老人看上去很高兴，热切地看着自己的儿子。雷尔将桌子从失修的沙发旁边推走，单膝跪在地上。诺玛看了看雷尔，又看了看老人，十分惊愕而困惑。雷尔开始发话，而这完全出乎她的意料：冬天，在陌生的街区一间狭窄的公寓里，在一位死而复生的老人面前。“诺玛，”雷尔问，“你愿意嫁给我吗？”他们已经认识两年了，时间飞一般流逝。雷尔咧嘴笑着，老人拍着手，整个场景十分奇特。

“我愿意。”她轻轻回答，来回看着雷尔和他的父亲。这是她能想到的唯一答案。墙看上去似乎随时会倒塌一样。雷尔的父亲再度站了起来。“烈酒！”他大声喊道，“让我们喝一杯！”诺玛审视着雷尔刚刚套在她手指上的银戒指，问道：“我们是在演戏给你父亲看吗？”

“是为了我们自己。”雷尔回答。

老人拿着一瓶烈酒回来，将杯里的水倒进了书旁边的花盆里，并示意雷尔和诺玛也把水倒掉。他在他俩的杯子里倒满了酒，提议干杯。“你母亲如果活着就好了。你告诉特尼叔叔了吗？”父亲问。他语速飞快，几乎上气不接下气。老人的激动之情溢于言表：“你们什么时候办仪式呢？”

“父亲，我们还不知道。”

老人眯缝着眼睛看着他们：“你们会邀请我吗？”

“当然！”诺玛回答。

“当然会邀请您。”雷尔补充。

这一切发生得太快，诺玛十分懵懂。老人在他的手帕里倒了一点酒，用它擦拭着眼镜。“让我看看那枚戒指。”他说。诺玛伸出她的左手，老人看了后摇了摇头。“儿子，看来你的工作不怎么赚钱啊。”

“我应该成为一名诗人，像您一样。”雷尔说。老人不禁笑了。他们再次举杯，每个人的脸上都洋溢着微笑。

“但是孩子，”老人转过头来面对着诺玛，表情瞬间变得十分严肃，“如果你是个聪明的孩子，别冠我们的姓。”

“先生，我不明白您在说什么？”

老人脸色蜡黄，他憔悴地一笑，露出了并不整齐的牙齿。老人的脸上布满了皱纹，看上去孤独而落寞。房间里弥漫着烟味。“孩子，别装傻了。”

“别听他的，”雷尔说，“我父亲总是胡言乱语。”

数年后，在电台控制室里，埃尔默审视着名单，突然对她说：“诺玛，我们有个问题。”

“我爱你，诺玛。”雷尔说。

雷尔，那些噩梦从何而来？他们到底对你做了什么？

“孩子，我们的姓并不光彩，”老人咬着嘴唇，低下了头，“我和我儿子都有份。我向你担保：你一定不想冠我们的姓。”

“雷尔，我也爱你。”

男孩敲打着窗户。他将脸贴在玻璃上，挤着自己的脸颊。他是个好看的孩子。

“对不起，诺玛，”埃尔默喃喃地重复着，“但是我们有个问题。”

第二部分

第六章

以利亚·马诺来自于首都，是名面色红润的年轻人。士兵进村的时候，他曾经在1797村生活过六个月。他性格怯懦，而这情有可原。他被发配到1797村这个闭塞而潮湿的山村执教，这一点足以证明他资质平平。在招募师资的区域考试中，他的考分几乎垫底，远远低于城里任何一所好学校的分数线。考试后过了几天，他那令人沮丧的成绩在电台里播报了出来，所有考生按姓名音序排列，播报了好几个小时。马诺的家庭既不富裕也无权势，因此一筹莫展。当他离家的时候，他已经进入而立之年。此前，他从未去过丛林地带。确切地说，他从未离开过城市。

马诺曾经以为自己的平庸并不为人所知，如今却带着被昭告天下的耻辱。过去，父亲一直预言他会成为家族之耻；现在，他意识到父亲是对的。他的新家在一个小镇上，常年闷热潮湿。即使是下雨天，天气也没有略微凉爽舒适。他在镇上租了一间房间，房东名叫扎希尔，在战争中失去了自己的双手。扎希尔的儿子尼克是一名无心向学的学生，看上去他并不信任马诺——他的老师兼房客。马诺有时会帮助他们打理他们家那一小块地，但事实上他并不懂如何耕种。他对土地毫无兴趣，却怀念着水泥路和城里的一切。尼克的父亲用断臂挖着地，背上背着沉重的帆布包，在儿子的帮助下努力保持着肩上的平衡。这个男人是一块磐石。到了夜里，马诺能听到潮湿的空气里蚊子的嗡嗡声，丛林里传来遥远的鸦叫声和鸟鸣声。拉上窗帘后，他检查着身上的皮疹和伤口，这些一直在折磨着他。这是他每天的必修课，这项卫生习惯如今演变成一种奇特的虚荣。他窘迫的现状决定了他的性幻想。他总是梦想着有一个女子细心地照顾他，让他恢复健康；她轻柔地为他按摩，在他身上涂满水果精华和草药。在煤油灯下，他举着一面已经模糊的镜子，审视着自己背上、臀部和腋下长满红疹的皮肤。总有一天，他伤痕累累的身体将在一个女人的心底激起温柔的涟漪，他为此甚感满意。在城市里，人们都认为丛林地带酷热的天气会使这里的女人更开放，当马诺得知自己将要来这里执教时，这些未知的女人以及她们美丽的古铜色双腿成了他唯一的精神安慰。

很多个早晨，下过雨后，马诺早早来到学校，把地上的积水清理掉。校舍的屋顶漏雨，他对此无能为力。他至少应该对校舍拔高的木地板心存感激。扎希尔说，过几年这些木地板都得换掉，但现在它们仍然结实耐用，能够承受马诺并不愉快的步伐，脚踩上去几乎没有吱吱嘎嘎的声音。当地政府送来了十五张原木课桌，学生们怯生生地坐在课桌旁，等着看老师出洋相——政府本来承诺二十张课桌的，但1797镇的一位官员私自扣下了五张，没有人敢对此提出异议，马诺也不例外。每天上午，他无精打采地上着课，中午则会提前一点下课，让他的学生们早点回家吃午饭。他们都是生性淳朴的人。马诺曾经希望自己被看成城里来的知识渊博而又风度翩翩的绅士，但事实上由于他不了解各种树木和植物，也分不清不同鸟儿的叫声，学生们都觉得既好笑又失望。“我才不关心这些鸟。”马诺有一天这样对他的学生们说，他的口气怒气冲冲，令他自己也很吃惊。

孩子们并不是不喜欢他。马诺是位沉闷乏味的老师，上课时无精打采，但他常常让他们早点下课回家，有些日子甚至完全取消上课，没有人在意这个。一天；两辆生锈的绿色军车载着士兵们开到村里，马诺迅速宣布下课：学生们的脸上洋溢着兴奋之情，他根本无法与之匹敌。他在黑板上写下了一些分数计算的规则，尽管他自己从未喜欢过算术。学校外面，卡车发出轰隆隆的声响，士兵们在广场上用油布搭起帐篷。他后来听说，那是士兵们第一次来到村里，在那以后的一年多里，他们来过很多次。士兵们的到来令人心神不宁，孩子们纷纷看向外面，马诺能听到他们的手指甲焦虑地刮着课桌的声音，而这无济于事。他发号施令道："到大街上去！去了解真正的生活！"看着学生们离开以后空荡荡的教室，马诺骄傲地笑了，仿佛通过他的懒惰，他误打误撞地开创了一种新的教育法，堪称教育学上的一次里程碑。所有的学生都走了，除了维克多应他的要求留了下来。

在马诺的眼里，维克多的母亲——一位寡妇——最终会与他成就一段露水情缘。他知道她比他年长，但是外人很难判断丛林地区人们的实际年龄。来到这里以后，马诺了解了一点她的过去：她曾经爱上一位城里来的陌生人，战争结束的时候，他消失在了丛林里。人们都说他死了，因此她是自由的，而马诺不也是从城里来的陌生人吗？可能性显而易见。然而，最令马诺动心的却是他所见到的：她是个实实在在的女人，拥有结实的大腿和匀称的身材。她用一根红色发圈束住了黑色的头发，小小的嘴仿佛随时准备嫣然一笑。她眼神迷离，两颊绯红。她的名字叫阿黛拉。

教室里已经空了，她的孩子站在他面前，静静地等待着。"维克多，"他问，"你的父亲是名士兵吗？"

男孩看上去很困惑。事实上，马诺也不知道自己为什么问这个。最近以来，他的孤独越来越明显，越来越彻底，因此他决定采取行动、摆脱孤单。每天，他都能在村里看到她，头上顶着一盘银鱼。她瘦小的孩子坐在第一排，与扎希尔的儿子同桌。马诺看到过他们，他们就在那里——他只需要开口说话而已。

"老师，不是的，"维克多回答，"他不是士兵。"

"哦。"马诺点点头。孩子迫不及待地想离开，每隔几分钟就扭头看看门。"你想成为一名士兵吗？"马诺问。

"老师，我不知道。"

"如果你走了，你妈妈会心碎的。"

"老师，您认识我妈妈吗？"孩子礼貌地问。

马诺瞬间觉得自己衣服下面的红色皮肤都开始苏醒。他努力抑制住了自己想要挠痒的冲动。“是的。”他回答。

“哦。”

“但是不熟，”马诺补充了一句，“不是很熟。”

马诺暗想，通过一个孩子追求他的母亲，这是一件多么卑鄙而怯懦的事情！他希望能够尽快完成此事。他从包里取出一支新铅笔，递给维克多。维克多毫不犹豫地收下了。马诺打算送维克多回去，但维克多却捂着嘴咳嗽了一会儿，问马诺他能否说点什么。当马诺点头示意他继续时，维克多问：“老师，您是几岁时离家的？”

“你的问题太奇怪了！”

“老师，对不起。”

马诺站在那里，不知道自己该说什么。他可不可以回答，他十二岁时曾经偷偷搭船一路向北，绕着这个地球环行了一圈？他能不能撒谎，说他曾经去过美洲大陆的另一侧？甚至更远点，去过非洲？他可不可以说，他曾经看过欧洲宏伟的教堂、纽约参天的高楼和亚洲神秘的庙宇？男孩问“离家”，当然是指完全不一样的生活。看世界只是其中一部分：如果你出生在1797村这样的地方，离开意味着生活的开始。

“孩子，我从城市里来。我们不一定非要离开那里。”

维克多点点头，马诺知道他的回答糟糕而残酷，并且不是真的。城市里和这里一样，孩子们梦想着逃离。

“我今年三十岁，刚刚离开家乡，”马诺回答他，“为什么问这个？”

男孩咬着自己的嘴唇，看了一眼门外，又看着他的老师。“是尼克！”他说，“他经常说要跟士兵一起离开这里。他说，他离开后，即使他的家人饿死了，他也不关心。”

马诺点点头。他的房东曾经多次提到过他心中的恐惧：“如果没有尼克，我们一家人都会饿死的。我这断掉的手臂能做什么呢？”

“你为什么要管这个？”

“总该有人阻止这件事情，”维克多说，“他是我的好朋友。”

“你是个好孩子。”马诺赞扬他。他谢了维克多，拍着他的肩膀，安慰他不用担心，“我会跟他父亲好好谈谈。”他带着男孩走向门口，看着他蹦蹦跳跳地走到他的朋友们身边。马诺回到桌前，整理好桌上的讲义，随后用一块湿抹布擦了黑板。学校外面，男孩们围绕在士兵周围，十分着迷。他们的母亲们很快就会把他们赶走，让他们到丛林里躲起来。然而那种担心完全是多余的，孩子们清楚这一点。回家的路上，马诺看到那些孩子们眼神里透着兴奋；在他面前，孩子们从未有过这种眼神。

后来，当母亲过世，而他自己离开1797村以后，维克多将这天视为1797村分崩离析的开始。尼克提到了要离家出走，维克多很担心。他们俩站在那里观察着士兵，起初是站在远处，后来则走到他们面前，还应他们的要求拿来了水和水果。一个小时后，尼克问一位士兵他从哪里来。这位年轻的士兵还不到十八岁。他报出了一个数字，说那在深山里。维克多和尼克一起点着头。

“你们这些孩子怎么能够忍受这里的天气呢？”士兵问他们。他皱着眉头，热得满面通红。他一屁股坐在帐篷的阴影里，浑身冒汗。

“我们也受不了，”尼克回答，“我们也讨厌这里的天气。”

士兵笑了，他叫来几个他的朋友。“他们也讨厌这里的天气。”他说。大家交口称赞，夸他们是聪明的孩子。

维克多并不讨厌这里的天气。他看着自己的朋友对着外人列举着家乡的不足之处，觉得十分尴尬。尼克说，这里没有工作，但他说得并不完全正确，这里别人做的不都是工作吗？尼克抱怨这里没什么可做，但是维克多仍然觉得爬树很有趣。尼克所有的抱怨听起来都残酷而刻薄。维克多想说，下午时，我们都会去河里游泳——那是我们消暑的方式。游泳棒极了！河水凉爽而浑浊，如果潜至河底，可以将脚趾头埋进河底冰凉的淤泥里，感觉着那些淤泥弥漫在脚的四周，吸引着你，仿佛要将你淹没一样。想到这里，维克多不禁露出了笑容。游完泳从河里出来，浑身干净清爽。但他什么都没说。尼克说话时无比自信，维克多不敢表示异议。他安静地聆听着，直到年轻的士兵看了他一眼，问道：“小伙子，你觉得呢？你有什么想说的吗？”

士兵用自己纤瘦的手指指着维克多。维克多迅速地回头看了一眼，大家都笑了。

就在那一刻，母亲们赶来了，她们很快驱散了她们的孩子。维克多的母亲也来了，她瞪着那些士兵。“无耻！”她怒斥他们。士兵们连忙后退，仿佛面对着一头野兽。

“妈，我没事。”维克多咕哝着，但无济于事。她根本没在听他说什么。母亲们轮番怒斥着士兵们；孩子们垂着头，沮丧地听着。维克多的母亲紧紧地拉着他的手，她的声音比任何人都高。她站在那里，手指愤怒地在空中指指点点，训斥着上尉。“你们想对我们的孩子做什么？”她问，“你们难道看不出来，我们只剩下这些孩子相依为命吗？”

上尉高大魁梧，有一双又大又圆的眼睛，胡须灰白。听着维克多母亲的训斥，他满怀歉意地点着头。“女士，”等她停下来后，上尉说，“请接受我最诚挚的歉意。我会让我的士兵们避免和这些孩子们交谈。”

“谢谢！”维克多的母亲说。

“你们听到了吗？”上尉对着他的士兵大喝。

士兵们一致答应着。出于对母亲们的尊重，他们都立正站着。

上尉继续向母亲们表达着歉意，手里飞速地转着自己的帽子。“很遗憾我们破坏了与本地民众的关系，”他摇摇头说，“我们来这里是为了帮助你们，这是我们庄严的使命。”

母亲们都点了点头，但是维克多知道上尉在对着他母亲一个人说话。他可以从上尉的眼神里看出这一点。母亲捏着他的手，他也捏了捏母亲的手。

“女士们，我可以向你们担保：我们对这些孩子没有任何企图，”上尉微笑着说，“相比而言，本镇的女士们实在是太迷人了。”

当天傍晚，餐厅里挤满了士兵。他们身上脱得只剩下内衣，踢掉了皮靴，皮靴在门旁堆成了一堆。那天暑热炙人，炎热而沉闷。整个村子都沉浸在暑热之中，只盼望着到了夜里能够凉快点。餐厅的窗户敞开着，不时一阵微风吹进来。餐厅里面，到处都弥漫着脚臭味和啤酒味。士兵们喝光了这里的酒，醉醺醺地跟着收音机唱歌。木地板光滑锃亮。马诺情绪十分低落，和几个愤愤不平的男人们分享了几瓶酒。他们抱怨着有限的啤酒和那些贪婪的士兵们。只剩下一个酒杯，因此他们围成一圈轮流着喝。“这些大兵以为自己是谁啊？”马诺听到一个男人在抱怨，“他们什么都不会给我们留下的！”

所有的老主顾们都有同样的担心。偶尔有人向士兵们苦笑一下，向他们举起酒杯，随后低声地咒骂着。

尼克的父亲赶来了，他将自己的断臂支在吧台上，证实了他们最糟糕的猜想。十天以后，下一辆补给的卡车才会来。“这还是公路没有因为洪水而中断的前提下。”扎希尔补充说。他对配送日程了如指掌。当运送啤酒或者别的货物的卡车来的时候，他将自己空阔的后院借给司机装卸货物。他有一个特制的手推车，可以固定在他的胸前，因此即使没有双手，他也能帮上忙。

马诺朝他的房东和其他男人们点点头，觉得自己接受了这一事实。没有什么比抱怨更能拉近人与人之间的距离了。他直视着扎希尔的眼睛，知道自己应该告诉他尼克的事情。如果尼克真的打算离开了怎么办？维克多从一个孩子的角度说到过这件事：他的语气毫不掩饰，已经能够明辨是非。“他离开后，即使他的家人饿死了，他也不关心。”维克多说到他的朋友，十分惊愕。马诺当时并不清楚情况：怎么可以在这里长大成人！没有人会饿死——即使扎希尔自己也知道这一点。男孩们想离开这里真是天经地义。尼克是学校里年龄最大的学生，几乎比所有的孩子都大两岁以上。几个月前，他刚刚过完十四岁生日：那是个阴郁的雨天，他被一群身高只及他肩膀的孩子们围绕着。他的同龄人都已经离开村子去城市里了。马诺心想，由他们去吧，让尼克也离开这里吧。马诺的眼前出现一幕景象：整座村子渐渐消失，泥泞的广场外面，街道两边的房子都消失了。每家都紧锁房门、放下窗帘，由内向外慢慢腐烂。村民们不再回来，也不寄钱回来。用不了多久，他们将停止掩饰，卷起铺盖，彻底地关掉这个村子。他们念着祈祷文离开这里，任由丛林将其包围、侵蚀和瓦解。

驱散孩子们以后，几位母亲走到马诺面前抱怨：你怎么能让他们提前放学呢？为什么非要是今天？天下的母亲都一样，她们都渴望将自己的孩子留在身边。他们如果走了，我们该怎么办？马诺的母亲曾经也有过同样的担心。电台里公布考试成绩的那一晚，马诺彻夜不眠，提心吊胆地等待着收音机里传出自己的名字，母亲一直陪着他。当听到马诺成绩的时候，母亲不禁流下了眼泪；她知道那意味着什么。她问马诺，他们会让你去哪？现在，马诺人在1797村。马诺思索了片刻，觉出了自己行为的不现实。没有什么比生活本身更沉重、更实在、更多彩的了：为此，他观察着自己生病的裸体，仿佛那和自己无关；他闭上眼睛，想象着在河边挑高的木屋里、嘎吱作响的木床上，阿黛拉深爱着他。在烟雾缭绕又恶臭阵阵的餐厅里，马诺毫无畏惧地看着对面的上尉，知道自己无论说什么做什么，村里的男人们都会支持他。他跟着收音机里的旋律哼着歌，感受着自己遥远的心跳，不禁微笑了起来。

餐厅外面，维克多、尼克和其他几个孩子站在塑料箱上面，透过窗户看进来。尼克的妹妹琼娜和一个朋友站在那里，嘲笑着男孩们。“你们这群捣蛋鬼，”女孩宣称，“根本没有自己的头脑。”男孩们耸耸肩，对此不以为意。尼克那一整天都跟着士兵们，在镇上来来去去，还跟着几个执行侦察任务的士兵去了丛林里。他回来后，没有一点失望，还告诉维克多士兵们尚未开过枪。

“一次都没有。”他说。

餐厅里人声鼎沸，看上去十分奇怪：这里有十五位陌生人，后面还有几位老主顾，笼罩在烟雾里看不清楚。有人哼着走调的歌，很快被口哨声和笑声所淹没。维克多踮着脚，试图看到餐厅全景。那一位不正是他的老师吗？他正扭头对着士兵们假笑；曾经对着母亲微笑过的上尉坐在一群士兵中间，士兵们的眼神里流露出敬畏。上尉正给士兵们讲着战争故事，没有人流血牺牲，只是带着枪长途行军。“没有敌人向你开枪，只是不停地走。足足穿破了两双皮靴，足以磨烂你的脚。”

“您从未打过仗吗？”

“丛林无边无际，”上尉说，“我们称呼我们中队的首长叫‘摩西’。我们是移动军队。”

维克多努力伸头去看；尼克却能将他的手臂支在窗台上，比维克多轻松多了。然而，维克多仍能听到里面的一切，他看着自己的朋友，对于平淡的军旅生活不为所动。“你想过那种生活？”他问尼克，“仅仅是东奔西跑？”

尼克耸了耸肩。“你懂什么？”他说，“现在根本就没有战争。”

“听起来很傻。”

“你听起来才傻呢，”尼克打断了维克多，“至少他们去过很多地方！”

维克多挥拳打在尼克的手臂上，尼克随即从箱子上摔了下去。维克多并不是故意的。其他男孩都退后了几步，异常寂静。

尼克站了起来，一个小男孩伸手想帮他拂去背上的尘土，然而尼克却甩开了他的手。他冷笑着说：“一场意外，是吧？”

“是的。”

“你对这个很在行，是吧？”

维克多没有回答，他屏住了呼吸。

“向我道歉。”

“对不起。”维克多低声说。他向尼克伸出手，尼克却猛地在他胸前推了一把。维克多跌坐在地上，头狠狠地撞在墙上。他听到有人倒抽了一口气，知道有个女孩发出了一声尖叫。他眼前一片漆黑，随后又一阵光亮。维克多大口地喘着气。他眨着眼睛：尼克站在他面前，后面跟着十几个男孩。这些年轻而熟悉的面孔周围都笼罩着一圈光环。

“不许告诉任何人！”

“他没事。”

“你杀了他……”

有一次，维克多和尼克爬到河边的树上，看到一架直升机正避开树梢，在空中忽上忽下。这是很久以前一个起风的日子。他们飞快地爬上树，想仔细观察那架直升机，为此两次差点从树上掉下去。他俩看得目瞪口呆，猜测着它往哪里飞，会在哪里着陆。维克多几乎忘了里面还有人；对他来说，飞机是个钢铁制成的庞然大物，闪闪发光，能够靠自身的力量在空中飞行。它雌雄同体，仅靠自己而存在。他看到它的过去和未来。平时，它停靠在山顶上，俯瞰着城市里的芸芸众生。它有血有肉，还有一颗跳动的心脏。就在它从视野里消失之前，阳光反射在机身上，发出一阵银光，像早晨明亮天空里的一颗星星。飞机的声音越来越远，然而几分钟后，维克多眨眨眼睛，仍然可以看到红色的飞机光芒，灼烧着眼皮。

一直到他跳进冰凉的河水里，那个时刻才终于结束。

维克多觉得，他们俩曾经是朋友这一点真奇怪。

孩子们的声音将维克多拉回现实中；他们排成一面人墙，围在他的周围。尼克蹲在他身边。“对不起，维克多，”他说，“你还好吗？”维克多感到自己点了点头。一个女孩正用手指帮他梳理头发，他觉得自己爱上她了。

吧台旁，村里的男人背对着士兵们，听着他们的战争故事。马诺发觉他的房东头耷拉到了胸前，仿佛想看清自己心脏的结构。轮到他喝酒了，他慢条斯理。另一个男人正在揉着他的背，马诺的房东过了好一会儿才抬起头来。他斜觑着那些士兵。“我不喜欢这些故事。”他说。他随即用两条断臂毫不费力地举起了酒杯，将它举至嘴唇之间，一饮而尽。没有一滴酒掉到地上。他将杯子传给了马诺。

马诺心里暗暗感慨：多么优雅！他擦干了地板上的泡沫，冲他的房东点点头。士兵们喧闹而愉悦，马诺确信自己憎恨他们。他们来来往往，很快会忘记这里的一切，但是马诺自己会留下来。我们会留下来，马诺心想，那个“我们”在他的大脑里炸了一下。在当地方言里，“我们”有两个含义：其中一个包含“你”，另一个则不包括。除去村里几位年迈的老妇人，几乎没有人再说方言，然而仍然有一些古老的词汇进入到全国通行的语言里，包括“我们”。包含“你”的那个“我们”是马诺最喜欢的词语之一。这个晚上，当看到他的房东举杯哀叹战争，他觉出了一丝亲切感。或许是因为酒，或许是因为当天灼热的天气让一切融成了一片。士兵们是不相干的陌生人，上尉是病态的小丑，而马诺属于这里。

维克多的母亲走进了餐厅，士兵们对她爆发出一阵欢呼声。上尉红润的脸上眉开眼笑，提议大家喝一杯。为了这些孩子！他神采奕奕地大声喊道。马诺看到阿黛拉的脸红了，随即皱了皱眉头。他们在调戏她吗？这一想法令他觉得很丢脸。她赤着脚，穿着一条简洁的蓝色裙子和一件薄薄的白色T恤衫，上面印着一只帆船。T恤衫已经很旧了，领口被撑得很大，足以露出她的右肩。当他们喝完后，上尉执意邀请她和他们坐在一起。“女士，只坐一会儿就好。”他说。阿黛拉拒绝了他，却径直走到了马诺身边，问能否和他单独聊一下。

马诺几乎无法呼吸。“当然可以。”他立即回答；他几乎想加上一句，“女士！”却没有那么做。他在犹豫那样会不会显得很没有品位。他的呼吸里有啤酒味吗？他看起来像喝醉了吗？他朝她微笑了一下，将这些想法全抛到了脑后。在她紧闭着的嘴唇之间，有没有一丝艳遇的可能？

马诺跟着她出去。孩子们都懒得散开，他们围坐在窗户周围，一定没什么好事。马诺心想，今晚是我们的狂欢节，我们位于全世界的中心。让发电机继续轰响，音乐接着播放；让玻璃杯叮叮当当，酒瓶与酒瓶哐哐啷啷！上帝保佑那些粗俗的男人和他们无礼的笑容，那些喝得醉醺醺的士兵们——他们是孩子们心目中的英雄！他又一次想起了“我们”这个词，像一面抖动的横幅，马诺决定从第二天起提升自己。这只是一个开始，从这里做起，他将全方位地提升自己，成为一个更好的男人，让母亲以他为荣。他跟着阿黛拉走到了离餐厅几米开外的黑暗中。她抓着他的手臂，仿佛他随时会逃跑一样。“您的儿子是个好学生。”他一边走一边对她说。他是不是因为喝了酒而口齿不清？“真的很聪明。”

“我发现他一直在看一些老书，”她说，“是他父亲留给他的。”

他们离开餐厅已经有一段距离。一整天都没有下雨，空气十分潮湿，昆虫成群飞舞。他俩沿着空荡荡的小路慢慢地走着，几乎走到了尽头，那里是森林的边缘。

“马诺先生，你向维克多打听过他的父亲？”

“是的。”

“为什么？”她问。

阿黛拉身上有一种力量，令他心生仰慕。当她从镇上经过，马诺经常留意到她的小腿肚上柔韧的肌肉。这令他自惭形秽，觉得自己很弱。她的手松松地抓着他的手臂上端，但他知道她拥有他。无论他的身体因为暑热变成什么样子，他知道都不会讨她喜欢。在她轻柔的触碰下，他的皮肤开始发痒，像是在燃烧。他有一股遏制不住的冲动，想要对她坦白。他并不是个轻易冲动的人。

“我很孤单。”他轻声说着，闭上了自己的眼睛。

过了几秒钟或者一分钟，他再次睁开了眼睛，她仍然站在那里。阿黛拉似乎温柔了一点，至少看起来是。周围的光线太微弱，很难看清楚。她摸着他的脸。“我们的老师都干不久，”她说，“太不容易了。”

“的确不容易。”他低声地重复着。

夜忽然安静下来，万籁俱寂。他只知道，她的手在他的脸上。一会儿，这一刻就过去了。她收回了自己的手，在黑夜中，他的目光一直追随着她的手。现在，她的手垂在她的身旁，白皙而光洁，随即她两手紧握，藏在身后。

“对不起。”他说。

阿黛拉摇了摇头：“维克多不知道他父亲的事情。他太小了。”

“我不会再问了。”他向她承诺。

“没关系，”她说，“你并不知情。我会告诉他的，很快就会。”

“我应该走了。”

“当然。”她说。

他想离开——他本打算这么做，却低头看着自己的脚，它们一动也不动，像是被钉在了她面前的土地上。他的目光接触到她，她正在等待他开口。

“怎么了？”

“我羞于启齿。”

她摇了摇头，并不明白。

“是我的皮肤，”他艰难地说，“很痒。”

她微微地转过头来，问道：“你想让我帮你挠痒？”

他点了点头——她笑了吗？

“哪里？”阿黛拉问。

他们距离那家餐厅只有百米之遥，那里孩子们扎堆，士兵们在讲着战争故事。那里是另外一个世界。这里，夜空中撒满了星星。当她死后，他仍将记住这个夜晚，记住她的触碰：她的手指挠着他的背，开始很轻柔，慢慢地越来越用力，仿佛在大地上搜寻宝贝。

当他回去的时候，餐厅外面有十几个孩子，为了走进餐厅，马诺不得不经过他们身边。孩子们一直待在餐厅外面，仿佛因此他们也醉了。他们都是他的学生。“马诺老师，”他们叫着，“明天放假吧！别上课了！”他的脸上露出微笑，心情愉快。有些孩子伸手扯他的裤管。一名士兵从窗户探出头来，朝他点点头。马诺没有看到维克多和尼克，他再一次想起，他应该向他的房东坦承尼克的事情，但这个想法只停留了片刻，他已经在餐厅里了。

事实上，维克多正在那群孩子中间，背靠着餐厅的墙。他在心中告诉自己，我没事，但眼前的一切都很柔软，令他自己很吃惊。他觉得无论自己看到什么，都能将它对折——无论是一棵树、一块石头，还是一片云彩——这令他忧心忡忡。他小心翼翼地摸着头上那个大包，那里并没有流血，但是里面却十分灼热。他觉得晕眩。餐厅的墙轻微地颤抖，整座建筑都随着人们的笑声而摇晃。

餐厅里面，一切都放开了。人们都喝醉了，无一幸免。士兵们像藤蔓一样布满了整间餐厅，有几个士兵趴在窗台上，和窗外的孩子们聊着天，在他们的头顶抽着烟；吧台旁的男人们加入了上尉周围的人群。当马诺进来的时候，尼克的父亲叫了他一声，人们为他爆发出一阵掌声。他仍能感觉到阿黛拉的手指留在他背上温暖的触感，觉得想哭。马诺举起一只手，仿佛接受大家的鼓掌，随后在他的房东和上尉之间找了个位置坐下。有人给他倒了杯酒，他举起酒杯，向围着他的人们点头致意。

“扎希尔先生正在跟我们讲他的双手，”马诺喝酒的时候上尉说，“是吧？”

马诺的房东点点头，清了清喉咙。他烂醉如泥，眼神涣散。“你知道吗？离这里并不远。”他晃了晃断臂比画着；那一瞬间，马诺看到了他结疤的皮肉，十分粗糙，那正是他的手臂断掉的地方。

上尉为扎希尔倒了一杯酒。“真是骇人听闻。”他说。

“他们说我在一块公共土地上偷窃。那里现在杂草丛生，没人打理，但那里曾经是这个镇的边缘，就在广场那边。他们在那里执行了塔迭克之刑，砍断了我的双手。”

“塔迭克？”马诺想了想，摇了摇头，“在这里？‘他们’是谁？”

“我的朋友，当然是反政府军。别人谁会做出这样的暴行？”上尉说道，“请继续。”

“阿黛拉的孩子选了我，”扎希尔说，“他那时只有四岁。他们说，我们走吧。我便走了。”他示意要更多啤酒，一名士兵倒了满满一杯递给他。扎希尔再次开始玩平衡游戏，这次啤酒杯却从他的手腕之间滑了出去。他停了下来。“说这个有什么用呢？”他哭了，转过头面向上尉。

“唐·扎希尔，这些士兵不记得。他们不知道这些事情。即使是这位学识渊博的老师，他也不记得。”

“但那时我不住在这里。我是从城市里来的。”

“当然。”

“城市里，”扎希尔问，“一切都还好吗？”

马诺的视线接触到他的房东凝视的目光。他的儿子快要走了，即使现在不走，以后很快也会走的。他会被饿死的，连同他的妻子和女儿。幸运的话，这个小镇将消失在丛林里。马诺摇了摇头。“你是对的。在城里，一切都——”

“很糟糕，”上尉微笑着说，“对不起，先生。但是容许我这样说：一切都糟糕透了。”

马诺点点头。“扎希尔，对不起。我不是故意打断你。”

“就是这样。他们砍了我的双手！但我不是一个没用的人。”

“唐·扎希尔，你当然不是。”上尉喃喃地说。

“你知道我最怀念什么吗？”扎希尔低声问。他往前坐了一点。

“弹吉他，”有人回答，“唐·扎希尔，你弹得棒极了！”他唱着《莎啦啦》，一首渐渐升高的曲子，可爱地拨弄着想象中的乐器。

“不，不，不是那个。”

“你双手里肥沃而潮湿的泥土。”

扎希尔再次摇头否认：“你说话的口气像个三流诗人！”

“那是什么？”马诺问。

“让我告诉你们吧，”他一只手臂搂住马诺，另一只手臂则搭在上尉身上。“我的手指，”扎希尔悄声说，“在妻子身体里面的感觉。”

“哦，不！”上尉欣喜若狂地抗议着。

“是的！”

“唐·扎希尔，你太粗俗了！”

然而他的脸像修士一样圣洁。马诺充满敬畏地坐着。如果可以，他宁愿将自己的双手借给扎希尔，换他一夜欢愉。

“她身体里那么潮湿，”扎希尔说，“那么温暖……上帝啊！”

“让我们为女人干一杯！”上尉提议道。

“为女人干杯！”满屋子的男人们叫喊着。

即使在餐厅外面，几个孩子也学着他们向女孩们敬礼。女孩们羞红了脸，回了屈膝礼。

“我还是个女孩。”琼娜说，仪态万方地微笑着。

“维克多，你还好吗？”尼克已经问了一百遍了。他开始担心。

餐厅里面，尼克的父亲安静地倒下了，马诺觉得头顶一阵温暖，一阵晕眩。啤酒杯再次传到他这里。没有人再提到运啤酒的卡车和那些无法通过的山路。他们会把所有的啤酒都喝光。明天是什么？那只是一个概念而已，并无其他。

几分钟后，当维克多被抬进餐厅的时候，男人们和士兵们仍然沉浸在扎希尔的描述所带来的狂喜中。收音机里传出一段清唱，每个人都陷入了沉思，怀念着他们曾经触碰过的女人身体。几年前，甚至几十年前，时间过去了多久并不重要；男人们沉醉在想象中的性爱里，餐厅里春光无限。他们凝视着自己的双手和手指，带着一种无望的热爱。啤酒随意地洒到地上，地板上湿得能溜冰。

马诺周围的男人们都开始想入非非。上尉和扎希尔诡秘地低声交流着鱼水之欢。几名士兵睡着了，横七竖八地躺在地板上，脑袋下面枕着发霉的皮靴。马诺对于记忆中的女人没什么兴趣，他本来也没怎么跟女人交往过。他抬起头，意外地发现尼克正局促不安地站在门口，双手扶着阿黛拉的孩子。维克多无精打采，表情十分恍惚。

维克多是个虚弱多病的孩子。马诺此前并没有意识到这一点。他脾气温和，始终面带微笑，母亲把他收拾得干净利落。现在，马诺确信他从未见过这么虚弱的人。

“我摔了一跤，”马诺还没来得及问怎么回事，维克多自己开口说，“谁能把我妈妈叫来？”

维克多虚弱的声音惊醒了餐厅里的男人们。上尉猛地看过来，脸上的表情极度忧虑。马诺猜想，这些军人一定唯恐天下不乱。然而扎希尔立即站了起来，从他儿子的手里接过维克多。孩子纤瘦的手臂无力地挂在扎希尔的脖子上。“不会有事的。”扎希尔说。他用自己残疾的右臂轻拍着孩子的头。

“是我推倒他的，”尼克说，“是我的错。”

然而没有人在听他说话。上尉站了起来。“我们带这个孩子回去。”扎希尔说。

“他会好吗？”尼克问。

“是的，”马诺迅速地回答，“他会好起来的。”

“他不会死吧？”

“当然不会。”马诺停顿了一下。

尼克点了点头。

他不再是个孩子，已经可以跟他讲道理了。吧台周围已经空了，只剩下他俩。“你不能走，”马诺说，“至少现在不能走。维克多都告诉我了。我不允许你离开。”

马诺说到这里戛然而止，他的话音还留在空气中。“我不允许你离开，”这句话充满权威，掷地有声，“你明白我的意思吗？”

尼克点点头。

“你有什么想说的吗？”马诺问。

尼克没有吭声。马诺走出餐厅去看望阿黛拉的孩子，只留下尼克一个人在空荡荡的餐厅里。

一直到母亲过世，维克多的家再也没这么热闹过。那一次，他再度成为众人关注的焦点，妇女、朋友和陌生人挤到他身边，既不敢说什么，也不敢保持沉默。然而今晚，尼克离开的前一晚，那位醉醺醺的上尉夸他是个勇敢的孩子，是这个国家真正的好男儿。这一晚，他最好朋友的残疾父亲背着他经过整个小镇，他紧张而恐惧的老师紧跟在后面，小心翼翼地挠着痒。无边的星空下，一群人匆匆地走着，孩子们跟在后面，担忧着自己的同学。他们唱着歌，向女人致敬。他们让他靠在餐厅外墙上、试图唤醒他，直到尼克最终发话：“够了，我带他走。”最终，维克多引起了和母亲过世时同样的举动和慌乱，只不过这次是为了庆祝罢了。他是世界瞩目的焦点。一大群士兵守在他家门外。唐·扎希尔将他放在床上。维克多听到母亲的声音，她太过担忧，因此没有责备他。母亲在他的前额上敷了一块温热的布，维克多梦到了银光闪闪的直升机。年老的妇女坐在他的床头，用古老的方言祈祷着。

他有没有对着唐·扎希尔低声耳语，告诉他尼克要走了？他本来想那么做的。后来，他告诉自己他说了。但这无济于事：第二天早晨，他最好的朋友已经离开了。

第七章

诺玛曾经拿着那张纸条，瞥了一眼那些名字：却一个都没记住。为什么第一天她没有看到？维克多正在控制室里玩得不亦乐乎，乱按着各种按钮，莱恩正在陪着他。埃尔默接过纸条，取出了一支黑色签字笔。诺玛倒抽了一口气。究竟哪种情况更糟：知道雷尔的名字在上面，她不知为何没看到，还是任由埃尔默涂掉它，眼睁睁地看着他的名字再度消失？

“等一下，让我看一眼，”她向埃尔默伸出手，“为什么要这么做？”

“这不安全。”

“我可以保管它。”

他心软了，叹了口气，将纸条递给了她。“你之前知道吗？”他问。

诺玛将纸条平铺在膝盖上，努力抚平上面的褶皱。“当然不知道，”她头也不抬地回答，“我从来都不知道。”她的手指抚过丈夫的名字。在那里，雷尔的别名隐藏在几十个名字中间。“你呢？”

埃尔默摇了摇头。“诺玛，对不起，”他说，“要么我把他的名字涂掉，要么我们得去报警。这张名单上的人可能是通敌者，也可能是他们的支持者。雷尔仍然是一名通缉犯。”

即使已经死了，他仍然是一名通缉犯。

因此，电台取消了所有计划：这张名单没有在节目里被念出来，电台也没有为维克多和1797村失踪人员策划一期特别节目，也没有人关心他们的记忆。人们失踪了，他们的历史也随之消失，因此新的传说取代了老的传说：战争从未发生过，那只是个梦罢了。我们生活在一个文明的现代国家。然而，数年以后，仍然听得到那些失踪者的回响。你想忽略那些声音吗？

“这是个错误，一定是哪里出错了！”她想笑，并且真的笑出了声，只是她笑得紧张而别扭，仿佛在故意掩饰什么。埃尔默皱了皱眉。“我来保管它，”诺玛说，“我可以继续做这期节目，不提他的名字就行了。”

“还是由我来保管这张名单吧。”

“你不信任我？”

埃尔默叹了口气。“这张名单上的每一个人都可能犯过罪。我不想冒险。你知道的，这也是我的生活：我应该对这家电台的一切负责。”

“我会调查清楚此事。”

埃尔默摇了摇头。他有他的原因，十分合理的原因，但是诺玛根本不听。他双手比画着劝说诺玛，时而握紧拳头，时而又松开。他脸上的表情温和而善解人意，但是她根本不关心。他提到了她的安全和他们之间的友情，尽管他们的关系偶尔也会紧张，但仍然是一份实实在在的友情——但她什么都听不到。他不是一直照顾着她吗？这些年，他不是一直站在她身边陪她经历风风雨雨，从未背叛过她吗？他小心翼翼地说，她生命中也有别的男人，并未做到他所做到的一切。

然而诺玛根本不去听他在说什么。她站起身来，敲着控制室的窗户，直到孩子注意到她。她朝他灿烂地笑，感觉到自己的脸部肌肉仍能正常工作。孩子还小，他向她报以甜甜一笑。

诺玛对着灯光看那张名单。她丈夫的名字旁边有一个墨点，这是刚才埃尔默的笔尖留下的墨迹。

“你在干什么？”埃尔默问。

男孩在窗户后面注视着这一切。诺玛将纸条折成四折，一言不发地将衬衫往上拉了拉，让纸条滑进了内衣里。

埃尔默挠着自己的下巴，问：“你在开玩笑吗？”

诺玛向维克多指了指门。在窗户的外面，莱恩耸了耸肩。男孩经过那扇门走了出去，在门外等着她。诺玛转向埃尔默说："对不起。"随后她沉默着离开了控制室。她暗想，他会让我走的。门在她身后关上了。埃尔默叫了一声"诺玛！"仅此而已。

维克多在简陋的演员休息室里等待诺玛。他在一张已经坐塌了的长沙发上坐下，粉色的手指抠进了沙发套的破洞里。

"我们去吃午饭吧。"诺玛以她最甜美的声音说。从她的胸腔和喉咙里，她能感觉到自己的心正在怦怦地跳。"你想吃午饭吗？"

维克多咧嘴一笑。他这般大的男孩永远都是饥饿的，他当然想吃午饭。他俩走向电梯，穿过电台大厅，朝前台接待员笑着点点头，随后走到大街上。她一直牵着他的手。

他们离开电台，前往新镇广场。那里是新建的市中心，离电台有二十多个街区。他们离开以后，埃尔默留在电台里，焦虑不安。她知道他一定在焦虑，几乎能想象出他一筹莫展的样子，在电台走廊里不安地走来走去，考虑着他该怎么办。也许他会派人跟踪她；也许今晚回家，她会发现有警察在她家等她。诺玛怀疑埃尔默是否真的会这么做。毕竟，他不是让她带着纸条走了吗？她能感觉到硬硬的纸条刮着她的皮肤。她暂时是安全的。诺玛和维克多经过了一家又一家的餐厅；每经过一家餐厅门前，维克多都会停下脚步，在餐厅门口逗留一会儿。烤鸡在橱窗里嗞嗞地冒着油，丰满的女服务生向路人派发着菜单，维克多每份菜单都拿了一份，当诺玛拉他离开时将菜单塞进了衣袋里。她想包容他的好奇心，但这一刻太难了。几乎每个角落里都有士兵在站岗，因为太过寻常，几乎被路人当成隐形人：这些士兵配有步枪，就像二十年前曾经折磨过她，还将她的雷尔拖下公交车的那些孩子一样。在即将放晴的阴天下，在千篇一律的现代建筑中间，行人们混乱地穿行着。出租车按着喇叭，小贩们在吆喝，警笛在长鸣。

他们找了一家餐厅，在靠里面的一张桌子上坐下。这家餐厅在一个角落里，远离喧嚣的街道，四周的墙上镶着镜子，闪烁的霓虹灯拼写着本地啤酒的品牌和球队的名字。女服务生貌美如花，但牙齿却不整齐，她努力掩饰着自己丛林地带的口音。午餐很快上来了。维克多用吸管喝着橘子汽水，双手抓着食物，大口大口地吃着，满足地一言不发。诺玛挑了几根薯条，慢慢喝着自己的水。他今年十一岁：一年后，维克多会长大很多，和现在一点也不像；五年后，他将面目全非，几乎成长为一名真正的男人。他满足地享用着午餐，不时地微笑，牙齿之间塞满了鸡肉。他含着满嘴的橘子汽水，鼓着双颊、噘着嘴唇。她想伸手去摸他被剃光的头：一定很扎人，像砂纸一样。她的思绪飘回过去十年以及再之前的十年，想起了雷尔和他那无数个别名、他不为人知的过去、他的逃跑以及他的消失和伪装。这个孩子应该知道这一切。

“那张名单上有一个名字。”她慢慢地深深地吸了一口空气，又呼了出去。她从包里取出一支笔，在纸巾上以大写字母拼写了一个名字。她注视着这个名字。她已经多久没有写这个名字了，这个存在于她的过去的奇怪名字？十年，甚至更久？雷尔失踪后的几个星期，她曾经给他写过情书，信里她用在身份证上发现的他的名字称呼他——竟然那么久了。她叹了一口气，问维克多：“你能认出来吗？”

维克多嘴里塞满了鸡肉，正在狼吞虎咽。他仔细地看了看那个名字，摇了摇头，问：“这个名字怎么念？”

诺玛笑了。她吸了一口维克多的汽水，汽水瓶在她手里又冷又湿。她抬手在前额上擦了擦。自从电台工作中断以后，她便开始头痛。当时，她的嗓音几乎都哑了。

维克多又问了一遍：“他长什么样？”

男孩想知道他的模样。她从未听任何人大声念出他的名字，想到这一点，她不禁笑了。

与其说她笑了，不如说她快哭了。她的脸上挂着那种持久的微笑，十分不自然。从哪里说起呢？透过墙上的镜子，诺玛可以看到外面的街道和街道上的一切，人们正在热火朝天地进行城市重建。诺玛很想问问男孩：到底有没有发生过战争？战争只是人们想象出来的吗？新镇广场离这里只有几个街区，是在过去的遗址上修建的一座遗忘的丰碑。“他长什么样？”诺玛心想，感谢上帝，让我们有镜子，感谢那些来来往往的路人，感谢这场紧张忙乱的生存游戏，但他们当中没有一个人是雷尔，也没有人知道他的名字：他是一个撒谎高手，英俊的男人说着美丽的谎言。在餐厅里，墙上安装着霓虹灯管，四肢修长的女服务生们走来走去，丰满的胸部仿佛随时会从橙色的抹胸里蹦出来，女人们打扮得像可口的糖果，穿着洗衣粉盒子颜色的衣服。这些干净而年轻的狐狸精！她快被这座城市逼疯了，她快被自己的孤单逼疯了。维克多飞快地看了一眼镜子中的她。正是吃饭时间，人们将鸡肉从骨头上剔除，大快朵颐，一群或年轻或年迈的客人们脸上带着油腻腻的笑容。餐厅里响起平淡乏味的音乐，略低于人们的交谈声。诺玛觉得自己的头要炸开了。

“你还好吗？”男孩问。他的声音很轻柔。

诺玛摇摇头：“不好。”

“我母亲有时候也像这样，”男孩顿了一下，向前凑了凑，“仿佛她的头要裂开一样。”

就是这种感觉：她的头裂开了。诺玛深深地呼吸了一口空气。从她第一次见到雷尔那个夜晚开始，她的头就裂开了，二十年来一直如此。这种迷恋还要持续多久？维克多用刚才诺玛写过字的纸巾仔细地擦着嘴。诺玛从他手里抢过那张纸巾，在桌上铺平。纸巾已经弄脏了，油渍斑斑，模糊的字迹已经不可辨认。这张纸巾已经无法恢复如初，她能感到自己脸上红一阵白一阵的。

维克多向她道歉，然而诺玛却摆了摆手。“看，”她说，“我连他长什么样子都不知道，我曾经以为自己知道的。对我来说，他不是一个陌生人。我们曾经朝夕相处那么久，但我们也分开了很久，”她深深地叹息，“他有时会突然重新出现。今天，我觉得”——觉得怎么样呢？——“像个玩笑。”

男孩看上去很困惑。“诺玛小姐，您说像个玩笑？”

“不。你说得对，不是个玩笑，”她下意识地抿了抿下嘴唇，“我不知道该怎么形容。我等待得太久了。”

维克多是个孩子，也是个陌生人，就像她自己在阿拉伯或者乌克兰是个外国人一样。然而她希望他能够理解。不仅如此，她觉得他可以理解，只要他愿意。

但是他心里的真实想法是什么？她只能猜测：或许他在回味刚才那只鸡，依然齿颊留香，或许是饱餐之后胃里的满足感；或许他在观察她身后闪闪发亮的电唱机，那晶莹夺目的按钮、成叠的激光唱片，以及那些他从未听过的歌曲？又或许他在回想刚才那位丰满的女服务生和她东倒西歪的牙齿？维克多仿佛突然有了新的特点，而这令他与众不同：他不再是个孩子。他可能看向四面八方，发现若干他感兴趣的东西，但诺玛只关心这个：他来自于丛林地带，随身带着一张纸条。纸条上有一个名字，证明他曾经与一个死了的人生活在同一个社区。

“我已经十年没有见过我先生了。”她说。维克多仿佛在聆听，而这对她来说已经足够了。“维克多，我并不傻。他并没有失踪。他的名字被列在一张名单上，而这张名单被束之高阁：他的名字被禁止提起。每天晚上在电台里，我都想对他说话。你能明白吗？但我不能这么做。如果我说出他的名字，后果将不堪设想。”

“诺玛小姐，后果会怎样？”男孩问。

“至少我会被传讯，审问很多问题，还可能会被逮捕、被调查，甚至失踪，”她叹了口气，“比这个更糟糕的是：如果我提到他的名字，就等于承认我认为他仍然活着、能够听到我的声音。我不确信我能那么做。”

“如果由我来说呢？”

她握住维克多的双手，问：“我能跟你说点别的吗？”

“当然。”维克多回答。他将面前的盘子推开去，将只剩下最后一口的汽水瓶递给诺玛。当诺玛谢绝后，他自己喝了起来，皱着眉头吸着吸管。

“我有点儿怕你。”

他扬了扬眉毛，随后眼神又游移到桌上去。他不再抬头看她。

“没关系，”诺玛回答，“我猜你可能也怕我，是吧？”她按着他的双手，那仍然是一双孩子的手，手指纤细而瘦削，皮肤柔软。“有点儿害怕？”她问。

男孩点点头。

“太可怕了，”她说，不再是对着维克多或者对着她自己，而是对着他们之间的空气，“的确是。”

“我不是一个人来的，”维克多顿了顿，吸进了一口空气，“我和我的老师一起来的。他可能会知道点什么。他的名字叫马诺。”

“告诉我这是怎么回事？”

男孩悄悄地抽出了他的手，挠了挠头。“他是我母亲的朋友，她的男朋友。他本来应该照顾我的，但他没有。他把我一个人留在了电台。”

“就这样？他说什么了吗？”

维克多举起空杯子，将吸管放进杯底刚刚融化的冰水里。他吸了一口，听得到水被吸进去的声音。随后他停下来。“没什么。他说你会照顾我的。”

“我——我会的，”诺玛嗫嚅着，“我会的。但他为什么那么说？他为什么留下你一个人？”

维克多耸耸肩。“他很悲伤。老人们说他爱我母亲。”

诺玛往后靠到椅背上，不禁莞尔：仿佛爱是个万能的借口，能够为一切行为开脱。对于诺玛自己，爱能够轻描淡写地解释多少她的过去？这个叫马诺的人：他将一个孩子遗弃在茫茫城市里，仅仅因为他自己很伤心？

“我有点头晕，”她叹了口气说，“让我想想该怎么办。我的头太晕了。”

“他知道的。我确信马诺知道。他一定能帮你。”

“我先生……不是一个普通人，”她说，“他经常玩各种花招。”

“那可不好。”

诺玛揉了揉她的眼睛，想看清眼前的灯光、对面的男孩和那张纸条。“你说得对：那的确很不好。我觉得头晕，”她重复着，“就是这样。”

当服务生擦干净了桌子、诺玛付了账单，维克多承认，他曾经梦到自己的母亲。他说，她溺死在一条河里。“对不起，对不起，可怜的孩子。”诺玛对他说；然而这并不是他告诉她的原因：或许那条河流把母亲带到了这里。午餐时间已经过了，女服务生们聚在亮着霓虹灯的吧台旁，一边吸着汽水一边聊天。

“那你有什么想做的吗？”诺玛问。

“大海，”他回答，“我想看看大海。”

一年里大部分时间，这座城市的沙滩都荒无人烟，成片的黄沙寂寞地堆积在嶙峋的悬崖下。流浪汉们在沙滩上生起一堆火，用来取暖；偶尔，海浪还会将一具被海水浸泡到浮肿的尸体冲上沙滩。冬天，沙滩无人问津，云层低而厚重、平滑而昏暗，就像一层肮脏的棉花天花板。这是什么沙滩？什么大海？有时，风调转方向，带来大海的气息，咸咸的味道漂浮在城市里，但这样的日子屈指可数。沿着海岸线修建了一条公路，过往的车辆和惊涛骇浪声混杂在一起，交织成一种单调而含糊的噪音。北部更远的沙滩也兼作垃圾加工区，一大群蓬头垢面、瘦削而粗犷的年轻人仔细地对垃圾进行分类并将其焚烧。他们用棍棒挨个戳着垃圾堆，从腐烂的垃圾里收集着猪食。

诺玛暗想，维克多也可能成为他们当中的一员。他们的年龄、体格和肤色都与他相仿，发育不良的棕色身体熟练地走在垃圾堆里。如果维克多也是其中一员呢？如果他从1797村来到城里的第一天没有找到电台的话，如果他饥肠辘辘、失魂落魄地在街头徘徊的话，如果他在避难所高原区的小巷子里安家，或者在麦特泊罗后面的贫民区被警察逮捕的话，到沙滩上工作不是很自然吗？维克多那样的男孩可能在新界、迈阿密威勒、克莱德、千里，或者塔摩任何一个破败的棚屋里自生自灭，根本无人知晓。他的身世将毫无神秘之处，也没有任何人会对此感兴趣：又一个出身贫寒的孩子来到城里，试图在下层社会谋生，他的成败如何都不重要，对于他人也没有任何意义。

他们乘出租车去海边，寻找维克多的母亲。诺玛告诉过他，或者正在试图告诉他：事情并不是这样的，那条河并不通向大海，而是流向另一个方向，大海无边无际，很难找到一个人。然而她忍住了。将这些留给他自己去发现吧，当他亲眼见到大海的那一刻，他应该会释然，以后再也不会受那个噩梦的困扰了。诺玛任由他自说自话，他语无伦次地说着他的故乡、他的母亲，还有马诺。“我们一定会找到他的。”他说，尽管在这座城市里寻找马诺如同大海捞针。诺玛很欣慰自己在一辆出租车里，车窗被摇下了，风透过车窗吹进来，风声很大，以至于她听不到自己大脑里的嗡嗡声。她看到他的嘴唇一张一合，却只能听到只言片语，于是握着他的手安抚他。

在海边，诺玛和维克多遇到一个瘦小的驼背老婆婆，身后拖着一个麻布袋。她沿着沙滩上的涨潮线缓缓地走着，老态龙钟。沙滩上只有他们三个人。他们默默地看了她一会儿：她用滤网滤掉沙子，将剩下的都倒进她身后的麻布袋里，随后往前移动一步，重复着这一动作。风将垃圾吹散在沙滩上，偶尔一阵狂风卷起黄沙，吹向天空和大海。尽管太阳躲在云层后面，但并不寒冷。

维克多开始行动。他松开鞋带，果断地脱下了袜子。他扭了扭自己的脚趾头，将袜子塞进了运动鞋里，随后将运动鞋放在了沙滩边缘一条石凳下面。他脱掉了诺玛早上借给他的毛衣，那是许多年前雷尔洗得缩水的一件旧毛衣。诺玛不应该惊讶，但实际上她仍然讶异无比：对于维克多而言，这件毛衣仅仅是一件用来御寒的普通衣服而已，没有任何特殊意义，也不代表任何生者或死者。当然！他与她的过去毫无关系，为什么不能这样呢？

诺玛和维克多走到沙滩上。她没有像之前在出租车里那样主动牵他的手，尽管她本能地想那么做。她静静地看着他往前走，一直走到海水的边缘。他挥舞着自己的手臂。她跟着他走到海边，在沙子变得潮湿黏稠的地方停住了。从她还是个孩子起，她就已经来过海滩了。她曾经在冬天来过吗？好像没有。诺玛脱掉了她的鞋，卷起了裤腿，一只脚踩进了潮湿的沙子里。她用力地踩着凉爽的沙地，感到身心舒畅。她退回到干燥的沙滩上，蹲下来看自己的杰作：沙滩上留下了一个完美的脚印。她在这个脚印的前方留下了另外一个脚印，就这样一直走到了被潮水打湿的沙滩上，潮水时涨时落。她踩着之前的脚印，一步一步往回走。一眼看上去，就像她失踪了一样：她走进了大海，再也没回来。

当她还是个孩子的时候，她常常和父母在沙滩上流连一个下午。父亲头戴一顶草帽睡着觉，帽檐一直压到他的眼睛上，她则在父亲周围的沙滩上印了无数个大脚印，巨大的熊的掌印。那时候她多大？八岁？九岁？诺玛不禁微笑起来。记忆里，母亲穿着一件黑色的泳衣，戴着一顶式样夸张的遮阳帽，帽檐低垂，上面或许还有一个蝴蝶结，浑身散发出电影明星的优雅气质。她觉得游泳不适合她这样的淑女，因此常常在海边看书、抽烟、对着大海陷入沉思。诺玛在父母身边灼热明亮的沙滩上爬来爬去，留下了一串奇异的脚印。她乐此不疲：脚爪的弧度和尖度，后爪的大小。她在塑料桶里盛满了海水，浇在沙子上，将沙子粘在一起。当父亲终于醒来后，诺玛向他展示自己的杰作。她表情严肃，不容置疑。她想象中那只野兽恐怖而凶猛。“爸爸，你刚才睡觉的时候，来了一头很奇怪的野兽，”她说，“它有尖利的牙齿和锋利的爪子。”

父亲接过母亲递过来的雪茄，瞥了一眼身边的脚印，问：“野兽干什么了？”

“它将你吞下去了。”

父亲看着她，装出很担心的样子：“那么我死了吗？”

她回答说死了。父亲大笑起来。

一阵狂风迎面吹来，将沙子吹到她的脸上。她意识到维克多在对她说话。老师陪着他一路来到了城里。他们几天前离开1797村，一路做伴，一直到他们抵达首都的中央汽车站。马诺陪着维克多一起去了电台，随后将他一个人留在了那里。诺玛点点头：这太令人费解，也太残酷了。仅仅为了减轻自身的负担，要将一个孩子遗弃在一个陌生的城市里？同样令人费解的是，维克多看起来对此竟然毫无怨言。马诺为什么要离开？

“他到家了。”维克多回答得轻而易举。当然，马诺扔下了我，维克多说。他当然可以这么做：因为他心碎了。

诺玛在沙滩上坐下，向前伸出双腿。维克多跑开了，几分钟后又跑回来，抱着一堆浮木、巨藻和一只不知道从哪里来的易拉罐，边缘已经生锈。这个宽容的男孩、这个菩萨心肠的孩子，正喘得上气不接下气，脸颊通红。“很好看，”他说，“是吧？”

诺玛的脸上露出了微笑。她不知道他在说大海、沙滩，还是他刚抱回来的那堆垃圾。无论他指什么，诺玛觉得自己都应该赞同这个孩子。

在他们面前，无论是肮脏的沙滩，还是黑暗的海平线，都不能掩盖海水之美。它在流动，拥有生命：那咸咸的气息、那波涛汹涌的海平面、那无尽的大海和海浪，潮起潮落，生生不息。大海永远都不会让人失望。

在1797村，人人都面有菜色。他知道，他的母亲也在那里；除此以外，他的梦了无痕迹：除了嘴里有点苦，没有留下任何场景或者对白供他回味。在他的家乡，曾经有一位老妇人可以解梦。她声称自己曾经和深山老林里的印第安人生活在一起，懂得他们的语言：她告诉维克多，“药物”和“树木”这两个词在印第安语里是完全一样的。维克多曾经跟着母亲一起去看过她，他在外面等待母亲，用一根尖棍子在地上挖着洞。母亲送给老妇人一捆干烟草和半打银鱼作为酬劳。

“那些梦是关于什么的？”维克多曾经问过母亲。

“关于你父亲的。”母亲简单地回答，但没有透露梦的具体内容。

早晨出发前，维克多在征得诺玛的同意后浏览了一遍她的书架。他从未见过那么多书。他没有告诉诺玛，他想找一张地图，一张绘有他的故乡和那条河流的地图。如果他能找到河流流向大海的路，他或许就能找到母亲了。河流向哪个方向流呢？他们从未学过这个。在他的家里，门旁的木头上钉着一张地图，已经泛黄发霉，图上的线条和色彩已经褪色。这张地图是战争爆发之前绘制的，上面印着各个地方的名字，而不是数字编号。这是他父亲的地图。然而维克多一点都不记得，只记得当他让母亲指出他们的村子时，母亲轻轻地叹了口气。

“傻孩子，我们不在上面。”

他把地图取下来带给老师，马诺看着这张地图，不禁笑了。他在上面指出了首都，用指甲一路指着海岸线，随后用一支红铅笔在地图上涂掉原来的名字。在这个星形标记的城市左侧，在漫无边际的大海里，马诺写了个大写的“一”。

“大海是什么样子的？”维克多问。

“很美。”马诺回答。

很久以前的一个夜晚，维克多在完成一项特殊的家庭作业：他对照着马诺给他的一张油印地图，在自己的地图上将那些城市的名字一一更新成数字编号。随着他不断更新，编号变得有序可循：三位数以内的都是沿海地区，五千以内的都在丛林里，更大的编号则位于深山中。奇数往往都在河边上，偶数则靠近山里。以“一”结尾的城市是省会城市，最后一位的数字越大，所代表的那个地方越小。

在诺玛的家中，维克多翻了一遍诺玛的藏书，一无所获。她的书有些是关于电台历史的，有些是丛林植物方面的图书，还有他听都没听过的语言的字典。诺玛那时在厨房里，维克多取下那些精装的巨著，小心翼翼地吹去封面上的灰尘，翻开已经很多年没有人翻过的散页的书。在一本厚重的羊皮纸笔记本里，有几幅鸟儿和植物的素描；有些画上配有文字说明，但字迹太小，无法识别。维克多还发现了一本泛灰的书，里面印着年轻男女们身着礼服的照片，每页上都有几张脸被划掉了，照片下面写着日期。他想去找诺玛，但一时没找到，便把书放了回去。闭上眼睛，维克多的眼前总是出现同样的景象：母亲靠在岩石边上，静静地躺在河流中，随着河水漂走，沉入泡沫四溅的水里。那条河到底向哪个方向流？当他来到城里，他离母亲更近了还是更远了？他跟着她去大海了吗？

一整天，维克多都在想着大海。他想象着在大海的某处刻着“一”字。当他们乘车来到海边，维克多亲眼看到大海的浩瀚时，他并不绝望，反而觉得豪情满怀。他确信，母亲一定在那里。现在，他坐在诺玛的身边调匀呼吸，想起了他的梦。他的面前是无尽的海水。他注视着那些海浪，注视着远处海平线上的波涛。他把怀里的垃圾倒到沙滩上。“这些是什么？”诺玛问。

维克多展示给诺玛看。“这个，”他说，“是一把剑。”他抓住浮木的底部，在面前的空气里比画了几下。“看到了吗？”

她从孩子手里接过那截浮木，秀气地在空气中写着自己的名字。“太危险了。那是什么？”

巨藻令维克多想起自己的家，想起那些长在树枝表面的绿色苔藓。他能解释清楚吗？那些苔藓如何长成一面翠绿的帘子，悠悠地飘荡在风中，轻轻地掠过河水的表面？他尝试着向诺玛描述。它们的颜色一模一样：都是一种接近黑色的深绿色，湿漉漉的，像浸满了水。“能想象出来吗？”他问。

诺玛说能。

他们坐在沙滩上，倾听着海浪的声音。天气并不寒冷，虽然也并不温暖。阳光透过云层之间的空隙照射下来。维克多问：“您还觉得晕吗？”

诺玛往维克多身边挪了挪。“不晕了，”她说，“你呢？”

“我以后会怎么样？”

诺玛微微一笑。“我不知道，”她说，“你是个勇敢的孩子，是吧？你可以暂时跟我住一起。”

他猛地将那把浮木剑刺向空中。片刻，他的眼前只剩下大海，耳朵里只听到大海的节拍。“你没事吧？”诺玛问。不知为何，她的声音令维克多突然脸红了。他没有立即回答。

“我母亲很爱您，”他说，“村里每个人都很爱您。”

诺玛没说什么。

那位驼背老婆婆继续在沙滩上走着，身后拖着那个麻布袋。维克多突然站了起来，走向那位老婆婆。老婆婆微笑着，手里却在继续工作：她用金属滤网舀起沙子，细小的颗粒漏了下去，她将剩下的都倒进麻布袋里。“阿姨，”维克多问，“我能帮忙吗？”

“好孩子。”老婆婆赞扬他。

维克多捧起一捧沙子，沙子从指缝间漏了下去，维克多将留在手掌里的石子递给老婆婆。老婆婆微笑着将这些石子倒进自己的滤网，石子掉不下去。老婆婆谢了他，将石子扔进了她的口袋里。她摸着他的头，朝诺玛点点头。“好孩子，”她重复着，“肯帮助我这样的老人。”

“您愿意坐下和我们一起休息一会儿吗？”诺玛问。

老婆婆笑了，露出掉光了牙的粉红色牙龈。“哦，你们年轻人有时间坐下休息！我不行！”

“我帮您收集石子。”维克多说。

老婆婆就地坐下，将滤网递给维克多。他跪在沙滩上，挖了一大捧沙子，倒进滤网里。当沙子透过滤网的网格漏下去的时候，他的舌头舔着牙齿、目不转睛地注视着沙子。他筛完后，拿给老婆婆检查。

“很好。”老婆婆夸赞他。她从衣服里面的口袋掏出一块面包，撕下面包皮，递给诺玛和维克多，但他们都没要。老婆婆只吃面包里面松软的部分，慢条斯理地咀嚼着。她用一根鞋带将一个小小的收音机系在脖子上。吃完面包后，她取出了收音机里面唯一一块电池，用双手摩擦它，随后又装了进去。收音机又吱吱嘎嘎地响了，传出了嘶啦嘶啦的声音。

诺玛看了一眼她的表。“阿姨，这个时间正在播放一个白天的节目，”她说，“要么是爱情心语，要么是警方报道。”

“这个星期天，”维克多宣布，“我也会出现在电台节目里。”

老婆婆抬起头。“太好了！”

“我会提到您的名字。如果您希望我那么做的话。”

她看了一眼维克多，再次说道：“那太好了。”

维克多再次跪在沙滩上，筛选着地上的石子。老婆婆跟诺玛闲聊，告诉她怎样无意间开始做这份工作，她的丈夫以前从事建筑业。她很乐于交谈，一开口便絮絮不停地说下去。维克多听到她说，她的丈夫从一根横梁上掉了下来，并因此而丧生，她去找她丈夫的合伙人，求他给她一份工作。过去，她一直是一名家庭主妇，能做什么呢？这就是她得到的工作。她将石子卖给F大道上的一家混凝土搅拌厂。

“他骗了我，”她说，声音十分凄凉，“我先生曾经承诺，说他永远都不会离开我。”

“男人都那样，”诺玛安慰她，“他们都那么说。阿姨，也许他们的确是那么想的。”

维克多安静地听着，将滤网上的石子倒进她的麻布袋，再次打断她，问她的姓名。老婆婆没回答他，而是直直地看着诺玛：“女士，您是‘城市寻人’的播音员吗？”

诺玛红着脸点了点头。

老婆婆微笑着拉过诺玛的手，轻轻地握着。“今天早上你怎么没主持节目？”

“阿姨，我今天请了一天假。就是这样而已。”

“明天，你会回来主持节目吗？”老婆婆问。

“可能后天吧。”诺玛回答。

一群海鸥在头顶盘旋，云淡风轻。“我很高兴，”过了一会儿，老婆婆说，“真高兴能见到你本人。”

诺玛一只手握着老婆婆的手，另一只手则轻轻地抚摩着她的后颈。维克多在她们身边坐下，将手放在老婆婆背上。老婆婆很脏，身上充满了大海的腥味。她埋进了诺玛的怀抱里，根本没注意到维克多。

“阿姨，”诺玛问，“需要我帮您找什么人吗？”

老婆婆向后坐直了身体，点了点头。“哦，诺玛。”她轻声说。她从衣袋里取出了一张纸。“我请人打印了这个，”她说，“上面写些什么？”

诺玛读着纸上的两个名字，老婆婆点了点头。“仁慈的上帝，”她说，“告诉他们我在这个沙滩上工作。他们是我的孩子。”她收拾起自己的东西，谢了他俩。“特别是你，孩子，”她说，“亲一下阿姨。”

她弯下腰，脸凑到维克多面前。维克多顺从地吻了她的脸。

老婆婆走开几步以后，维克多捡起他的剑，随后他捧起一捧沙子，倒进了衣袋里。他看着大海，从右向左巡视着远处的海平线。他的母亲当然不在那里，但是诺玛在，她正在他前方走向公路，手里拿着老婆婆给她的那张纸条——她抓得很紧，这样纸条就不会从她手里飞走。

第八章

战争爆发之初、当雷尔还是一名年轻的教授时，他在城里一份激进的报纸上发表了一篇文章，署了多年没用过的别名。中央委员会认为值得冒这个险，因此这堪称是一场精心策划的挑衅。虽然这份报纸的发行量并不大，但雷尔的文章仍然引起了争议。在一系列的文章中，雷尔描述了他在丛林地带亲眼看到的一种风俗，由于会用到一种叫塔迭克的药用植物，雷尔将它命名为塔迭克；尽管依据当时的年份和日期，以及旨在惩罚的罪行等，村里人对它有很多五花八门的叫法。雷尔写道，塔迭克是一种原始的司法制度：当村里发生盗窃案时，老人们会挑选一名不到十岁的男孩，让他喝下一杯会使人神志不清的浓茶，随后让这名意识恍惚的孩子去指认元凶。雷尔曾经亲眼目睹这一切：一名男孩喝下浓茶后变得恍惚，跌跌撞撞地穿过村里泥泞的小路，一直走到集市上，在那里，他指出了一件男式衬衫的颜色、一条裙子上的几何图案，以及某种气味和手感。所有这些，只有这个孩子在被浓茶迷晕的状态下才能够知道。他将走到一名成年人身边，至此他的工作便已完成。老人们宣布将对这名刚发现的元凶实施塔迭克，将他带走，令人砍去他的双手。

如果雷尔的文章只是客观地描述一项罕见的风俗，那么并不会引起一场轩然大波。因为当时的丛林地带尚不为人所知，外人也不会因为深山老林里某种野蛮的异教仪式感到惊讶。然而雷尔更进了一步。他认为，塔迭克曾经几近绝迹，如今却得到了复兴。他拒绝谴责这一风俗：对于他所描述的残酷行为，他并不觉得它野蛮，也没有任何贬损之意。在雷尔看来，塔迭克是这个国家现行的现代司法制度的前身。他认为，无论是战时司法制度，还是专制司法制度，在道德层面（没有人知道别人的内心暗藏着怎样的罪行）和实践层面（迅速而野蛮的惩罚如果本质上是随机的，将有助于和平事业，在潜在的危险分子拿起屠刀前起到震慑效果）都是有效的。在这篇措辞谨慎的文章里，他赞扬了几个广为报道的案例，受害者包括备受折磨的工会领袖和下落不明的学生们，认为这是成功的现代版塔迭克；国家只是根据表面的特征（例如年龄、职业和社会等级）进行量刑，这和裙子上的几何图案如出一辙。现代社会也许并不需要一个被迷晕的孩子，但本质却是相同的。丛林地带的塔迭克并不是一项传统陋习的苟延残喘，而是民间对于现代司法制度细致入微的诠释。在战争时期，国家终于成功地渗透进偏远地区民众的心目中：现在，谴责他们在他们自己的社区里重建我们的制度，听起来无比伪善。

在城市里，知识分子阶层对此表示震惊和厌恶。塔迭克在电台里引发了广泛的讨论（当时有十几家电台），令人吃惊的是，不少听众竟然打电话来维护这一风俗，他们往往置身于城市里的贫民区，通过断断续续的付费电话打到电台来。他们当中没有人引用雷尔的论述，而是援引传统、社区和文化进行辩论，对这一风俗的卷土重来表示欢迎。他们分享着村里残疾人活生生的案例，这些犯了错误的人毫无怨言地接受了他们的惩罚。对于孩子们来说，他们是活生生的反面教材。批评者们认为这一风俗十分野蛮，是人类文明的一次倒退。本地其他几份报纸上也出现了几个塔迭克案例，同一版面上还有几则令人担忧的国内新闻：在过去宁静得几乎被遗忘的村子里，发生了几次枪击事件；光天化日之下，警察在执行公务的岗位上被绑架；在蜿蜒曲折的山中小路上，持枪的巡逻人员遭遇了埋伏，被当场解除了武装。

政府别无选择，只能关闭了那份激进的报纸和其他几份报纸。一位电台播音员基于雷尔的文章做了一系列节目，因此被判短期监禁，审讯后又被放了出来。一位自认为自己十分进步的国会议员提出了一项议案，要求立法取缔这一风俗。这项议案毫无意外地得到了通过，参议员们纷纷走到讲台前表达他们对塔迭克的愤慨之情。总统签署这项法令的时候谴责了塔迭克，认为它有损一个现代国家的尊严。他号召人民应该继续对社会进步保持信心，并且一如当时他所发表的每一场演讲，他隐晦地提到了一小撮心怀不满的少数派，批评他们试图破坏和平而忠诚的人们的平静。蓄谋已久的战争终于还是爆发了，但在最初的五年里，官方仅仅拐弯抹角地影射战争。

当雷尔发表这些文章的时候，战争已经在内陆地区肆虐了接近三年，但是城市里依然歌舞升平。战争刚刚爆发的时候，整个首都整洁而井然有序，与后来截然不同——那时，新界尚未成为聚居区，广场尚未被摧毁、被新镇广场取代，营房区仍然是军营，而不是沿着城市北部边缘急剧扩张的贫民窟。在这个已经不复存在的美丽城市里，想象塔迭克真正发生过是不可思议的。它违背了城市的意义，违背了一座首都城市、一座与世界对话的中心城市的意义。不仅如此，战争本身也是对知识分子阶层的侮辱，因此塔迭克被立法取缔，战争也被禁止提起——这个国家不美好的现实都被从报纸杂志上删除，并且不得在电台节目中提及。

此前，那份报纸的编辑躲了起来，这是事先就协商好的。在他躲起来之前，他向雷尔承诺不会有人将他供出来。雷尔已经很多年没用那个名字发表过文章，他在校园里过着隐居的生活，并不是一名公众人物。然而，局势仍然越来越紧张：几个星期以后，雷尔预感到会有全副武装的人闯进他的家，或许会凌晨时分踹开他的房门，将他带回监狱，带回“月球”。他们曾经告诉他，没有人会读这个。然而雷尔仍然睡得很不踏实，每晚都紧贴着诺玛。第六感告诉他，那晚将是他俩共度的最后一个夜晚。他们那时才刚刚结婚几个月，他还没来得及提醒她。

不知怎的，他觉得自己可以在诺玛不知情的情况下独自经历这一切。某个下午，在事情彻底爆发之前，他回到家中，看到妻子正在厨房里，站在火炉旁炒一锅米饭。他亲了亲她的后颈，然而诺玛却避开了。厨房餐桌上铺着一叠报纸，正是他们声称没人会读的那份报纸。“他们会杀了你的。”她说。

当有人向他提议写这篇文章的时候，他曾经有过和诺玛一样的想法。他们向他担保，一切都是安全的。他定了定神，回答诺玛：“没人知道是我写的。”

诺玛大笑起来：“你在开玩笑吧？你居然相信这个。”

除了选择相信，他还能怎么办？

“你为什么要写这些东西？”

他当然是应邀写这篇文章的，并且得到了批准。然而他不能告诉她这些。雷尔伸出双手想拥抱诺玛，但是她躲开了。雷尔向她求婚，然后他们结婚了；从他们第一次遇到彼此，至今已经四年过去了，然而该问的问题还没有问。现在，当他的文章出版面世，诺玛要问他一些她有权知道的问题。毕竟，他们是夫妻关系。自从他在父亲的公寓里向她求婚开始，他就在等待着这些问题：“你是谁？”现在终于是时候了。“想问什么就问吧。”他说。于是她像记者一样开始发问：“为什么没有告诉我你父亲仍然活着？”

“我以为我快要死了。”

他说的是真的。

“我知道他们一定会回来找我。我想要保护你。关于我的一切，你知道的越少越好。”

他并没有撒谎，至少那时还没有。有时候，他回想起来仍然觉得吃惊：他居然没有死在那个地洞里，从此悄无声息。然而此时他正在自己家里，妻子在准备他们两人的晚餐。那一刻，成百上千的人和他们做着同样的事情。谁能说他和他们不一样？他猜测，许多人根本没想过自己那天会死。雷尔叹了口气。厨房里阴暗而封闭，让人喘不过气来。他期待着美好的一天，薄薄的云朵飘在晴朗的天空上。他期待着一阵微风，轻轻吹拂。在战火燃烧到城市之前，公园里长着成排的橄榄树和柠檬树，花坛里开着五颜六色的花朵，树荫下铺条毯子就可以躺下小憩，情侣们在那里手牵手散步，低声说着情话。这一切都随着战争的到来而终结，城市变得面目全非。几个星期后，当塔迭克的争议进行得如火如荼的时候，雷尔写了遗嘱，并与一位他的大学同事——一位法律教授——一起审核了一遍。在这位法律教授的眼里，整个事件都是因为雷尔的多疑所致。你会平安到老、颐养天年，法律教授一遍又一遍地对他重复，神经质地笑了起来。雷尔不笑，教授笑得更欢了。雷尔将一切都留给了诺玛。当那位电台播音员被收监的时候，雷尔知道他们迟早会来找他的。这只是个时间问题：他去看了他的父亲，承诺一定会给他生个孙子，但没有解释为什么。他求妻子原谅他。这些都是后来的事情了。现在，他走到诺玛身边，当他碰到她的那一瞬间，他能感觉到她很紧张。他将她的身体扳过来，让她面对自己，但诺玛不肯抬头。他握住诺玛的手，拇指紧贴着她的指关节，交缠成八字形。那一刻，他意识到自己可能会伤害她，并且很容易伤害到她。这一想法令他十分恐惧。

"你是不是反政府军的一员？"她问。

他思索了片刻，想用他们教他的回答她，就像在"月球"上那位满脸络腮胡子的教授跟他说的那样：根本就没有反政府军。所谓的反政府军是政府臆造出来的，为的是恐吓人民，转移他们的视线。他几乎就要这么回答了，但就在那一刻她眨了眨眼睛。"告诉我实话，"诺玛说，"我再也不问你了。"

她是他的妻子，他们在自己的家里：门紧锁着，他们是安全的。雷尔突然觉得他的心为她狂跳，为了这个叫做生活的假象而狂跳：明天，久违的阳光将会出现，他俩会走在安静的街心公园里。战争遥不可及，根本难以想象。

因此雷尔认为自己已经痊愈了，仿佛颠覆活动只是一场疾病。"不，我不是反政府军。听我解释。"他告诉妻子，当他在"月球"的时候，他们将他埋在一个地洞里。他在那里待了七天，根本无法屈膝，也无法蹲下来。地洞上面盖着木板，透过木板之间的缝，他能看到一小片天空：尽管只是一小片天空，但他可以对着那片天空祈祷。雷尔，你在祈祷什么？我在祈祷云，他回答。到了白天，灼热的阳光从空中直射下来，地洞里又闷又热，雷尔觉得自己快要被烤熟了，浑身上下爬满了虫子，但又不能确定那是不是他的幻觉。他说服自己那只是幻觉罢了。如果他跳起来，他几乎可以够到地洞的顶部。但是第一天以后，他就没有跳的体力了。雷尔花了几个小时，试图蹲下来按摩自己酸胀的腿。为此，他得先将腿拉向胸前，直到膝盖抵到地洞的边缘，随后向一侧略为倾斜，双手伸向黑暗中。他告诉诺玛，我的地洞太窄了。或许，他应该告诉诺玛的是“我的坟墓”。他一边用指甲往地洞两边挖，一边用蜷曲的脚趾头努力往地下挖。雷尔渴望着能够按摩他的腿肚，但却只能够到膝盖下方一点点。他挠着膝盖下方的皮肤，直到把自己抓疼了为止，随后他换了块皮肤继续挠。第四晚，几个烂醉如泥的士兵打开了他头顶的盖子。雷尔看到了夜空里闪烁的星星，他知道自己离城市很远。天空很美，在那一瞬间，雷尔开始相信上帝。士兵们拉开了裤子，对着雷尔撒起尿来：一切都安静而沉闷。雷尔期望他们会发出一阵大笑，或者开个玩笑，在折磨他的过程中获得满足，然而什么都没有，只有头顶的星光和士兵们冷冰冰的脸。雷尔站着睡着了。他能闻到自己身上难闻的气息。第五天过去了，第六天也过去了。第七天，当他们最终将他拉出来、关到监狱里时，他已经完全失去了意识。监狱里已经关了六七名囚犯，那位穿着皱巴巴的西服、满脸络腮胡子的男人也在其中。他们都瘦得脱了形，只能躺在地上，连说话的力气都没有。

雷尔向诺玛承诺：他已经忘记了所有政治抱负。“这很简单。”他无比热忱地说，以至于诺玛都相信了他。事实上，他的确是这样想的：“我想活下去。我想和你一起慢慢变老。我再也不想回去了。”

从“月球”回来半年后、塔迭克事件发生几年前，某天早晨，雷尔在城际公交车上发现了那位满脸络腮胡子的男人。他依然穿着那件皱巴巴的西服，脸上的表情还是那样漫不经心。是他吗？是他，又好像不是。雷尔揉了揉自己的眼睛。他站在人群中，脸上的表情像在思考着什么，显得心不在焉，仿佛已经忘记了他并不关心的过去。月球、月球，那是他身上无法抹去的印记，是他无法摆脱的旋律。特尼叔叔帮他在塔摩找了一份工作，在国土管理机构审核新搬进城市里的人。这是一份临时性的工作，在一个不重要的政府机构里担任一个默默无闻的小职位，为的是让雷尔暂时过渡一下、直到他恢复元气回学校。他才在那里工作了三个星期，每天奔波于棚屋区，询问着各种问题。母亲们用怀疑的目光看着他，仿佛他是来抢他们的房子的。他在写字板上记着名字，在办公室提供给他的格纸上画着肮脏街区的草图。他在露天的市场中沉默地吃着午饭，这些天就是这么过来的。他想起了"月球"，想象着它就躲在每一座小山后面。公交车单程要开一个半小时，途中，他时而小憩时进行他所擅长的自我催眠：看着周围的乘客，直到他的眼皮开始打架，直到他的视野里看不到具体的人，只看得到形状和色彩。车窗外，城市急驰而过，周围乘客的报纸上不时有一个单词吸引了他的注意：战争出现在内页的头条新闻里，那是一个遥远的噩梦。他本人从不读报纸；他下定决心绝对不读报纸。

公交车突然一个急转弯，乘客们的身体随之摇晃，像在跳舞一样。雷尔又一次看到了那个男人。雷尔想，我们曾经被锁在一起，他紧紧地闭上了眼睛。噩梦不再每晚袭来，而是每周折磨他两晚，充斥着电影里的野蛮画面。梦中，他紧咬着自己的牙齿，每天早晨醒来的时候下巴总是很酸痛，牙齿不时咬到舌头。他与父亲住在一起，睡在沙发上，特尼叔叔每晚都会来探望他惶惶不安的侄子。他们喝着热茶，回味着美好的往日时光。特尼叔叔说："你需要一个女人。"这是父亲和叔叔唯一一次赞同对方的观点。

穿着皱巴巴西服的男人注视着雷尔，或许是雷尔在注视着他。很难说清是谁先看谁：人们都以为大隐隐于市，城市里是最好的藏身之处，它是如此之大，能让你很快被遗忘。但是，他就在那里。他们的眼神在空中交会。这里是我的第二个家，这个男人曾经说过。雷尔觉得不寒而栗。这意味着他自己身上有着某种印记，就像一颗定时炸弹。雷尔此刻只想在下一站立即下车：无论那里是城市的哪个角落，他宁愿在那里等下一班公交车，只要能远离这个男人就行。雷尔暗想，今天上班要迟到了，但这没有关系。雷尔发现自己在流汗，心脏瞬间停止了跳动，慌乱不堪，而那个男人看上去却十分镇定。雷尔现在可以看到他了，他站在昏昏欲睡的工作日人群中。他注意到雷尔在看他，却既不退缩，也没有扭头看向别处。

接下来的路上，雷尔一直半闭着眼睛，装作在睡觉。当他醒来的时候，那个男人已经走了。这一天，塔摩天气晴朗，明媚的阳光照在身上，像拥有某种药效：雷尔发现自己敲错了门，准备好的一套说辞却结结巴巴：我代表政府，我来这里是为了帮助你们获得对这块土地和这套房子的合法所有权。他的额头上渗出了汗珠，刺痛了他的眼睛。人们当着他的面砰地关上了门，妇女们拒绝在丈夫不在家的情况下和他说话。他留下了名片，承诺会再来拜访，但这一天还在晕乎乎地延续，他继续奔波在尘土飞扬的街道上。他代表政府，正如那晚在星空下对着他撒尿的那群士兵们。特尼嘲笑他，真是狐假虎威。“别担心，孩子，”叔叔安慰他，“如果他们把所有送往‘月球’的人都列进黑名单的话，他们就找不到人为他们工作了。”

过了十几天，雷尔再次见到了那个穿着皱巴巴西服的男人：同样是在早晨去塔摩的公交车上。这次，他比雷尔晚了几站上车，埋头看报纸前还朝雷尔点了点头——不会错的，就是他！简直肆无忌惮！第二天，依然如此。第三天，还是如此。第四天，雷尔打电话回办公室请假，这完全是多此一举，因为他只是这个庞大的机构里一个小办事员，不会有人注意到他没去上班，但他仍然觉得自己应该请假。他裹在一件外套里，跌跌撞撞地往外走，颤抖着在街角的公用电话亭打电话请假。他尽量含糊其辞地描述着症状，就像真的一样：有一点眩晕，肩膀那里有点疼，呼吸很急促，却只字不提他的恐惧和他频繁的噩梦。当他对着漫不经心的秘书讲话的时候，他意识到自己最需要的其实是好好休息一下。

次日，雷尔回去上班。这次，那个男人坐在公交车站的一张长凳上等他，腋下夹着一叠报纸，目光空洞地看着公路上的车水马龙。雷尔从未向任何人提及此事，即使对父亲和特尼叔叔也没有。这就像一场骚扰。公交车站没有别人。雷尔怒视着男人，男人却微笑着看着他。

“你在跟踪我吗？”雷尔问。

“能坐下吗？”男人的声音温暖而和蔼，“我们得好好谈谈，就你和我。”

“真是难以置信，”雷尔说，但是他仍然坐下了，“我不怕你。”

“当然。”男人说。他比雷尔上次见他时胖了一些，也可能他俩都变胖了。在“月球”，一名士兵每天来两次，往地洞里塞几片面包和一袋水。“塔摩，”男人说，“是这个伤痕累累的国家的未来。”

一辆公交车在他们面前停下，一位提着一袋蔬菜的妇女下了车。公交车司机开着门，等待着雷尔上车，然而穿着皱巴巴西服的男人朝司机挥挥手，让他开走了。

“在塔摩，我们的人将在这里打下基础。或者我应该说，他们正在打下基础。告诉我，你喜欢你的工作吗？”

有什么好喜欢的？和别的贫民区没什么两样。雷尔用手掩着嘴咳嗽。

“我们在这里有人。”男人接着说。他缓缓地点着头，嘴角露出了一丝笑意。“我想让你见见他们，”他伸手从衣服里面的口袋里取出了一个信封，“我不能陪你一起去。这不安全。”

雷尔看了看这个男人，又看了看他周围繁忙的街道。远处只有两个人在聊天，不知道他们是否认识对方。有没有人在看他们，或者在偷听他们？他们可能在聊天气、聊周末的体育比赛比分，或者任何话题。男人将信封放在他俩之间的长凳上。“为什么是我？”雷尔问。

“因为我知道你的名字，”男人回答，“不是你生来使用的那个。另一个。”

哦，身份证上的那个名字。雷尔的眼前闪过了一个人的身影，自从他的厄运降临的那晚起、他再也没见过的那个女人。她的名字叫诺玛。诺玛！“我不明白你在说什么。”雷尔说。他的声音没有底气，显得十分虚弱。

“我看到他们在‘月球’恐吓过你。你可以为我们做些别的事情，例如悄悄地为我们做些简单的差使。为此，你必须隐姓埋名。”

“我不明白。”

“当然，真正知道你是谁的人并不多，”男人目不转睛地直视着他，“需要我说出你另一个名字吗？需要我证明吗？”

那一瞬间，雷尔觉得自己的青春岁月已经一去不复返。仿佛一夜之间，他成了一个年迈体衰的老人，一无所有。他已垂垂老去，奄奄一息。他摇了摇头。他再也没见过诺玛，直到那一刻才想起她。他还能认出她来吗？过去六个月里，他一直为噩梦所困扰，夜不成眠。雷尔接过了信封，看也不看一眼便塞进了外套内侧的口袋里。信封薄而光滑，他立即明白那是个空信封。这只是测试他的态度罢了。

男人的脸上露出了一丝微笑。“到F-10大道128号，找马登。”

雷尔想，他们会再把我关起来的，这次，没有人会看到我被带走。这次，他们不会放过我的。如果他去报警，他该说什么？他有什么可以提供给警方的？他只有一个空信封，只能含糊地描述这个留着胡须、穿着不合身西服的男人。警察会问，你在哪里遇到他的？这时，他将不得不招供：警官，我在“月球”遇到他，当时我正在那里服刑。

男人挠了挠自己的额头。“你一定有很多问题，可是我帮不了你，”他说，“让我问你一个问题。对于我们上次相遇时身边那群士兵，你痛恨他们吗？”

公交车就在半个街区之外。雷尔从未用过“痛恨”这个词，对他来说，这个词毫无意义。士兵们曾经对着他撒尿，却并未从中获得乐趣，就像科学家在做实验一样。当雷尔还是个孩子的时候，他和小伙伴们抓了几只甲壳虫，将它们装进塑料罐、放在火上烤，十分残酷：这群男孩为他们的恶作剧感到得意洋洋。为什么儿时的记忆令他如此感伤？为什么那群士兵折磨别人时如此冷漠？他们之所以折磨他，与他在塔摩到处奔波的原因是一样的。也就是说，他们完全是照章行事。他怎么痛恨他们？那只是他们的工作罢了。如果他们值得嘲笑，雷尔确信他早就嘲笑他们了。他当然讨厌他们。然而，他们看起来竟然十分无辜。

公交车在他们面前骤然停下，雷尔正要站起来，穿着皱巴巴西服的男人却拦住了他。“你等下一班吧。”他说。他上了车，看都没有回头看一眼。

接下来的两个星期里，雷尔一直将那个信封留在身边。第一晚，特尼叔叔走后、父亲已经睡下了，雷尔将信封举至灯下，确认了它是空的。信封右上角有个大写的M。信封已经封好，轻而薄。

那个星期，雷尔每天都去塔摩上班，每天早晨都期待在公交车上再次遇到那个男人。然而他再也没出现过。雷尔像过去一样走街串巷，记着笔记，画着简陋的地图，让那些不识字的人填写表格：他们十分谨慎，坚持要看完整张表格的内容才在最下面画叉。他故意避开了F-10大道，从未徒步经过那里：如果他要到F-10大道北面工作，他乘坐公交车、晚几站下车，整天待在那里。其余的日子里，他一直待在南面，从未接近F-10大道附近。

雷尔犹豫了两个星期。当他最终决定去见马登的时候，他却立即就行动了。后来，他疑惑自己为什么要去，认为自己是受好奇心驱使。他告诉自己：对未知事物保持兴趣始终是有益的，无论是作为一名科学家，还是作为一个普通人，如果他还能继续过普通人的生活。那个穿着皱巴巴西服的男人想让他体验到的并不是痛恨：雷尔甚至觉得有点骄傲。然而，他仍然有点恐惧。那天，他穿着平常穿的衣服，在父亲的公寓里，在水龙头下接着冷水洗着脸，将那个空信封折叠好放在面前的衣袋里。当门在他身后关上时，他开始觉得沉重。

在塔摩，F-10大道大致呈东西走向，是一条崎岖不平的四车道公路，中间用一条石子路隔开，路旁不时点缀着枯萎的灌木丛。大道两旁散布着空置的公寓、拥挤的修理店和几家不甚干净的简陋餐馆。如果说塔摩有市中心的话，F-10大道堪称是塔摩的市中心：它是新区里装有路灯的两条公路之一。雷尔在F-10大道以北工作的时候，回家的公交车会经过这里。还在几个街区以外，雷尔就能感觉到这里的光和热。天黑以后，一群男孩聚集到F-10大道的路灯下：他们蹲在路灯下，浑身笼罩在淡淡的橙色灯光里，不时发出一阵大笑，生龙活虎。雷尔觉得很困惑：仿佛这一区的年轻人从未离开塔摩；他们来到这里，来到这条大道上，只为了站在路灯下面。

那天早晨，雷尔在F-10大道的中间下车，向东步行。即使是白天，街上也挤满了年轻人。妇女们推着木推车卖着茶、刺鼻的润肤剂和包治各种咳嗽的糖浆。摩的聚集在街头，将小贩们接送到几个街区以外的市场上。在十个街区以外，这条大道恢复了乡土气息，一直延伸开去。沥青马路到那里戛然而止，塔摩最坚固的建筑——那些四五层高的公寓楼——正被简陋的棚屋所取代。这些棚屋由城市里捡来的材料搭建而成，充分发挥了人们的聪明才智，成为他们在这里临时的家，而这些正是雷尔需要关注的主要工作内容。这些违章建筑无处不在，整座城市迅速向边缘扩展，无法想象它会停下来。F-10大道在一座行将坍塌的黄色小山前停了下来，一条尘土飞扬的小路沿着碎石堆向上延伸。这里，一个赤膊的孩子在一堆石头上插了一面红旗。六七个孩子围着它转圈，完全无视雷尔，他们一次又一次地试图攀登上去，一次又一次地被落石赶下来。他们在玩战争游戏。一条瘦弱的黑狗远离男孩们坐着，神经质地咬着一块泡沫塑料。

128号位于街道的尽头，在那堆石头的左侧。这栋房子与周围别的房子外形相似，都由砖块砌成，大门两侧有两个小小的窗户，没有安装玻璃，房子外面都围着一圈用芦苇编成的篱笆，有膝盖那么高。雷尔跨过了篱笆。门牌号印在门中间，看上去十分工整。雷尔抑制住了从窗户那里偷窥的冲动。他敲了两次门，站在门外静静等待着。

门开了。“这里有没有一位马登先生，”雷尔问，“我有一封信要交给他。”

站在门口的男人身材高大、面色苍白，他穿着一件贴身内衣和一条暗色的束带长裤，膝盖上打着补丁。他约莫有五十开外甚至更老。他的头发干枯发黄，如同被吸过的香烟过滤嘴的颜色，脸上的皮肤松弛，长着双下巴，惨白的皮肤上透着一层黄灰色。如果他正是马登本人，他听到这个名字后并没有什么反应，至少不是雷尔所期待的那种反应：脸上露出认出对方的表情，甚至只是友好的表情。男人怀疑地看了看街上，随后招手让雷尔进去。他指着屋中间的一把椅子让雷尔坐下，自己则在地上一只小小的煤气炉前蹲下。他用一只弯了的餐叉去取一只鸡蛋，鸡蛋在一锅沸水里翻腾后沉了下去。

“这是我的早餐。”男人说。他为没有东西请雷尔吃致歉，但是雷尔从他的声音里听不出一丝暖意。

“我吃过了。谢谢你。”雷尔回答。男人耸了耸肩，轻轻地敲着那只鸡蛋。

室内光线昏暗，空气中弥漫着灰尘、烟雾和蒸汽。房间里有一把椅子和两张单人床，床头柜上放着一台收音机。整间屋子十分灰暗，但却点缀着一抹鲜艳的橘红色：那是一条精致的床罩，鲜艳而明亮，与这个房间很不相称。

男人一定发现了雷尔的表情。“我母亲织的，”他说，“很多年前了。”

老人有母亲，颠覆分子也有母亲，即使穷人也不例外。雷尔微笑了起来。男人关掉了煤气炉，将鸡蛋盛到碗里。水在锅里沸腾，冒着热气。他在杯子里倒了些速溶咖啡，将锅里煮鸡蛋的水用来泡咖啡。他用叉子轻轻搅拌着咖啡，将杯子递给了雷尔。“等你喝完了，”他说，“我也喝一点。”

雷尔点点头，从他手里接过杯子。他几乎脱口而出“有糖吗”，但稍一思索便放弃了这个问题。他将杯子举到嘴边，至少它闻起来像咖啡。

“这封信——”男人低着头问雷尔，他交叉着双腿坐着，仔细地剥着鸡蛋，将碎鸡蛋壳聚拢放到腿上，“——是谁给你的？”

“你是马登吗？”

男人瞥了一眼雷尔，随后摆了摆手，将整个鸡蛋放进了嘴里。他慢慢地咀嚼着鸡蛋，整整咀嚼了一分钟甚至更久，朝雷尔点了点头。雷尔一时不知道该干什么，只能喝着咖啡。咖啡很热，烫伤了他的舌头。他往前坐了坐，手臂支撑在膝盖上、手托着下巴，观察着男人吃东西。男人松弛的脸部皮肤下意识地一张一弛，脸上带着夸张的满足感吞下了那只鸡蛋，然后摸了摸自己的肚子。“我是马登，”他回答，“你从哪里得到这封信的？”

雷尔放下咖啡，和男人一样坐到地上。他从裤子后面的口袋里抽出那封信，递给男人。“我不知道他的名字。”

马登翻来覆去地看着信封，眯眼看着上面的M，微笑了起来。“很好。”他说。他将信封撕成两半，随后撕成四份，再接着撕成八份。他将撕碎的信封还给雷尔。“如今他在哪里物色人选？”他愉快地问。

雷尔将碎纸屑握在手里。“我该怎么处理它们？”他问。

马登耸耸肩膀。“你可以吸烟时把它给点着了、烧了它，或者在你的婚礼上把它撒在新娘身上。孩子，这没关系的。”

“我不明白。”

“他如果问你，你就告诉它这些碎片去了哪里。如果我们需要你，那位教授会找你。他会告诉你到哪里给我送信，你奉命行事即可，”马登捂住嘴，一阵干咳，“你在塔摩工作？”

雷尔点点头。

“尽量别来这一带。你只需要静静地等待我们联络你。可能是几个月后，也可能是一两年后。没人知道到底会怎样。”

“没人知道？”

“我不知道，你也不知道。即使是教授，他也不知道。我们都是奉命行事。你将是一名信使，你的任务就是等待。”

雷尔将撕碎了的信封放进衣袋里。他的咖啡已经微凉，可以喝下去了。他喝完了咖啡，将杯子还给马登。就这样吗？他等待了两个星期，只为了将一个空信封交给一位头发发黄、长着双下巴的老人，再看着他将信封撕碎？看起来不太对。

“您也在‘月球’待过吗？”雷尔问。

马登皱了皱眉。“我曾经去过那里，”他沉默了一会儿问雷尔，“你也去过？”

“是的。”

“别告诉别人，”马登叹气，“你不用回到这里了。这一区到处都是我们的人。要出大事了。”

他们的会面到此结束，没有道别，也没有握手。门开了，雷尔从这个小小的屋子里走出去。

外面，孩子们快乐地转着圈，尘土飞扬，街道上如同起雾一般，他的嘴里和鼻子里都是灰尘。这一天刚刚开始。没有孩子注意到他。雷尔从小山边沿着街道往回走，一路漫不经心地扔着信封的碎片。

那一年，当雷尔在他满二十五岁之前回到大学校园时，他没有再见过那位穿着皱巴巴西服的男人，也没有再去过F-10大道的东部。他继续从事他的工作，拜访过无数个印第安人家庭，记下了他们破烂不堪的家的地址。他靠理解他们的手势进行沟通，并为那些他认为能从中获益的人伪造签名。他学会了一点印第安方言，能够说“早上好”“谢谢你”和“不客气”。他在塔摩工作了半年，灰尘成为他的一部分：到了晚上，他的衣服上能拍下一大片灰尘，浑身上下也沾满了灰尘。如果继续待下去，他几乎能被灰尘活埋了。每个星期五，他会去这一区的中央办公室。办公室位于另一条装有路灯的街上，装修简单，里面摆放着一张办公桌，挂着一面被阳光晒得褪色的旗子。他交出了自己的笔记和文件，好奇这些地图、表格和记录会带来什么，但这种好奇只持续了短短的瞬间。雷尔知道，一旦那些人在此安家，他们将再也不会离开。除了心理上的安慰，他们不需要从他那里获得任何帮助；只有一场天灾人祸能够将他们从这里赶走。他不时会想起那位穿着皱巴巴西服的男人，但整个事件显得极为荒谬。根本没有什么颠覆分子在发动战争：士兵在哪？年轻人满足于夜晚斜靠在路灯灯柱下，对着来来往往的女孩搔首弄姿。当那位穿着皱巴巴西服的男人提到塔摩时，他提到了这个国家的未来，但谁才是这一区神秘的联络人呢？那位冷漠而寡言少语的老人，脸色苍白，独自剥着鸡蛋。那位表情茫然、住在郊区的马登，他连独自出门都很困难，更别提发动一场叛乱了。

雷尔开始做兼职，同时恢复了他的学业。除去那些谈话、校长的警告以及那些具有挑衅意味的文章，大学校园里的生活一如既往。学校门口没有士兵，学生们仍然像过去一样聚在校园的主院落里，讨论着即将到来的矛盾，充满敬畏而又忧心忡忡。这使雷尔害怕回来：颇有一些人记得雷尔过去发表过的演说，他曾经在校园里公开批评过政府，听众们听得如痴如醉。光想到可能会遇到这些人这一点，就能使雷尔心跳加速。他曾经担任过登山委员会的委员，策划着登山之旅；他也曾经在黑暗的房间里计划过抗议活动。最重要的是，他曾经用过另一个名字，随之而来的还有他需要承担的责任。当他失踪的时候，他的老朋友们有很多问题：你去哪里了？他们对你做了什么？你还好吗？在他回来以后的几个月里，父亲曾经递给他一张纸条，这是一位忧心忡忡的年轻人送到家里来的。他们十分礼貌，却坚持己见：让雷尔跟我们联系，我们在等着他。雷尔从未回应过他们，他能说什么呢？学校里有人很崇拜他。一年时间里，他没有见任何人；他逃去了塔摩。现在，他们一定认为他是一名叛徒。他们理所当然地将他的沉默理解成背信弃义，如果他们问他，他将无话可答。

你痛恨他们吗？这个问题折磨着他。在学校里，教授开始讲课时雷尔才偷偷溜进教室，没到下课时间又已经偷偷溜了出来。即使是晴天，他也穿着带帽子的长袖运动衫，在校园里行色匆匆，低头看着前面的地面。许多年后他对诺玛所说的都是真的。他怕政治，怕死亡，也怕自己到五十岁时仍然一个人住在城市边缘的贫民窟里，等待着颠覆分子的只言片语。当雷尔再次遇到她、在他们眼神交会的那一瞬间，他不禁打了个颤：即使站在远处，她仍然立即让他记起了对自己所作所为的恐惧：马登、穿着皱巴巴西服的男人，以及那些折磨着他的梦魇。他冒了太多风险。从他们相遇的那个夜晚以来，他一个人走了太长的一段路。曾经，他只是想打动她而已，因为她是个美丽的女孩，因为她似乎也有点喜欢他。现在，她正在向他走来。反政府军曾经在车站那里找到了他；他怎么能相信，他们现在已经忘了他，而他可以全身而退？即使片刻也不行。那是一个寒冷的日子，天空布满了乌云，冬天让人很不舒适。

诺玛朝着他微笑，整个人看起来如沐春风。她也没有忘记他。雷尔内心十分慌张。

这是真的。事情总是这样：你可以同时相信两件彼此矛盾的事情，内心里充满恐惧，行动时却无所顾忌。你可以用笔名发表危险的文章，却相信自己是一名客观的学者。你可以成为反政府军的信使，却又爱上一个相信你不是反政府军的女人。你可以装作这个战争中的国家是一场悲剧，却并非由你亲手造成。你可以声称自己是一名人道主义者，内心却充满仇恨。

塔摩之战结束以后，成千上万个背井离乡的人回到这里，发现他们的家园已经被付之一炬，道路被炸毁，山上布满了未爆炸的弹药。坦克曾经开进他们的街道，推土机铲平了整个街区的房屋。他们深爱的路灯也掉了下来，反正也没有剩下什么年轻人可以聚在路灯下面。整个街区将要被重建，却没有为战争死难者竖立一块纪念碑，只有蔓延的瘟疫纪念着这里曾经发生的一切。政府宣布，那些拥有相关文件的家庭将得到宽恕，可以回到塔摩居住。如果他们能找到自己的旧宅，他们可以搬回去，无论他们在战争中站在哪一边，无论他们是否支持过反政府军。F-10大道已经烧毁的街区边上设立了一间办公室，处理人们的请求。每天早晨，天还没亮，人们已经在那里排成了一条长龙。数月以来，他们来到这里，忏悔地低着头，拿着雷尔帮他们填写的表格和绘制的地图，这是他们在这个世界上仅剩的东西。

第九章

马诺回到城市里，深深地呼吸。空气中弥漫着金属和烟的强烈味道。他到家了。阿黛拉的孩子牵着他的手，马诺强烈感觉到自己很可能会遗忘：忘记她的味道、她的身体、她的拥抱。他闭上了眼睛。

男孩抬头看着他："我们该干什么？"

马诺握紧他的手，拉着他离开。他的肩上扛着他们两人的行李。车站外面的街道上十分拥挤，人行道上和车辆之间都挤满了人。公交车到站前的最后一个小时里，男孩几乎什么都没说。因此即使这个简单的问题，"我们该干什么"，也是一种进步。他瞪大了眼睛，惊恐地看着周围的一切。这里不是他的家：对他来说，这里就像地狱一样。城市的确是一个糟糕的地方，然而这个世界就是由许多个糟糕的地方组成的。维克多年龄太小，尚不足以从这个事实中得到安慰。也有许多其他事实：例如阿黛拉已经死了，他俩现在都是一个人了。过去四天以来，马诺一直努力想理清思绪，但是他仍然有一种想哭的冲动。十天前，他在一张芦苇席上与阿黛拉做爱。那是个没有月亮的夜晚。在他们的周围、他们的头顶，以及不远处的森林里，鸟儿们发出嘹亮而神秘的歌声。记忆中，他整个人被欲望所遽取：他和阿黛拉用力抓着对方的身体，互相挤压着，笨拙地从芦苇席上滚到了地上。他们的身上沾满了潮湿的泥土。后来，一场大雨将他们冲洗干净：闪电划破天空，紫色的雨帘沿着树木直冲而下，雨声震天。

在城市里，天空和云彩都散发出白色的光芒。他已经一年没有看过这种颜色的天空了。

“要下雨了吗？”维克多问，“你是在看这个吗？”

马诺努力挤出了一个微笑：“不会的。”他没有告诉维克多，他们现在在沿海的沙漠里，只要待在城市里，维克多就不会看到雨。这座城市永远多云而潮湿。马诺想说，这是个幻觉。“你饿了吗？”他问维克多，男孩点了点头。

一位印第安妇女蹲在人行道上卖面包。她身边的木箱上放着一只有盖的篮子，里面装着面包。她吸着一支快要吸完的手卷雪茄，脸上没有笑意。马诺买了两卷面包，付给她一把硬币。妇女将硬币握在手掌中片刻，随即皱起了眉头。她将一枚硬币放在她的臼齿之间，轻咬着它。金属质地的硬币被她的牙齿咬弯了。

“这是假币，”她说着将硬币还给了马诺，“别给我这些丛林地带的钱。”

她带着浓重的山区口音，元音发得很重。丛林地带的钱？马诺低声道着歉，从口袋里掏出一张纸币。男孩一直默默看着。他已经吃了半卷面包。妇女怒视着他：“小孩，付了钱再吃！”她举起马诺给她的纸币，仔细地审视着。“你从哪里来？”她问。

“1797村。”马诺回答。他试图开玩笑：“女士，这张钱是好的。这是我亲手做的。”

她吐了一口烟，仍然绷着一张脸。“都是你们这些人，把我们这里给毁了。”她把零钱找给马诺，转向下一位顾客。

马诺觉得热血上涌。整座城市都弥漫着毁灭的气息：它漂浮在潮湿的空气里，无论走到哪里都挥之不去。马诺想，我带着这股气息去了丛林地带，现在却有人指责我将它带回来。他看了看那位印第安妇女，又看了看男孩。在他出生长大的街区，有一位擦皮鞋和磨刀的印第安妇女。她到处走街串巷，与认识她的妇女们闲聊，给孩子们糖吃。她住在街道尽头的桥下，始终面带微笑，从不抱怨什么，即使当战争升级、她一半的顾客都搬走时也没有抱怨过——他们就应该那样：这些山里来的人，这些绝望的穷鬼。

马诺朝着妇女面前的人行道吐了一口痰。

"快走！"她低声呵斥他。

接下来的一刻，马诺一脚踢翻了妇女的面包篮，将它从木箱上踹了下来：他不是为他自己，而是为了男孩才这么做的。妇女大吼了一声。面包掉在肮脏的人行道上，滚得满地都是，有些还掉到了排水沟里。妇女立即站了起来，满面通红，紧握着拳头。她本应攻击马诺，狠狠地揍他，但是来不及了：路人们蜂拥过来，偷她的面包。妇女跟在他们身后上蹿下跳，拍打他们的手，但是无济于事。她的面包被那些穿着工作服的男人们、穿着家常便服的母亲们和蓬头散发的孩子们偷走了。"小偷！"妇女大叫着，脸涨红得像要炸开似的，满脸怒容。她体内一种兽性的东西被释放了出来，狂乱地挥舞着雪茄。她抓住了一名抢了一卷面包的男子，令人吃惊的是，她似乎要张嘴咬他。

十五秒内，一天的面包都消失了。

事情发生得太迅速，以至于马诺都不确信自己为什么要这么做，只是他并不后悔。一点都不。马诺往打翻了的篮子上扔了几个硬币，牵着维克多的手往后退。他沿着街道往前看。远处是电台的塔尖，金属质地的天线直刺向天空，上面闪烁着红色的小灯。"我们走吧。"马诺对男孩说。他们向电台走去，开始是步行，随即奔跑起来，仿佛后面有什么人在追赶他们。

仅仅十天前，他们坐在一起喝着棕榈酒，充满希望地等待着一场微风，扎希尔邀请马诺触碰他的断臂。"对老人好点，"他说，尽管马诺从来不觉得他的房东兼朋友已经老了，"我今天很难过。"

"是吗？"

"当然。当你瞪着我看的时候。"

马诺的脸红了，他试图抗议，然而扎希尔打断了他。"没关系，"他说，"每个人都这样。"

太阳沉到了树林后面，天空黯淡下去，变成了一种蓝黑色。这是丛林地带的傍晚：一群蚊子绕着煤油灯飞舞，嗡嗡地叫着。马诺抱着一个葫芦喝酒。尼克已经离开几个月了，没有人有他的消息。每天晚上，马诺都注意不要提起他。酒酣耳热之际，马诺觉得自己可能要向扎希尔坦白了，但他又不知道该说什么，因此什么都没说。近半年的时间就这么过去了。收获的季节来了又走了。

几个小时后，夜晚的微风吹了起来，马诺这时会借故走开，离开这里去看阿黛拉，又一次将尼克和他可怜的父亲忘到脑后。如果月亮升起来、或者即使没有月亮，他都会邀请阿黛拉和他一起游泳。

现在，扎希尔紧闭着眼睛，张开双臂等待马诺的检验。马诺又喝了一口葫芦里的酒，将它放到地上。他的双手各放在扎希尔的一只手臂上，用手掌感觉着手臂尽头粗糙的皮肤。他的手腕环着扎希尔的右臂，拇指抚过手臂断掉的地方。在那些结疤的地方，皮肉向内生长，像一个污水池、一个裂缝，或者一条歪歪扭扭、已经干涸的河床。

“七年了，”扎希尔睁开了眼睛，“到今天整整七年。”

马诺松开了手。他曾经认为扎希尔的断臂是个残酷的生理缺陷，与生俱来，是扎希尔始终承受的磨难。当然，并不是这样的。他知道不是。然而，这仍然十分令人吃惊：七年前的昨天，扎希尔仍然能自己揉太阳穴，能点燃自己的香烟，还会十多种方法去爱抚他的妻子。马诺低头看着自己的双手，它们就像奇迹一样。他掰着自己的指关节，它们发出了一声令人满意的清脆声音。他扭了扭自己的手指，发现扎希尔正在注视着他。

“对不起。”

“你得习惯这个。真的。你相信我吗？”

马诺直视着扎希尔的眼睛。“当然。”他回答。

在扎希尔家的门外，夜幕已经悄然降临。镇上的人们拖着脚步经过，几乎看不出他们的身影，却不时大声问候着。马诺觉得自己说不出话来。一个多星期后，他将离开这个村子，他在这里听到的所有故事都将显得累赘而陌生，那些强加于他的悲惨故事：他残疾的朋友，几十个失踪的村民，以及小镇与逐渐入侵的森林之间永不停息的战斗。此外，还有洪水、歧视和战争。马诺将照顾这个男孩——他的旅伴，回想起这一天以及其他他在这里的日子，扎希尔告诉他1797村历史的日子。他对自己觉得失望，他竟然容许它的发生，他竟然接受了这些并不属于他的回忆。那时，一切都并不痛苦，甚至还有几分令人愉悦：傍晚昏暗的光线，令人昏昏欲睡的酒，还有那些结局并不美好的故事。他几乎已经属于那里。如果阿黛拉没有死，他很可能已经在那里安家。

扎希尔说："反政府军来到这里，问我们要食物。我们告诉他们战争已经结束，他们却指责我们撒谎。我们告诉他们没有多余的食物，他们说，如果没有人给他们食物，一定是被谁偷了。他们说，镇上有一个小偷。他们找了一个男孩，实施了塔迭克。"

他用断臂的尽头挠着脸。节日里，扎希尔喝酒后，会让他的妻子将红白相间的玉米穗绑在他的手臂上。马诺曾经目睹整个过程。当她碰到他的断臂时，她放慢了动作，轻柔而含情脉脉地按摩着那里粗糙的皮肤。她当然也怀念他的双手，但是光凭她对他的断臂关注的样子，你根本猜不出这一点。她将厚重的花绑在他的手臂上。当音乐响起，扎希尔跟随着鼓乐和风笛起舞，挥舞着手臂，像鸟儿一样。

"维克多选了你？"马诺问。

"我猜那是因为他认识我。你知道的，他是尼克的朋友，他们一直就是好朋友。他可以选任何人。他居然没有直奔他的母亲而去，真是个奇迹。"

没有双手的阿黛拉——马诺在心中恐惧地想象着。

"维克多不记得了，"扎希尔说，"那最好了。记住了有什么好处呢？"

马诺想，没什么好处。然而尼克记得吗？如果他记得，那又有什么好处呢？或者那已经带来什么不幸了？马诺摸索着去拿他的酒杯。他的酒是暖的，但是却很容易喝下去。很快要起风了。

"你想知道点别的吗？"扎希尔说，"我罪有应得。那孩子是对的。"

"没有人应该遭受那种刑罚。"

"我应该。"

马诺等待着他的朋友讲下去，然而扎希尔却沉默了。他们沉默了一分多钟，马诺没有问原因。他不敢问。他们听着树林的声音。当扎希尔再度开口的时候，他换了另一种声音。

"但那是反政府军第二次来的时候，"扎希尔说，"他们第一次来的时候，是为了射杀牧师。"

"村里有一位牧师？"马诺问。

这时，黑暗中传来一个女人的声音："哦，是的，曾经有一位牧师。"

是阿黛拉。她悄悄地走到了他们附近。她走进了橙色的路灯下面，马诺觉得心中一股暖流在涌动：他不需要再去找她了。她就在这里；或许她一直在找他。

"你来了！"他说。

她梳着松松的发辫，几缕发丝垂落在眼睛上方，整个人闪闪发亮。阿黛拉伸出手，马诺亲了她的手。

"唐·扎希尔。"阿黛拉叫着他，微微地鞠了一下躬。

他冲她点头致意。

马诺将自己的椅子让给阿黛拉，她却坐到了台阶上。她将裙子拉到了膝盖上面。他注意到她的赤足和脚踝。"有酒吗？"她问。

"亲爱的，只要你想喝，什么时候都有酒。"扎希尔回答。马诺没等吩咐就自己站了起来，去屋里拿了一只葫芦出来。他仔细地倒着酒，为她倒了满满一杯。她抿了一小口酒。

"扎希尔，"她说，"你刚才在讲故事吗？"

"牧师和他的命运。老故事了。"

"讲吧。"她说。

扎希尔叹了一口气。她是个无法抵挡的女人，不只是对于马诺而言。

战争初始，一群被阳光晒得晕头转向的士兵闯进了村里。扎希尔说，他们都很年轻。他们洋溢着青春的气息，因为他们的年轻，很多人原谅了他们。事实上，受害者也并不是一个人人喜欢的对象。大约三十年前，这位牧师从国外回来，一直到死都固执地坚持他自己的口音。他拒绝学习任何一种古老的语言，也没有为社区的维护作出任何贡献。他鄙视那些用药、用植物和野鸟交换玉米粉、剃须刀片和子弹的印第安人。他说，他们连上帝都不知道。因此，当反政府军挥舞着武器、捆绑了他的双手时，没有人对此表示抗议。叛乱分子的脸被遮住了。他们命令全村的人聚到一起观看行刑，当时全村大概有一百二十个家庭。刽子手是一名年轻女子，她的脸色异常苍白。

扎希尔深深地吸了一口空气，从葫芦里喝了一口酒。他开口要香烟。马诺点燃了一支烟，将它举至扎希尔的嘴唇之间。马诺自己也吸了几口，冰凉的烟吸进肺里。最后一个细节令他无比诧异：一个女人！那些反政府军都是坏人，但他仍然充满了好奇。这种丛林地带的酒麻痹了他的大脑：那时他想触碰阿黛拉。他伸出自己的腿，如果他坐到椅子的边缘，他的右脚趾正好可以碰到她的肘部。夜幕已经悄悄降临，吹起了晚风。

她转向马诺，嫣然一笑。她轻轻地推开了他的脚，拧了拧自己的鼻子。

当香烟快要烧完，扎希尔宣称他即将讲到故事的精彩部分。“阿黛拉，不是吗？”他问。

“唐·扎希尔，如果我没记错的话。”

“你当然是对的。”扎希尔说。

反政府军将牧师的家分配给了村里最穷的哈瓦一家，他们别无选择、只能接受了这一馈赠。当他们把自己不多的家什搬到牧师家里时，堪称盛况空前。然而几天后，当反政府军离开这里时，哈瓦先生搬回了他们位于河边的小屋子里。全村的人都恳求他留下来，但他不听。他的妻子心都碎了。她坚持带上一个大号的耶稣受难铜像，如果她丈夫允许，她还想带上牧师家的铁炉。

“我们都为他担惊受怕。我们告诉他，如果反政府军回来、发现你拒绝了他们的礼物，他们会杀了你们全家的。但是哈瓦先生不听。他是一名猎人，大部分时间都待在丛林深处一只独木舟上，射杀他看到的岸上的动物：巨蟒、鳄鱼和旗鱼，你得走三天才能发现它们。他说他遇到过那些反政府军。他说，他们都爱胡闹。他并不怕他们。我和他本人说过话。我问他，那个牧师是怎么回事。哈瓦说，牧师咎由自取。”

“哈瓦先生后来怎样了？”

“战争爆发的时候，他带着两个儿子离开了。这是很多年前的事情了。他的妻子留了下来，后来她也走了。”扎希尔耸耸肩，仿佛在暗示整个故事已经结束。

“唐·扎希尔，你忘了最有趣的部分。”

“是吗？”

阿黛拉点点头。马诺依稀能辨出她的笑靥。夜晚的微风开始轻轻地吹。

“你忘了我们怎么处理那所房子的。”

扎希尔咧嘴一笑。“哦，是啊。当然。我们还能怎么办？我们只好放火烧了它。”

空房子是一个危险源。反政府军是刽子手：万一他们回来的时候，哈瓦一家不在呢？他们可能会杀了村里别的人来泄愤。

某个温暖的二月的夜晚，人们以庆祝独立日的名义烧了牧师的房子。他们拿着斧头和锯子，将房子拆成了一堆木头、纸板和发霉的旧衣服，随后放火付之一炬。烈焰熊熊地燃烧着，这是在战争结束前1797村最后一次庆祝独立日。第二年，男人们渐渐离开这里，随后男孩们也离开了，人们再也无法对此熟视无睹。马诺知道后来的故事。人们并没有为他们的离开而难过，因为期待着他们有一天能回来。

扎希尔一直没有走，而这本身已经构成了挑战。他这个年龄的男人们几乎都走了。马诺曾经听到他半是歉意半是否认地说，“我喜欢这里，为什么我要离开呢？”

现在，扎希尔回忆起当晚的场景，伴随着熊熊的烈焰，所有人都在高歌，扎希尔则弹着吉它，载歌载舞。他永远也忘不了这一幕。“阿黛拉，那是个美丽的节日吧？他不知道当时的场景，你得告诉他！”

马诺寻思着，这个故事有点不对劲，他们将牧师葬在了哪里？他暂时忘却了这个问题，专注地想象着当晚的场景：派对，微风轻拂的夜晚，还有当时仍然很乐观的村民们。他再次向她伸出脚，碰了碰她。这一次，阿黛拉掐了他的脚。一阵微风在他们周围轻轻地吹。

“的确很美。”阿黛拉说。

马诺和维克多一起走去电台。他是阿黛拉的孩子。阿黛拉！马诺牵着他的手一起来到电台的前台，前台接待员正在百无聊赖地用两个手指打字。他们站在她面前，维克多刚刚能够到桌子的边缘。他们静静地等待着。半分钟后，她抬头看着他们。

“什么事？”她问。

“我们想见诺玛小姐。”马诺说。他累了，身体里觉察出一种此前从未有过的精疲力竭。“诺玛——”他对男孩说，“——会照顾你的。”

前台接待员笑了。她长着一张圆圆的脸，口红沾到了牙齿上，留下了一道细微的口红印。马诺犹豫着是不是应该告诉她，但他最终什么也没说。

“对不起，现在不行。”接待员说。她往空中指了指，指着天花板上的扬声器：“她正在播音。”

她当然在播音。她的声音环绕在这个房间里，无比甜美地播报着新闻。他之前没有留意过她的声音。在他的心目中，她的声音就像是摇篮曲。

“请问有什么事？”前台接待员问。

“这个孩子，”马诺回答，“他有一张名单，想要交给‘城市寻人电台’节目。”他转向维克多：“给她看。给她看看那张纸条。”

维克多从口袋里取出了纸条，递给了前台接待员。她用食指指在字迹的下方，飞快地读了一遍。她将纸条翻过来，看了一眼失踪人员的名单，随后招呼马诺和维克多坐下，让他俩耐心地等着。她将纸条还给维克多，拿起了电话听筒，低声讲着电话。马诺和维克多将包放在地上，一屁股坐进了沙发里，这时诺玛正播报着新闻，不加任何评论，语调平缓。她是名娴熟的播音员。马诺根本无法专心听她在播报什么。

那个夜晚，在丛林里、在扎希尔家的门廊上，当晚风轻轻吹起来的时候，他借故走开了，带着阿黛拉走进了黑暗中，去好好爱她。他带着扎希尔的妻子为他编织的芦苇席。马诺向扎希尔道了晚安，从门廊上走到了地面上，下午下过一阵雨，地面仍然很松软。阿黛拉让他等一下，他便在拐角处灯光照不到的地方等她。月亮还没有升起来，黑夜令他不耐烦。台阶上面传来了轻声说话的声音。丛林在呼吸，发出各种声响，但是一团漆黑，什么都看不清楚。马诺知道他的身边有人三三两两地经过，但只是一些模糊的身影，几乎看不见。无论是谁，他们经过时都会礼貌地称呼他：马诺，马诺先生，教授。难道大家都能看到除了他吗？他愉快地笑了，希望那些路人——他的学生？或者邻居？——将他的微笑当成他认出他们来了。事实上他什么都看不见。可能是树在窃窃私语，也可能是他的学生们都深信不疑的鬼魅。所有的男孩和女孩们都声称，他们最近见过的鬼魅是尼克。在哪里，他问。在森林边缘——还能在哪？马诺，马诺，马诺。你见过尼克吗，他们问。不，我没有。除了在梦里。先生，那也算！孩子们大声叫着。当然，梦里也算！孩子们总是三三两两聚在一起，像村里所有人一样。马诺却是一个人。他并不相信鬼魅。现在，他在黑暗中微笑地等待着。他们在讨论什么？他身上带着一种忘记一切的孤单感，阿黛拉正在帮他慢慢治愈。那一刻，马诺以为他已经不怀念城市生活了，以后再也不会了。那一刻，他觉得自己会在丛林里终老，那时他已经精通森林里古老的语言，知道哪种植物富有营养、哪种植物有毒。他想点根火柴巡视他的王国，然而火柴刚刚点燃、就被风吹灭了：稍纵即逝的橘黄色火光，仅此而已。这已经足以让他看见自己的双手。天空布满了乌云，这是一个没有月亮的晚上。然而，他仍然想带她去河里、去田野里，或者都去也行。他会好好爱她。

随即他听到了她走下台阶的声音，听到木台阶在她脚下嘎吱作响。他转过身来，却看不到她。灯已经熄灭了，周围漆黑一片。马诺伸手去抱她。

“到今天扎希尔失去他的双手已经七年了。”她说。

“我知道，他告诉我了。”

“我必须向他致意，向他道歉，”她叹息，“是我的孩子害他失去双手的。”

马诺点点头，尽管他知道她根本看不见他。他思忖着，他们正朝着田野走去。他能感觉到他脚下湿漉漉的土地。他发觉她的声音几乎沙哑了，她哭了吗？

“是反政府军害的，不是维克多。”马诺对着黑暗说。他再次听到她的叹息声。他心想，她一定知道我是对的。孩子是无辜的。要不是拉着她的手，他就像一个人一样。“扎希尔怎么说？”

“他不肯收钱。每年这个时候，我都给他送点钱来。他却说他咎由自取。”

“他也这样对我说过。他做了什么？”

“我不知道。”

他们向田野走去，凭着本能的记忆穿过小镇：拐弯，再直走，让烂泥淹没你的双脚，跨过横在路上的圆木。阿黛拉也承认，这是数年来镇上最黑的夜晚，因此当暴风雨出现在遥远的地平线上时，他们竟然欢欣鼓舞。闪电划过天空，马诺这一刻回头来看她：阿黛拉，这个女人是银做的。

“别哭。”他说。

“他一直受噩梦困扰。今年自打尼克走后，他的噩梦更严重了。”

马诺将她拉到自己身边。一个星期后，她将死于非命。“他记得吗？”

“他当然记得。尼克一刻也没让他忘记过。”

狂风大作，就像一场交响乐。他们沉默了片刻。

“我让他喝了一杯茶，让他快点入睡，”她的声音很轻，“可怜的孩子，可怜的扎希尔，可怜的尼克。”

“别哭。”他再次安慰她。

他们等待着雨落下来。马诺铺开了他的席子。她说了声不，说她要回家看孩子。他吻了她，她也回吻了他。远处，闪电照亮了天空。随后，他们已经赤裸相对，暴雨荡涤着他们的身体。天空乌云翻滚，风雨交加。“我得回去看孩子了。”她呢喃着，但她的身体却毫无反抗之意。事实上，她正在他的身下随他一起翻滚，雨下得更大了，直到他们同时到达幸福的彼岸。

“我出去透口气。”马诺说。他的确是那么想的。他没有想过要偷偷走开，将孩子留在电台里独自等待诺玛。如果他相信父亲一直以来对他的评价，他可能会疑心自己会这么做。但他并不相信他父亲——直到那天为止。他是一个懦弱的男人，而懦弱不等于坏男人。马诺穿过这座喧嚣的灰色城市，从电台回到家里，这样安慰着自己。在丛林里的时候，他曾经暂时地掩盖了这一点，而现在却已经十分清晰。为什么阿黛拉要依赖他？为什么全镇的人要指望他？

当他们温存过后，当暴雨停歇，马诺卷起芦苇席，邀请她一起游泳。

“我不会游泳。”她回答。

天空的乌云已经散开，星星照亮了夜空。他们可以看见彼此了。她已经穿好衣服，遮住了自己银色的身体。马诺仍然浑身赤裸，他将衣服捆成一包随身带着。

“我教你。”

“但是在没有月亮的晚上游泳不吉利。”

话音未落，她便被他拉进了河里。“迷信！”他大叫着。很快，她便大笑起来，一定把刚才的迷信给忘了。他在水里挠她的痒痒。黑色的河水光滑而平静。当风吹过来，雨点纷纷从树叶上落下来，落在缓缓流动的河水里，打破了河面的平静。接下来的一个星期，每天晚上都下雨，每一晚都比前一晚更黑。当河水最终吞噬她的时候，那时的河水与现在截然不同，无从辨认，狂风肆虐。

她在水中嬉戏；鸟儿在唧唧喳喳。银鱼在他们脚边游来游去。那一晚，马诺什么也没教她，既没教她怎样游泳，也没教她任何关于水流和河水暴涨的常识。

“这是什么？”维克多从那张名单中抬起头，问马诺。

“那位老人给你的钱。巴士上那位老人。我怕自己忘了。”

“你要去哪？”

马诺回答："我哪儿也不去。我只是到外面透口气。"

男孩点了点头。马诺并没有撒谎。电台外面的城市有着铅灰色的天空，街道上人声鼎沸。男孩没有表示异议，牙齿上沾着口红印的前台接待员也没有反对。

马诺走到门外，深深地吸了一口城市的气息，他的心中顿时萦绕起乡愁，这一点令他自己也很吃惊。电台坐落在一条繁忙的马路上，路旁种着青灰色的树。他以前可能来过这里，也可能没来过，但仍然感觉十分熟悉。街道对面，一所电脑学校刚刚下课，学生们在学校门口徘徊，彼此闲聊着，制订着计划。他们身上带着所有年轻人都有的乐观。愚蠢！一辆公交车来了又走，一家印第安人从车上下来，没有学生注意到他们。父亲和母亲忧虑地左顾右盼，看着这里有多大，看着拥挤的人行道。他们可能也是来电台向诺玛求助的。孩子们瑟缩着，躲进了母亲怀里。

他们与电台中间隔着一条四车道的马路和一排奄奄一息的树。他们没有穿过马路走过来，马诺也没有走过去。他们可能只是在等人。学生们渐渐散开，有些回去上课了，有些不耐烦地等着公交车，还有些则沿着马路往前走，一边兴高采烈地唧唧喳喳。马诺突然意识到，这所电脑学校大楼里的人比整个1797村的人还多呢。

印第安一家讨论了一番，沿着马路往前走。他们手拉着手，走得很慢。

当他透过电台大厅的窗户向里面张望时，维克多不见了。马诺冲了进去。"那个孩子。"他上气不接下气地问前台接待员。扬声器里传出的声音不再是诺玛的，而是别的播音员。"孩子去哪了？"

前台接待员吃惊了片刻，随即恢复了平静。"先生，他们让他进去了。对不起。制作人将他带进去了，他正在跟诺玛说话，"她停顿了片刻，"你没事吧？你要走吗？"

听到她最后这句话，马诺像被电击了一样："走？"

"走进去。"她澄清。

"哦。"他觉得自己很失态。前台接待员圆圆的脸上出现了一抹笑意。

“不，没关系。我在外面等着。”

她点了点头。他捡起了刚才放在沙发旁的包，再一次走到了电台门外。街道仍然喧闹而漠然，公交车来了又走，妇女们骑着自行车，孩子们溜着滑板。他回想起城市之大，心中充满了敬畏。可能这里有什么人会很乐于见到他。他所知道的丛林小镇将很快被森林所覆盖。孩子在哪？他正在和诺玛说话。即使现在，她也在帮忙解决他的问题。他想，无论她做什么，都会比我做得更好。那些呼唤仍然回响在他的耳边——马诺、马诺、马诺——从四面八方传来，从砖头上的裂缝传出来。

他突然意识到自己屏住了呼吸。他深深地吸了一口气，沿着街道走下去。就是这么简单。如同在梦境中，一个街区过去了，又一个街区过去了。

每一个街区都比上一个更容易。

当他们游完泳，他们收拾起自己的东西走回村里。湿衣服贴在身上，夜晚却凉爽干燥。一切都那么美好。现在，当他在城市里走过，他回想起最近他的世界是如何分崩瓦解的。那个夜晚，一场暴风雨过去了，另一场暴风雨却接踵而来。他们找到了阿黛拉简陋的家，她点亮了灯，去看她的孩子。密密麻麻的昆虫聚拢过来，仿佛要将黑夜锯开。

“如果我发生什么意外，”她问，“你会照顾他吗？”

“你不会发生意外的。”

“但是如果真的有什么意外，”她严肃地在他的耳边轻声说，“答应我你会照顾他。”马诺点了点头。

第十章

对于诺玛来说，战争十四年前就发生了：那天，她被派去塔摩报道一场火灾。她当时还只是电台的一名文字编辑，她的声音从未出现在节目里，就像尚未被发现的珍宝。她和雷尔已经结婚两年多了，但她仍然觉得自己是新婚。那天下午，他本来应该从丛林地带回来。已经是十月份，战争爆发已经接近六年，尽管当时并没有人这样计时。

诺玛到达现场时，失火的房子正在熊熊燃烧，消防员们却在袖手旁观。几名荷枪实弹、戴着防火面具的男人站在大火前面。一群斯文的看客抱着双臂站在房子周围，被浓烟熏得直眨眼睛。在一面着火的墙上，诺玛仍然能辨认出上面黑色的大字：叛徒。恐怖分子并没有逃走，或者进行威胁——他们无需那么做。这些消防员都是志愿者，他们才不会为了一场大火冒险。他们在城市的郊区，已经是傍晚时分，很快天就要黑了。这一带附近没有路灯。诺玛感到眼睛灼痛。消防员们已经放弃，其中一名消防员坐在自己的头盔上，抽着一根烟。“您还会继续救火吗？”诺玛问。

消防员摇摇头，他的脸上胡楂花白。“你呢？”

“我只是一名记者。”

“那你就如实报道吧。你可以这样开头：房子里有一个人，他被绑在一把木椅上。”

消防员拍了拍鼻子上的烟灰。

在整个战争期间，除去在老广场上灭火，除去营房区封锁的街道，除去塔摩的末日之战，这就是诺玛关于战争的记忆：这个屋子里的男人，被绑在一张椅子上的陌生人。在接下来那个长夜里，直到第二天早晨，各种进攻和袭击的消息从城市里各个偏僻的角落里传来，随着第一次大停电迅速传遍整座城市——诺玛将它们都写进了报道里，像梦游者一样置身事外。那天，她对残酷已经熟视无睹。换作别的日子，或许她能做得更好点。她直视着那位消防员的眼睛，想从那里发现一丝隐瞒，然而他十分坦荡。在火灾面前，人们无动于衷地袖手旁观。大火发出噼里啪啦的声音，房子倒了下来。诺玛仔细倾听着里面那人的声音。当然，他已经死了。他的肺里一定充满了浓烟，心脏停止了跳动。诺玛觉得头晕目眩，脑海中空空一片。她写不出任何东西，也问不出任何问题。人群边上，一名十三四岁的女孩舔着一根棒棒糖。她的母亲敲了敲饮料车上的铃铛，发出了一阵清脆的叮当声。

当雷尔刚从“月球”回来、睡在父亲的沙发上时，是特尼叔叔鼓励他不要放弃的。特尼叔叔给他讲了很多故事，告诉他还有美好而愉快的未来。傍晚，雷尔的父亲在一所学校里上课，特尼会来找他的侄子，始终耐心地说服他搬离父亲凌乱的公寓，去城里闯一闯。“大街上到处都是美女！”他说。因此他们总在傍晚时分去散步，穿过阿伊朵区，走向丽晶公园，经过高架渠，有时一直走到老广场——那时还叫广场。到了广场，他们就会被街头艺术家和小丑所吸引，干涸的喷泉旁坐满了人，人们吞云吐雾、笑声阵阵。雷尔很爱他的叔叔，因此他努力让自己高兴起来，至少表面上装得很高兴。

那些日子，他的生活异常孤单。他睡得不踏实，总是被同样的噩梦所困扰。雷尔在父亲的公寓里踱来踱去，收拾着凌乱的报纸，翻着父亲的字典。上午，他为中午去街角买午餐作心理建设。那真是一种折磨。他害怕没有人对他说话，也害怕有人对他说话。他尽量将午饭时间往后拖，一直拖到下午三四点。一旦吃完午餐，雷尔会去小憩一会儿，有时能睡上一个小时。

夜里，在城市黄色的路灯下散步的时候，一切都柔和而简单。擦皮鞋的男孩们和扒手们聚在广场的一角，数着他们一天的收获。教堂北面的小巷子里，几名妇女开始摆摊，贩卖新鲜的面包、旧杂志、瓶盖，以及城市大酒店里的纸板火柴。一群变戏法的人正在为演出作准备，无论走到哪里，这座勤劳的城市都开始放松。

六月里的一个傍晚，特尼和雷尔走到广场时，正好看到降旗仪式。十五名士兵将国旗折叠起来，短号手们奏着一首军乐，游人们在拍照。雷尔双手插在裤袋里，他没什么特别的感觉。一个星期后，他将在塔摩开始他的新工作，成为那面国旗的一名代表。他和叔叔曾经讨论过这个，在短短几个月内，先被国家折磨，随后又被国家所聘用，多么奇怪啊。归根结底，政府只是一台盲目的国家机器：所有的士兵们都立正站着，叠着国旗、从一位士兵的手里传到下一位士兵的手里，直到只剩下一块血红的方块，士兵的手各执一角。短号手吹出了最后一个哀怨的音节。雷尔想说点什么，当他转过身来，却看到特尼挺直腰板站在那里，双手叠在一起敬了个礼。他发现雷尔在看他，不好意思地笑了一下。

雷尔被带去“月球”前，特尼开始了一份新工作，他被派去一个叫威尼斯的区做狱警：那里几乎年年都发大水，因此得名“威尼斯”。事实上，正是因为特尼去求他的上司，雷尔才得以释放。威尼斯的监狱又大又危险，里面有很多个临时牢房，囚禁着这个国家最危险的人物。特尼每个星期工作六天，负责看管恐怖分子嫌疑犯。战争尚未正式开始，这些嫌疑犯人数并不多，但是却在不断增加。他们与特尼以前遇到过的所有囚犯都不同。他们无惧于任何力量，他们的昂首阔步不是一种伪装，而是源于发自内心的诚实与自信。他们当中有些人看上去像学生，其他人则像从山里来的。他们觉得自己是这座监狱的主人；他们是对的。如果特尼希望自找麻烦，他来对了地方：这些人性格暴躁却又坚韧不拔，他们随时可能发动暴乱。

雷尔和特尼穿过广场，经过穿着戏服、卖着丛林药物的男人们，经过那些弓着背、打着情书和政府表格的打字员，一直走到一条安静的小路上。那里有一位特尼认识的妇女，她卖的烤猪肉串十分美味。“秘方配制，”他说，“我请客。”毫无意外，那里有十几个人在排队等待，他们排在队伍后面。街道远处，一名城市工人正在粉刷一面被胡乱涂鸦的墙。“一名狱警今天被杀了，”特尼对雷尔说，“是被反政府军处决的。”

“你认识他吗？”

特尼点了点头。“我们有麻烦了，很大的麻烦。那些折国旗的小孩——他们什么都不知道。”

队伍缓慢地向前移动。烤肉的烟熏得雷尔流出了眼泪。他闻着木炭和烤肉的香味。在“月球”的一个夜晚，他也闻到过这种味道。那时他本能地觉得，这些士兵会活活烧死他，他们会吃了他的。他早就觉得，这些虐待狂什么都做得出来，他从没指望过能活着离开那里——为什么他们没有吃掉他？

当然，他们只是在庆祝谁的生日。

“你还好吗？”特尼问。

雷尔点点头。片刻过去了。特尼哼着一首忧伤的老歌。

“为什么从来没人问我到底发生了什么事？”

“什么？”

雷尔打量着队伍的前后，内心十分燥热。“在‘月球’，”他说，这时有几个人回过头来，“他们对我做过什么。为什么从来没人问我？难道你不想知道吗？”

特尼白了他的侄子一眼。他眨了眨眼，嘴角往下嚅动了几下。“我在监狱里工作，”他一边咳嗽，一边挥手将烟驱散开，“我当然知道他们会怎么对待你。”

几个排队的人掉出了队伍。雷尔站在那里，一言不发却怒火中烧，下巴隐隐作痛。他记得在那里发生的一切，每一分钟都记得。到了夜里，他的周围躺满了其他受伤的人，虽然他看不见他们。每个人都在哭泣，没有人安慰别人。他们都很恐惧。

“他们差点吃了我。”

特尼扬了扬眉。“小声点!”

“去地狱吧。”

“孩子,我会去的。每个星期去六天。”

这时,队伍中一半的人已经走了。他们说得太多太轻率了。一阵微风吹过来,暂时将街上的烟吹散了。一名头戴编织帽的男子坐在路边,正在卷着烟。雷尔离开了队伍。特尼也跟着走了,在角落那里追上雷尔。他们一起往前走;确切地说,他们一前一后地往同一个方向走。最终,在一个繁忙的十字路口,雷尔和特尼并肩等待着红灯。

“说什么都无济于事,”特尼说,“我早就明白这一点。因此我从来不问。”这时红灯变成了绿灯,他们穿过街道回家。

电信中心里人满为患。一位面色苍白、头发油腻的男子给了诺玛一个号码:第14号电话亭。他给了她一张表格,示意她坐下。“把号码写在这里,”他解释着,“我会帮你拨号码的。”

诺玛点点头,问:“需要等多久?”

“三十分钟,或者更久些。”男子瞄了一眼清单说。他微笑着抬起头,“女士,您家里一定有电话。为什么来我们这?”

诺玛脸红了。她家里当然有电话,但那有什么关系?那部电话从来未曾响过。这是他想听到的答案吗?她也是一个人?她无视他的问题,问他要了本号码簿。

“女士,市内电话吗?”男子问完耸了耸肩,从桌子下面抽出本破破烂烂的电话簿。诺玛谢了他。

到了工作日的晚上,城市里到处都一样。美洲的夜晚,欧洲的午夜,亚洲已经到了第二天早晨。这时候,人们应该打电话报到,告诉那些离开的人:你正在回来的路上,你活下来了,你还没忘了他们;也告诉你自己:他们还没忘了你。诺玛叹气。这里共有二十五个电话亭,各装有一部电话,每个电话亭里都有一个满满的烟灰缸,诺玛能看到每个电话亭里都有人。

男人和女人们弓着背，温柔地抱着电话听筒，努力聆听着电话另一端的声音。他们大部分人背对着等待区，然而诺玛即使看不到他们，也知道他们是谁：每个星期天，她都会在电台接到他们的电话。听到他们低声讲电话的声音，她就能认出他们，他们的声音始终一致。和收音机一样，电话能够瞬间传遍千里；和收音机一样，它依赖于人们的想象力：人们必须全神贯注，低头努力倾听着。他们在往哪里打电话？那个声音来自哪里？整个世界支离破碎，然而他们却在那里、离你如此之近，近得可以感觉到他们的存在、闻到他们的气息。你只要闭上眼睛去倾听，他们就在那里。这些人尊敬电话，他们小心翼翼地用着电话，仿佛那是个精美的瓷器，只用于特别场合。他们对收音机也是如此，甚至更为小心。诺玛希望不要有人认出她来。

她让维克多去一边坐下了，现在她看到了他，正坐在一名年轻人身旁。那名年轻人剃着光头，脖子一侧有一条斜着的刺青。维克多帮她占了一个位置，在这间人满为患的房间里，这绝不是举手之劳。

“马诺。”她坐下时说。

维克多点点头。

这不是一个常见的姓；诺玛至少因此而心存感激。她打定主意，那晚他们不回家了。埃尔默可能派了人在她家附近等她回去，将她和男孩带走。埃尔默的恐惧是有道理的：十年过去了，政府仍然对战争相关的事情十分谨慎。不，回家不安全。他们应该去找那位叫马诺的老师：无论他知道点什么，都要让他供出来。她觉得当她看到他时，她可能会出手打他。她对他感到无比愤怒：在她的一生里，她几次出手打过人？一次、两次，甚至从来都没有过？她翻着电话簿，找到了十二个姓马诺的家庭，分布在九个不同的区。没有以利亚·马诺或者以·马诺。那时他仍与父母住在一起。其中两个马诺住在富人区，因此可以排除在外。富裕的家庭不会把他们的孩子送到1797村那样的地方去执教。

在刚才那个头发油腻的男子给她的表格上，她仔细地抄写了那十个电话号码。

“我们找到他后要怎么办？”维克多问。

“我们要问他知道什么，”诺玛回答，“我们还能做什么？”

“好吧。”

诺玛合上了电话簿，问：“怎么了？”

“如果他不理我们呢？”

她没想过这种可能性，没有认真想过。那个马诺、那个没有骨气的家伙，他有什么权利对她有所隐瞒？诺玛正要回答，却听到叫她的号。“跟我来。”她对维克多说。他俩穿过人群，走到前台。她将表格交给那位头发油腻的男子，拉着维克多的手走向他们的电话亭。“他会理我们的。”她对维克多说，也对她自己说。

电话亭里很热，几乎容不下他们两个人。他们勉强挤了进去。电话亭里只有一张小小的桌子和一把椅子，桌子上放着一部电话、一个计时器和一只烟灰缸。维克多站在那里。当电话被接通时，电话机上会亮起一盏绿灯。他们在密不透风的电话亭里等着，孩子一言不发。柜台里的男子按着清单一个个往下打。诺玛拿起话筒，每次都充满了期待，带着一种难以置信的乐观。前六次，她在电话里说找以利亚·马诺，每次她都被告知没有这个人。她开始怀疑他根本没有装电话，他们只是在白费力气。当打到第七个电话时，一个女人疲惫的声音回答：“稍等，是的，他在家。”诺玛几乎想叫出声来。电话里的女人清了清喉咙，大喊道：“以利亚，你的电话！”

诺玛听到一个遥远的男声。“妈妈，知道了，”他说，“我来了，让他们等一下。”如果他很惊讶，诺玛根本就不会听见他的回答。他仿佛一直在等待他们的电话。

在接下来的几个星期里，无论特尼何时来访，他都会告诉雷尔反政府军的最新罪行和挑衅。他说，我们有麻烦了，这只是个时间问题。雷尔开始了他在塔摩的工作，他们分享着从政府内部观察到的这个国家摇摇欲坠的现状：目光短浅的官僚主义，在塔摩和监狱的白色恐怖中看到的政府本质的无能。这时雷尔的父亲插话，一直就是那样的，情况一直在恶化。他是个坚定的悲观主义者。半年后，雷尔遇到了马登，回到了大学校园里。特尼递交了报告进行投诉，但却没有得到任何回应。一天晚上，他心烦意乱地告诉他们，当天又有一名狱警被杀害了。雷尔让他的叔叔小心些，雷尔的父亲让他辞掉那份工作，但是别的工作很难找。保镖和保安之类的工作不是有过之而无不及吗？难道会更安全？

在正式宣战前、雷尔从“月球”回来十个月后，监狱的官员们实施了一项战略性的撤退，将整个临时牢房都让给了反政府军。这是某种形式上的休战，持续了接近两年，比人们期望得更久。特尼继续在那所监狱工作，没有人进入反政府军的临时牢房。反政府军在那里上课，举办培训，监狱官员宁愿无视这一事实。不时有密探被抓住，供出他的同伙来。同伙们为他提供衣物和饮食：他从“月球”幸存下来，是为了在监狱的自由区域里得到照顾，恢复健康。

十一月，战争正式爆发接近两年，一件不可避免的事情发生了：越狱。这代表着反政府军在城里的第一场胜利。在监狱的墙下，反政府军挖了一条四个街区长的隧道，一直通到一栋无人居住的房子，出口在客厅里。整个新闻界为之疯狂，急切需要一只替罪羊。相关的负责人员想找出一名当差的，他最好是单身，背后没有家人制造麻烦。他们找到了特尼。

当特尼被捕的时候，他正与雷尔的父亲在一起。某个星期天的午后，有人踢门进来，将所有人都扔到墙上：雷尔、雷尔的父亲、诺玛和特尼。如果不是诺玛恐吓他们，“我在电台工作，我会把这件事情闹大”，他们会把所有人都带走的。那时候诺玛还只是一名实习生，然而士兵们不愿意冒险。他们带走了特尼，特尼丝毫没有反抗。他们也带走了雷尔，但是到了街道上，他们就放了他。诺玛一直在大吼大叫。

“我警告你，”她尖叫着，“凶手！杀人犯！小偷！”

士兵往空中开了数枪，试图驱散人群。阿伊朵是这样的地方：每个人都在监视别人，警察在这里并不受欢迎。特尼的双手戴着手铐，他无法挥手告别，然而他仍然竭尽全力，向他的家人——他的兄长和侄子——点头致意，随后他被关到了一辆军用卡车的车厢里。

当雷尔失踪时，诺玛仿佛回到了塔摩的那个夜晚，战争爆发的那个夜晚。这深深震撼了她，令她噩梦连连。她想象着那晚被绑在椅子上的人是雷尔，他们共度的这些年只是南柯一梦，而她的丈夫因为战争而获罪，一直被囚禁着。对于诺玛而言，雷尔被指控为反政府军这一点并不重要：长久以来，战争早已不是泾渭分明的敌对双方之间的冲突。反政府军炸毁了一家银行或一个警察局；黑夜里，军队的坦克碾过十几户人家的家园。这两种情况下，都有人因此而丧命。雷尔逃到了丛林里，反政府军在塔摩最后一击，随后他们也消失了。整个街区都被夷为平地。接着丛林里开始了杀戮，最终一切都结束了。就这样，一切恢复正常。雷尔在哪里？多年来，战争像一个残暴无情的怪物，吞噬了雷尔。引擎、机器、持枪的男人——这些都只是战争的勤杂工罢了。当死了足够多的勤杂工时，战争便结束了。

在那个失火的夜里，诺玛在回电台的公交车上思考了她的人生。她觉得一股动物般的恐惧，搅得她内心翻江倒海，使她怀疑自己并不适合新闻业。或许她可以离开这个国家，乘飞机去欧洲，到一个有钱人的家里，成为一群孩子的保姆。她可以学一门新的语言，也可以看世界，这不正是她的权利吗？她已经二十八岁了，回学校重新学习别的学科已经为时过晚。父亲曾经要求她：去学秘书学，以后嫁给一名企业高层，有司机开车代步，有位于山上的豪宅，不会有任何困扰，而这一切已经太晚。她已经和雷尔结婚。他的专业是植物学，也不是什么企业高层。他不时会去丛林里待上几个星期。他们从塔迭克风波中幸存了下来，但她深知和雷尔在一起，各种困扰总会纷至沓来。

诺玛沉浸在自己的思绪中，没有注意到士兵们在政府大楼前的人行道上站成了一排，公交车司机开得越来越快，街上出乎意料地冷清。诺玛很晚才回到电台，那时已经接近夜里十点，但是电台里却很忙碌。她归还了根本没用过的录音机，将不着一字的笔记本放回档案柜里，并且已经想好，如果有人要求她辞职，她就辞职走人。她觉得恶心、耻辱和恐惧，但是没有人注意到她。诺玛与另一位记者共用一张办公桌，那位记者是个圆脸的年轻人，名叫埃尔默。他每天工作到很晚，有时候甚至在电台过夜，因此诺玛并不奇怪看到他在桌旁，正揉着他的太阳穴，看上去十分愉快。他的牙齿之间咬着一支绿色的笔。他冲她笑了一下："这个世界全完了。"

诺玛不知道该说什么。埃尔默从嘴里取出那只绿色的笔，在手指之间转着。他将正在写的稿子递给她。"暗杀，"他说，"城市里有好几个人被暗杀了。诺玛，亲爱的，他们的死法都一样，都是在自己的家里被活活烧死。"

诺玛重重地跌坐进椅子里。"在哪里？"

"一个在威尼斯，一个在纪念碑区，一个在麦特泊罗。有几个在克莱德。一个在西恩辛，还有一个在塔摩。你不是刚去过那儿吗？"

邻桌的电话铃响了。诺玛点点头。"我什么也没看到，"她说，"我到那儿时，一切都已经结束了。"

"你什么都没看到？"

"那里有个女人，在卖果汁。"

电话铃继续响着。

埃尔默怀疑地看了她一眼，但是诺玛没有回避他的视线。他内在的一些东西令她警醒。他脸色红润、容易激动，他还很年轻，与他额头上那道深深的皱纹毫不相称。他很快会老去。他曾经是妈妈的孩子，后来羽翼渐丰、愤怒时可以和别的男人决斗；然而这个夜晚，这个异常暴力的城市夜晚，他正自得其乐。

"什么？"埃尔默问。

多么不合常理：这些刺激性事件，这些死去的人们。

"太可怕了。"

埃尔默点头表示赞同："是啊。"但是他并非真的这么想。她很确信：他嘴上虽然这么说，但从他嘴里说出来意义却全然不同。他喜欢打探别人的隐私，他想知道事情能坏到什么地步。如果追问他，他很可能会承认这一点。他或许会以此为荣。

"雷尔打电话来找你。"

诺玛抬起头来，“他回来了？”

埃尔默递给她一张便签，上面龙飞凤舞地写了一个酒吧的名字，离电台并不远。“但是诺玛，你应该留下来。今晚你应该留在电台。”

“告诉他们我病了。”电话铃不再响了。她站了起来，准备离开。“拜托了！”

从电台走去酒吧不是一段很长的路程，然而空荡荡的街道却让人感觉很远。路上，诺玛只遇到过一位佝偻着腰的老人，他推着一辆手推车，上面堆满了衣服，正沿着巷子向远处走。路上几乎没有人，连空气都是静止的。冬天已经过去，春天还没有来。诺玛喜欢每年的这个季节，喜欢夜晚这个时间。为什么没有更多人出来享受这时候的天气？一盏路灯闪了几下、暗了下去，随后又亮了起来。她独自在这座城市里，而且她知道一件坏事已经发生了，尽管她并不十分清楚。事实上，很多坏事都一起发生了。她听得到果汁车上的铃叮叮当当，那声音仍然在她的大脑中毫无意识地回响。她从未见过那个死去的人：怎么能确定他是真的呢？只要她不知道，这个夜晚就是无辜的，并没有强加到她头上。看上去合情合理。

酒吧里很安静。收音机正在播音，所有人都在认真倾听。诺玛环视了一圈室内，找到了雷尔。他坐在角落里，和几个她不认识的人坐在一起。所有人都目不斜视，专注地看着收音机——冰箱上那只已经磨损的黑匣子。一名红头发的男子咬着指甲。一位编着辫子、橄榄色皮肤的女子坐在吧台上，紧张地晃着脚。酒吧里愁云惨淡，侍者沉默地穿行在人群中，带着哑剧式的优雅和安静。电台播音员正在描述当晚发生的事件：死了十几个人，纪念碑区发生了一起枪战，丽晶公园的角落着火了。荷枪实弹的小团伙来到街道上：听说街上有人在抢劫，克莱德区有汽车被焚烧了。整座城市都在受到攻击。总统很快会发布讲话。

通常，只要一提到总统，人们都会嘲笑起来；但是今晚，人们没有任何反应。

反政府军不是很久以前就被当成笑话了吗？他们不是假想出来的吗？

“雷尔。”在安静的酒吧里，诺玛隔着大半个房间呼唤她的丈夫。他看到了她，将手指放在嘴唇上。他站起身来，隔着那些安静的酒鬼们朝站在门口的诺玛挥手。他看上去很疲惫，皮肤被太阳晒黑了。他挽着诺玛的手臂，带着她走到街道上。在路灯昏暗的光线下，他低头亲吻她。

“回家多难啊，不是吗？”

“让我看看你。”诺玛说。然而光线很暗，她根本看不清楚他的脸。

第一场大火以后，他刚到达火车站。那时候是下午四点，诺玛正在离开电台去塔摩。从火车站出发的公交车停开了，因此雷尔步行了三个小时，直到他累得提不动自己的包。他两次在公路检查站被拦了下来。当他感到自己的腿几乎不听使唤的时候，他发现自己走到了这家酒吧外面，知道自己已经离电台不远，因此决定停下来休息一下。

“我们怎么回家？”诺玛问。

雷尔微笑：“或许我们可以待在这里。”

事实上，他们的确留在了那里。诺玛向他询问这次的行程，雷尔给她描述东部森林里的一个小镇，那里的印第安人会说一门古老的语言，他遇到一名老人，老人带他一直走到丛林深处，指给他看十几种新的药用植物。诺玛能从丈夫的话音里感觉到他的兴奋和好奇。那个小镇听起来很可爱。“我真想亲眼去看看。”她说。就在那一刻，远处传来了一声轰鸣声。他们都安静了下来。那声响像是从山里传来的，过了片刻，什么都没有发生。那一刻，他们都以为是自己的错觉。接着传来了另一声，又传来了一声，大地在摇晃，传来山中的召唤和呼应。地震了吗？街边的路灯再次开始闪烁，这次，路灯彻底熄灭了。酒吧里有人发出了一声大吼。总统正准备对国民讲话。就在他清嗓子那会儿，收音机哑了。酒吧内外，一片彻底的黑暗。

“年轻人，听我说。”特尼每次写信都这样开头。这是他最后一封信，雷尔一直将它带在身边。他曾经将那封信放在床头、塞进钱包，或者放在公文包里，无论放在哪里，始终在他身边。有时雷尔半夜醒来，拿着信走进厨房，在那里读起来。他在公交车上、课间休息时，甚至在迈阿密威勒一家脏兮兮的酒吧里等他的联络人的空隙，都将信拿出来看。特尼缺席了他们六月的婚礼，雷尔和诺玛在主桌为他留了一个位置。雷尔的父亲读着特尼从狱中写来的祝福。他错过了整个塔迭克事件，尽管他永远也不会知道谁是幕后操纵者。他错过了雷尔刚回母校执教那段时光，那是雷尔事业的起点。他错过了所有这些，还错过了战争粗暴的开始。从他开始，还发生了另外几起越狱事件，当然也找到了另外几只替罪羊。

特尼并没有散播愤恨。他的信中从未流露出这种情绪，然而对于雷尔来说，这仍然是信件的主要信息。特尼的心中充满了单纯的恐惧：在他的一生中，他毫无成就可言，以后再也没有机会弥补逝去的时光了。他没有什么值得一提的，没什么特别的成就，也没什么勇敢的事迹。他试图列出他生命中令人失望之处，最后一封信也是如此：那个再也不愿与他说话的女人，那个永远不会见他的儿子。在最后一封信里，他提到了那个孩子的名字，以前他从未提过，不知道孩子的母亲有没有为他改名。信是这样写的：在别的地方，他都会轻易地被遗忘——除了这座监狱里，这里关满了他曾经虐待过和逮捕过的人，那些人一点也没忘掉。在最后一封信里，特尼给雷尔讲故事：在西恩辛，他曾经和一名偷自行车的小偷一起喝醉了，醒来后发现自己躺在茱莉耶塔一名富庶的女继承人怀里。在千里，他几乎将一名男子打死，却声称自己什么都不记得，只记得他们刚遇到对方，几分钟前他们还在一起说笑。特尼写道，这些都不重要。这封信很长，密密麻麻写了四页，写满了告别、忏悔和对过去言论的收回。然而特尼只有一个念头，每一页上都在重复：活下去，活得长长久久，直到能走出监狱。他写道，如果能活着出狱，那么他将彻底颠覆他此前的平庸和碌碌无为。那将是一项成就。

在狱中的第二年，特尼在一次监狱斗殴中被杀害。当雷尔的悲痛渐渐平息，他去见了他的联络人。“我准备好了。”他说。随后他去了丛林地带，这是他第一次以信使，而不是科学家的身份去那里。

在等候客人的时候，马诺冲了淋浴、刮了胡子。这是他回来以后第一次这么做。在过去的一天半里，他的活动范围仅限于他的床和厨房餐桌之间，母亲坐在餐桌旁边看着他，确保他吃了饭。那天，他无精打采地吃了三顿饭，随后回到他自己的房间里。他不在的这段时间，父亲将他的房间变成了一间集邮室，用于存放他收集的众多邮票。房间里放满了各种信封、覆膜书和铁盒子，里面装满了各种小工具。在床上方的墙上吊着一只挂钩，上面挂着一只放大镜。1797村没有固定的邮政服务，父亲对邮票的痴迷令马诺觉得荒谬。在丛林里的一年，他只收到过两封信，没有一封来自他的父亲。老人不愿意为他浪费邮票。马诺的人生令他自己也不敢相信。他尚未打开他的包。

马诺换上了干净的衬衫和裤子，这是他一年前去1797村时留下的。衣服上的折痕如新，这令他十分惊叹。在丛林里，没有什么是长久的，没有什么是永远的：那里的热度、湿度和光线令一切变质。短短一天里，天气可以变上无数次。变动中的陆地与海洋一样易变，同样令人恐惧，也同样美丽。

自从回到城市里，马诺发现根本不需要填满自己的时间。接近两天的时间就这么过去了。维克多迟早会找到他的，马诺对此既不担心，也不期待。诺玛会做她该做的。她会来拜访他，而他会把她想知道的都告诉他：不久以前那些闷热而黑暗的晚上，阿黛拉悄悄告诉他的秘密。马诺叹了口气。毋宁说，那是很久以前的事了。时间从来就未曾善待他。某天早晨，他醒来时忽然意识到自己已经三十岁了，人生已经过了一半。现在他已经三十一岁了，他意识到，他很快就会忘掉过去一年里发生的一切。你能记住那些森林，它的触觉和气息，还有你在那里认识的人吗？如果不是置身其中，你真的能回想起那里的一切吗？

他梳理了头发，扣好裤子上的纽扣，他的身体与过去十二个月一样干净。马诺回到客厅里。当母亲从厨房里走过来的时候，他正在漫不经心地重新摆放家人的照片。即使背对着她，他都能感觉到她在等待。她一言不发，马诺让她静静地站了一分钟。“来的人是谁？”她终于问。

客厅里有些照片不可能是真的，既不是他的照片，也不是父母的照片。他眯着眼睛看了自己的照片一眼。玻璃上面覆盖着一层薄薄的灰，他用食指将灰尘擦掉。然而，他仍然认不出照片中那张脸。

“以利亚？”

他转身面对着母亲，吃惊地发现她可能要哭了。马诺皱起了眉头；这些人！他们的情感多么令人费解。她老了，即使过去两天也在变老。他朝她笑了一下——她刚才问他什么问题？哦，想起来了。“他们是我在丛林里认识的，”他回答，“他们不会待太久的。”

“那好吧，我去泡茶。”她说。看起来她对他的回答感到满意。然而她仍然止不住地看他。马诺忍耐着她的注视，直到受不了了才扭开头去。

“谢谢你，母亲。”他说。

不到一个小时，他们到了，马诺亲自去开了门。“晚上好。”他对他认为叫诺玛的女人招呼道。“维克多。”他叫着那个孩子，这时另一个词出现在他脑海里，不假思索地叫了出来。那是来自那门古老语言的“我们”，包含“你”的那个“我们”。孩子笑了。他们拥抱了一会儿，长到马诺能够感觉到他将孩子留在电台这件事有多么严重。他想说点什么，但害怕自己的声音会颤抖。马诺伸出手臂，邀请他俩坐下。他努力招呼道：“请坐！”

诺玛没料到会遇到一位长相如此老气的年轻人。这个马诺潦倒而瘦弱，对于在热带生活过一年的人来说，他的脸色太苍白了。他衣着整洁，行动却很迟缓，像是穿着睡袍整日无所事事的人。她为他感到难过。马诺的母亲比诺玛年长十岁左右，她端着一壶茶走进来，脸上带着夸张的笑容。她略带担心地看了她儿子一眼，摸了摸孩子的头。过去的两天里，维克多的头发长长了一点，长出了整齐的黑色头发楂。当马诺将诺玛介绍给他母亲的时候，诺玛礼貌地微笑着，为了马诺没有将她的一切和盘托出十分感激。

这个马诺，他一上来就道歉，这令诺玛很不舒服。她环顾了整个客厅，以免在马诺崩溃痛哭时直视他。客厅淡雅柔和，这里的装修也许曾经十分鲜艳，但随着时间的流逝已经褪色了。她无法肯定到底属于哪种情况。

“我犯了错。”马诺说。他声音嘶哑，两颊涨红。“对不起。”他说，看上去他并不知道自己该向谁道歉。他像是要窒息了，仿佛即将在他们面前断气。诺玛任由他说下去。她的愤怒已经烟消云散，但她觉得他应该向他们道歉，向维克多道歉。他絮絮地说着他背弃的承诺，当他提到维克多的母亲以及她溺毙的过程时，他用祈求的目光看着诺玛。不久，维克多坐到了马诺的身边，用诺玛听不懂的话安慰着他的老师。那可能是丛林里古老的语言，但是诺玛怀疑马诺也听不懂。

她静静地等待着，一分钟过去了，几分钟过去了，但是她渐渐地不耐烦起来。她的雷尔在那张名单上——无论是死是活，马诺或许能告诉她更多关于他的消息。这正是她所期盼的：她想从雷尔那里得到更多他的时间，他的心，他的身体。如果她足够诚实，许多年前她就该承认这一点：她想从他那里得到更多，比他愿意给的更多。塔摩发生大火、第一次大停电的那个夜晚，她和雷尔回到酒吧里，与一群陌生人挤在一起，有人在到处搜寻车用蓄电池，用来听收音机。人们点亮了几支蜡烛，在等待的时候，他们开始交谈起来。“我住在塔摩，”有人说，“我知道这一天迟早会来的。这些人根本就是肆无忌惮！”另一个人说道：“警察什么都没做！”第三个人插嘴：“他们只会折磨无辜的人，他们让我的哥哥失踪了！”有人喊道：“让反政府军去死吧！”这时另一个人——不是雷尔——回答道：“让总统去死！”

在摇曳的黄色烛光下，人们七嘴八舌地争辩着。室内烟味熏人，有人打开了一扇窗户。诺玛至今依然清晰地记得当初的一切：室内充满了凉爽的晚风，人们继续大喊大叫着，一波又一波的话语、劝诫、坦白和谴责。根本分不清谁在说话，只知道他们的口音：这个人是从山里来的，那个是从城里来的。这个夜晚，人们的愤怒向四面八方散播。他们都像行走在刀刃上：他们可能眼含热泪拥抱在一起；也可能拿起武器，在这间突然变黑变冷的房间里，冷血地杀人。

有人提到了“月球”，诺玛感觉到雷尔很紧张。有人叫喊着：“那些被国家处死的人都是罪有应得！”特尼已经辞世一年多了；雷尔常常说，国家背叛了他，还谋杀了他。她努力靠近雷尔，那一刻她终于明白，她害怕雷尔会说点什么。他可能会说一些不合适的话，因为在那间光线阴暗的房间里，根本无从知晓一群乌合之众在想什么。她紧紧地抱着他，双臂圈着他的胸膛。她的手伸到他的衬衫下面，手指顿时僵在了那里。在他的衬衫口袋里，正是特尼的信。她能感觉到那封信。某个晚上，他曾经给她读过那封信，他们在一起抱头痛哭。特尼是一个多么好的人！她心想，现在什么都别说，雷尔，保持安静，我的丈夫。

"嘘！"她低声说。

"你看过那张名单吗？"当马诺道完歉以后，诺玛问他。她甚至等不及他回答；毕竟，她知道他一定看过。她慢慢地说着："关于那张名单，我想知道更多。"诺玛摸着自己的额头，那里正在渗出汗珠。从那个夜晚开始，她就失去他了吗？

马诺点点头。他知道他们为什么来这里，她为什么来这里。他站起身来，"我有些东西给你们看，"随后他离开了客厅。

诺玛沉浸在自己的回忆里。维克多在客厅里转来转去，审视着落满灰尘的镜框里的照片。"这是马诺。"他指着一张照片说。诺玛无力地朝他微笑了一下。

马诺回到房间里，打开了他从1797村带回来的包。他没有开灯，在黑暗中摸索着。他根本无需开灯，因为包里只有一样东西可以给诺玛，他立刻就翻到了。那是一卷用树皮包着的羊皮纸，外面系着一根绳。阿黛拉将它交给他保管。它闻上去有丛林地带的味道，令他有躺下睡觉、沉入梦乡、直到他们都离开的冲动，但他没有那么做。客厅里传来了有人低声说话的声音。他们正在等他。马诺合上包，关上门出去。

"我去过'月球'。"战争爆发的那晚，雷尔说。诺玛掐了他一下，但是他喊得更大声了："我去过'月球'！"

她咬着他的耳朵，手放在他的嘴上：已经来不及了吗？

"去死吧，反政府军的走狗！"有人大吼。

"这是什么？"当马诺将那卷羊皮纸递过来时，诺玛问。

维克多也走了过来。“这是什么？”他问。诺玛解开了上面系着的绳，打开了树皮，将羊皮纸铺在桌子上。维克多用他的小拇指固定住羊皮纸的边缘，马诺帮着他。十四年前的那个夜晚，战争爆发的那个夜晚，黑暗救了雷尔一命。有人怒吼：“你们反政府军真是废物！”人群骚乱起来，除此以外他们什么也做不了。这是第一次大停电，战火刚刚燃烧到城里，他们对于彼此来说都是陌生人，人们滞留在半路上，挤满了这间沉闷的酒吧。他们擅自闯入了这里。“安静点！”有人喝道，是一个男人厚重的声音，充满了权威。“收音机！”喇叭里传出一声噼啪声，电池闪出了蓝色的火花。在塔摩的那个夜晚，愤怒的人群在一个警察局外示威，他们拿着火炬、扔着石头，带着信徒的狂热。警察开了第一枪，以示震慑。随后，他们愤怒地开着枪，成百上千的人四处逃窜，向黑夜里散开去，弯下身去扶助那些伤亡者。第二天，城市里举行了第一批葬礼：肃穆的送葬队伍缓慢地沿着F-10大道行进，一直走到这一区尽头的山上人烟罕至的地方。按孩子身材制作的棺材被扛到低矮的山头上，按照此地祖先的风俗火化。那一晚，在避难所高原区，很多人十分恐惧，根本不敢出门，那些家里有收音机和电池的人收听着新闻，音量调低到几乎听不到。为了防止有人来抢劫，男人们拿出了枪支，将他们恐惧的妻子和熟睡的孩子锁在了离街道最远最隐蔽的房间里。黎明时分，枪声再次传来，这是那个长夜最后一个丧命的人，一位老乞丐在一条胡同里被杀害，他身旁的手推车上堆满了衣服，这里距离诺玛和雷尔度过那个不眠之夜的酒吧只有不到十个街区。整个夜晚，收音机里播出了越来越坏的消息，午夜过后，人们决定锁上酒吧的门。窗户也被关上了，室内再一次烟雾缭绕。有人勉强睡着了。半夜，有人嚷着要喝水，顿时所有人都变得又热又渴。酒吧外面，强盗们行色匆匆地走着，然而没有人注意到他们，因为大家都在全神贯注地听着新闻：坦克已经移到了广场一带，正在城市的主干道上巡逻。抢劫无处不在。有人亲眼看到，在一栋失火的公寓楼阳台上，一对情侣手拉着手跳了下去。酒吧里，一位妇女晕了过去，又被人救了过来。夜里，两次有人急切地敲着门，高声求助，然而蜡烛已经点完了，室内一片黑暗，人们看不见彼此。除了安静地等待，他们什么也做不了。诺玛紧紧地贴着雷尔，背靠着门坐着，最终敲门声停止了，外面的人停止了哀求，他们离去的脚步声越来越轻，去别的地方求助了。

“嘘，雷尔。”诺玛说。

这时马诺的母亲走了进来。过去的半个小时里，她一直透过厨房的门缝监视着这里，听她的儿子和客人在说什么，但却无法确认这三个人的关系。这个叫诺玛的女人和她自己的儿子有哪里不太对：她的以利亚怎么了？她端着一个托盘和一瓶开水走了进来。“谁要加茶水吗？”她尽量装出一副无辜的表情。她的儿子、那个女人以及男孩都从羊皮纸上抬头看着她，没有人回答。马诺的母亲哦了一声，沉默一直令她困扰。“多精美的一幅画啊！多帅的年轻人！”

“他叫雷尔。”诺玛说。

“他是你父亲。”马诺告诉孩子。

马诺的母亲完全听不明白，她迅速地走回厨房，站在门旁听了很长时间，却什么也听不到。

早晨，当酒吧的门窗终于打开，诺玛吻别了雷尔，走回了电台。她在一个露天洗脸池掬了一捧水洗了洗脸。“你怎么回家？”她问她的丈夫。她觉得浑身筋疲力尽，两条腿都在酸痛。雷尔朝她微笑，说会走回去。空气里仍然有烟的味道，天空一片深棕色。那一晚，许多建筑被烧毁了，就在那一刻，很多地方仍然余烟袅袅。

第三部分

第十一章

战争爆发后第八年的夏天，诺玛工作的电台里一名工作人员失踪了。官方否认与此事有关，然而谣言盛传他涉嫌叛国并与反政府军合作。这名工作人员名叫叶里温，他失踪的消息震惊了所有认识他的人。叶里温为人低调沉稳，体形瘦削，脸上有一些斑点。他是一名坚定的单身主义者，仿佛只为他的电台节目而活着，那是一档每周两次的深夜古典音乐节目。他也在大学里教书，主讲发现新大陆以后的西方音乐发展史。他在学生中很受欢迎，深为大家所喜欢。

接下来的几个星期里，叶里温的失踪引起了一阵骚动。叶里温和电台总监是密友，因此电台一反常态，坚定地维护他，每小时都在电台节目里滚动播出叶里温无辜的消息，要求立即释放他。大学生们在电台前为他守夜抗议。叶里温的忠实听众也赶来了，整个示威令人感觉很奇特。他们在城市的一个十字路口集会，聚集了古典音乐迷、历史和艺术学科的学生、夜班工人、失眠者和长期卧病在床的人们。大部分人从未见过他，但都很熟悉他的声音，并景仰他对音乐的独特品位和渊博知识。这是一场愉快的集会。某个晚上，在原本播放叶里温节目的那个时段，新近解体的城市交响乐团的四重奏弦乐团为大家进行演奏。电台灵光一现地决定，对整场演出进行现场直播。

尽管如此，叶里温仍然被送去了“月球”。在那里，他一定受到了九年前雷尔在那里受到过的待遇。两个星期后，没有叶里温的任何消息。每个人都在等待着最坏的结局。那时，那些失踪者到底发生了什么已经不再是秘密。在他失踪前的一年里，叶里温和诺玛成了朋友。她已经从第一次大停电那个夜晚的恐惧中恢复过来，在数个场合展示了她的才能。她开始频繁地出现在节目里，尽管当时她的听众并没有后来那么狂热。诺玛常常在电台待到很晚，编辑第二天早晨的新闻稿。结束工作以后，她常常去隔音室找叶里温。她喜欢那里舒缓的音乐，也喜欢他恬静的性情，最重要的是，她喜欢隔音室里的氛围。这里是电台的心脏所在，那时她仍然沉醉于此。她喜欢这个地方，喜欢这里机器的嗡嗡声，也喜欢它的光线、音乐和运作。有几次，她还参与了节目制作，将听众的电话接进来，他们有些是为了点播歌曲，有些则纯粹是为了与叶里温讨论音乐。诺玛喜欢这个节目的闲适感：已经是深夜，因此没什么时间限制。叶里温乐于让他的听众讲话，诺玛则乐于倾听，在那一刻，她觉得电台的存在是有意义的。

整个事件最具有戏剧性的是，叶里温突然失踪后的几个星期里，人们发现那些谣言并非空穴来风。据说，一些打电话进来的人其实在讲暗号。诺玛和雷尔商量以后，去找埃尔默讨论整个事件的情形。埃尔默承认，电台总监很恐惧。埃尔默说，一切比他们之前猜疑的更糟。事实上，反政府军分子已经渗透进了电台内部。警方要求搜查所有叶里温近期节目的录音带。

“诺玛，他是反政府军，没人知道这一点，”埃尔默说，“我们能怎么办呢？”

诺玛曾经与叶里温共处过很长时间，监控过听众电话，还与听众友好地聊过天——她以为他们是音乐爱好者，但事实上他们很可能是恐怖分子。她还曾经在节目中客串过几次，介绍歌曲，与叶里温讨论音乐。她也被牵扯进去了吗？

“我也应该害怕吗？”她问。

埃尔默点点头。他思维缜密、能力过人，所有人都认定，总有一天他会成为电台的总监。“你可以在电台里住一段时间。我们可以为你腾出地方，你住在这里比较安全。”

从那个夜晚开始，诺玛开始了她的流亡生活。一个月后，她才再次回家。第二天，电台突然取消了所有抗议活动，甚至要求军方驱散滞留在电台外面的叶里温支持者。上层的命令与电台的要求不谋而合，因此军方在电台附近袭击并逮捕了很多学生、音乐爱好者、夜班工人，甚至一些倒霉的路人。混战持续了一个小时左右，石头与催泪弹乱飞，街上浓烟弥漫。许多电台工作人员聚集在会议室的大窗户后面观察着事态的进展，诺玛也在其中。她前一晚睡在电台的一间会议室里，睡得很不舒服；十一年后，她在同一间会议室里见到了维克多。她的脖子很痛。她和同事们一起看着外面这场混战，额头贴在窗户上，一言不发。她十分感激催泪弹：它的烟雾掩盖了一场暴力的混战，因此她看不到暴力血腥的场面。这场战斗在光天化日下发生，但是电台总监决定在新闻中对此只字不提。他意识到，他的工作已经危机四伏。那一年，他批准了一条隐晦地批评内政部长的报道，最终因此而丧命。埃尔默顺理成章地成了他的继任者。

这就是这个国家的现状。

值得一提的是，在1797村，根本没有人怀念叶里温。在这里，古典音乐被认为是舶来品，做作而矫情。他唯一的听众是那位乡村牧师，那时他已经过世好几年了。

当他唯一的儿子出生的时候，雷尔正在城里，只隐约地知道他的情妇即将临盆。那段日子，诺玛住在电台里。他们每天通四次电话；每天下午，他会去电台看望诺玛。作为一名丈夫和一名科学家，他在城里的生活十分忙碌；他想不清楚遥远的丛林里已经发生和即将发生的一切。此时此刻，他担心着诺玛。她承受不了压力，正在变得消瘦，当他见到她的时候，她抱怨自己的头发都快掉光了。“陪陪我吧。”一天下午她这样要求他，那时候她已经在电台住了一周了。她红肿着眼睛请求他：“今晚留下来陪我吧。”

他们在会议室里喝着速溶咖啡：窗外，太阳正在西沉，山脉和城市都笼罩在一片橘黄色里。诺玛脸上带着一副备受困扰的表情，她的一天刚刚开始。那段时间，她上午睡觉：在电台里住了几天后，在埃尔默的建议下，电台总监决定让她主持一档夜间节目。叶里温的空缺得有人填补。“看起来你睡得不太好。”埃尔默说，因此就这么决定了。这个时间段本来没什么人听电台节目，然而令所有人吃惊的是，各种电话、要求、建议和闲聊像潮水一样涌进来，令诺玛应接不暇。她主要播放爱情歌曲，中间让听众自由讲话。前一晚，当雷尔在空荡荡的公寓里铺床的时候，他聆听着妻子的声音，夜里梦到了她。她的声音十分动听，能让人获得心灵的平静，所有人都这么觉得。

“这里很孤单，”诺玛说，“整个电台都是空的，只有我和巡夜的警卫。”

“还有打电话来的听众们。”

她叹了口气。“还有打电话来的听众们。”

他拉着她的手。“他们爱你。”

“你能留下来吗？”

她夜间的节目从晚上十一点持续到凌晨四点，因此雷尔还来得及在节目开始前回家换衣服。他准备了他们两人的晚饭，收拾了一个旅行袋，锁了公寓门，十点半回到了电台里。电台里这时已经没什么人了。他们又喝了一些清咖啡，雷尔能看得出来诺玛因为他留下而十分开心。离十一点只剩下几分钟的时候，他们去了控制室里，与晚间节目主持人聊了一会儿。这位主持人矮小而瘦弱，天生少白头，他一直很仰慕诺玛。当他收拾好东西离开以后，控制室里只剩下他俩了，诺玛的手臂环绕着雷尔的脖子。这时正在播放一首民谣，唱片略微有点发颤，吉他声有点飘忽。她亲吻着他。当唱片放完时，他俩已经赤裸着身体，不禁相视而笑。诺玛走进播音室，将唱针重新放上唱片，同一首歌又播放了两遍之后才开始她的节目。

雷尔有一项天赋：他能将生活分隔成泾渭分明的两半。回到城市里的家中时，他很少会想到丛林，除非是在学术意义上：植物生命的奥秘、气候的需求、人类的生存适应性等。有时候，他的眼前会浮现出一幅丛林里的画面：长满青苔的古树树干、河边雪白的石头、水流形成的奇幻画面，仅此而已。没有任何他在丛林里认识的人，没有那个令他着迷的女人。他去雨林里时也带着同样的分裂：离开城市一两个小时后，当那些原始而杂乱的贫民窟渐渐消失，当公路蜿蜒进荒无人烟的山丘里，雷尔觉得自己返璞归真，没有任何世俗的责任需要承担。在城市以外，他从不用"雷尔"这个名字。他的转变如此彻底，以至于离开城市以后，听到"雷尔"这个名字时他毫无反应。

回到大学校园后不久，他第一次去了丛林里。那是一次单纯的科学考察之旅，他还没有因为特尼被谋杀而改变想法。此次旅行由一位大腹便便的老教授带领，他能说三种印第安方言，经常一边嚼着草药的根，一边穿过大学礼堂。学生们负责寻找各种植物，并撰写技术说明，例如叶子的黏稠质地和它们酸酸的味道，他们将植物的样本夹进厚厚的书里——教授为此特地带了些厚书。从书本里、谈话中、照片上，雷尔觉得丛林和他十四岁以来生活的城市截然不同。那是一个不为人知的全新世界，各项规则尚未制定、人们为此争执不下，那里是前线，具有强大的吸引力。这是战争爆发后的第一年。后来，当以利亚·马诺沿着同样的路线来到这里时，这里有国家维护的学校和公路，至少在理论上已经成了这个国家的一部分；然而当雷尔初次来到这里时，仍然需要坐在卡车顶上进入丛林，需要和村民以实物进行交换，才能搭他们的独木舟渡过泥泞的河流。他们遇到只会说他们自己语言的本地人，在甜甜的河水里洗澡，在吊床上睡觉。雷尔没有睡，他闭着眼睛，听着森林里此起彼伏的声音，确信这是他听到过的最美丽的地方。

这片土地遵循先到先得原则；尤其在那段时间，浓密的大森林是绝佳的藏身之处，可以躲开法律的监控。随着战争的升级，政府开始留意那些往来于丛林地带的人：有人搬运武器和毒品，有人贿赂警官、上尉和村长，有人为了炸掉桥梁进行侦查，也有人装扮成伐木工人、商人，或者流浪音乐家。还有雷尔这样的人，他们离开城市时仍然是学生和学者，然而途中却变成了另一个人，连姓名都换掉了。他们从不携带枪支，却带着更为珍贵的东西：情报。

他再也没见过马登。叶里温事件发生之前的九年里，雷尔不时会和那位穿着皱巴巴西服的男人见面，像是一对鬼鬼祟祟的情人：九年里，他们总在公交车站碰面，故意含糊其辞，不时分派些任务。雷尔足以藉此了解他的联络人，虽然并不深刻。他的体重总是随着战争的激烈程度而变化，因此雷尔能够判断出他内敛的忧虑。有时候，雷尔的联络人看上去病得不轻，脸上没有刮胡子，双颊陷了进去，神情萎顿，头发凌乱。作为一名特务，他几乎是透明的：几天后，城市里某处发生了一起爆炸，他们再见面时，雷尔的联络人看上去镇定了很多。随后开始新一轮的轮回，周而复始。九年时间里，他们也在社交场合遇到过彼此。在数次晚餐聚会上，他们被当成陌生人介绍给彼此。他们表现出出色的演技，礼貌地寒暄几句，之后刻意避开彼此。诺玛也曾经与他握过一两次手；一次聚会过后，当他们回到公寓里、在黑暗中脱衣服的时候，她曾经评论过雷尔的联络人，认为他太冷漠，打招呼时很不友好，连笑都不笑一下。雷尔觉得自己应该为他辩护，但却没有那么做：他装作不记得他了——他叫什么名字来着？他们还可以算是同事：都是大学教授，只是任职于不同的大学，专业也不相同。在震惊雷尔乃至全城的第一次大停电后，他们改成了每个月见面一次，那些任务平淡无奇，以至于雷尔觉得战争根本与他无关。他按指示将信封扔进垃圾桶里，穿一件鲜艳的红色衬衫、在指定时间坐在一间有窗户的咖啡馆里，或者打电话给投币式公用电话，对着电话说出一个地址，无论接电话的人是谁。他作为一位知名学生领袖的日子早已成为过去，现在他是隐形人。从"月球"回来以后，除去第一次大停电那个夜晚、在昏暗的酒吧里差点说出口的自白，他再也没有发表过一场演讲，也没有在公共场合讨论过政治。除了那位穿着皱巴巴西服的男人以外，雷尔在整座城市里再也不认识别的与此相关的人。当他发现叶里温是一名反政府军的支持者时，他和别人一样惊讶。多年来，他认为战争与自己的参与是件私人的事情。他当然也知道有别人参与其中，但他从未想起过他们，从不好奇他们是谁，也并不对这些神秘的隐形盟友有什么亲切感。除去体育版，他几乎不怎么读报纸；他通过街上军事化的程度来判断战争的进展。每天夜晚，他都会回到他和诺玛的家。诺玛已经相信她的丈夫没有什么秘密。

在丛林里，他的情妇即将临盆。这时是雨季：天空中深蓝色和深紫黑色交替。这时候，河水与往年一样开始暴涨，淹没了村庄边缘的田地。雷尔从不喜欢雨季：他觉得连日的倾盆大雨令人压抑而沮丧，与一年中其他季节截然不同；在其他季节，大雨倾盆而下，半个小时之后便雨过天晴，阳光明亮而灿烂。交通本来就不方便，到了雨季那几个月，简直无法出门。道路十分泥泞，丛林却在疯狂地生长。曾经有一次，他从镇上出发去丛林里的一个军营，十几公里的路程，他却走了整整十天。丛林随着那些神秘的人物往前延伸。在雨季，一切都很阴郁。

在城市的医院里，当一名孩子出生的时候，白衣护士会称他的体重、为他洗澡，医生会抱着他、为他做各种检查，骄傲的父亲会到处炫耀他的孩子，向众人散发着雪茄。1797村不是城里。这里有它自己的风俗；尽管由于战争的缘故，村里的男人们已经离开五六年了，然而维克多出生时的庆祝仪式还是太寒酸了。那一年，又有八位年轻人离开了村子去参加战斗。其中五人再也没有回来——十一年后，这五个人的名字也出现在维克多带到城里的名单上。整个村子根本无心庆祝。过去，当孩子出生的时候，人们会准备丰盛的宴席，砍掉一棵树燃起篝火，然而一切都变了，就连祝福仪式也变了：现在，人们都祈祷着让孩子远离子弹。年轻的母亲们常常发现，孩子只是军队暂时寄放在她们身边的。

尽管战争仍在进行，依然有一项传统保留了下来。六个月后，当雷尔回到1797村，这是阿黛拉唯一坚持的一项风俗。他被带到丛林中待了一夜，在一种作为精神药物的草药根作用下，认真思索孩子的未来。雷尔被告知，在草药的迷幻作用下，所有的事实都将水落石出。他未曾好好照顾过这个孩子，对孩子的母亲充满了愧疚，因此勉为其难地去了。当维克多出生的时候，他不在场；尽管当时并没有人期待他在场。他没有帮维克多挑选名字，也没有牵着阿黛拉的手，将婴儿抱在胸前，感受着新生儿的体温。雷尔向他的父亲承诺过会给他生个孙子，但当这个孩子出生的时候，他根本对此毫不知情。雷尔的父亲也永远都不会知道。当维克多出生的时候，雷尔正在遥远的城市电台里，半裸着身体，在隔音室的一张扶手椅上睡觉。

那个夜晚，当维克多躺在母亲的怀里睡觉的时候，诺玛几乎没怎么接电话。她很乐意让一首首歌曲取代她，满足地看着丈夫在她面前的椅子上沉入了梦乡。他的存在给了她勇气。凌晨三点左右，她越来越没力气，于是喝了一杯咖啡，打算接几个电话，好让她保持清醒。那时她在期待什么？通常，总有孤单而悲伤的人，总有男人或者女人为自己是一个人而难过或不甘心。在这样的夜晚，电台就像是公共服务。即使才接替叶里温的工作不久，她已经有了一些仰慕者，内心不由感觉到几分骄傲。如果偶尔与打电话进来的听众调调情，能有什么坏处？他们告诉她，她很美丽，或者她听起来是个美丽的女子，这有什么差别吗？这时是午夜，隔音室里仍然能闻到性爱的气息，她的心情很愉快。诺玛接了几个电话，饶有兴致地听着一位女听众描述她祖父在市中心开过的糖果店。“都没了。”那位女听众叹了口气。她说话时带着混乱的怀旧情绪，令诺玛怀疑她喝醉了。她告诉诺玛，她现在很害怕走到那里，害怕有任何建筑取代了祖父的糖果店。万一那里被木板围起来怎么办呢？万一那里被山区来的人霸占了怎么办？

诺玛没说什么，也没有制止她。她只说了句“友好点”。她播放了一首歌曲，随后又接了一个电话，当一个男声从话筒里传出来、说他打了一整晚时，诺玛一点都不惊讶。

“好吧，你现在找到我了，”诺玛说，“你正在节目上。有什么能帮你的？”她播放了一张爵士唱片作为背景音乐，一支混合了弦乐和蓝调风格长号的曲子。

“你什么都帮不了我，”电话那端的男人回答，“难道现在不应该是叶里温的节目时间吗？”

他们都被告诫不要在节目中提到叶里温的名字。诺玛解释说，叶里温正在休假——这是电台在紧急情况下的托词，然而她突然停了下来：或许是因为这个男人的语气十分莽撞，或许是因为他声音中的某种东西。她本不该问，但她仍然问了："您是谁？"

"别管我是谁。问题是，叶里温是谁？他是反政府军的走狗。就因为这，他被抛尸在中央高速公路旁边的沟渠里。这就是恐怖分子的下场。"

诺玛还没反应过来，电话已经挂断了。她呆坐了片刻，几乎喘不过气来。爵士乐播完了，过了十秒钟，她才敛神播放了另一支曲子。她随手抽出一张唱片，颤抖着放上去。她放得太快了，设错了速度。一声拉长的喇叭声传了出来，歌手的声音爬上了高音，十分刺耳。就在这时，电话线亮了，每一根电话线都亮了。她无助地看着那些闪烁的红色小灯。她一连叫了他三遍，雷尔才醒过来。

"只播放音乐，"当诺玛打电话到埃尔默家时，埃尔默这么吩咐她，"你只播放音乐，直到我到电台为止。别接电话，别上节目也别下节目。"

因此她与雷尔并肩坐着，播放着轻快的流行歌曲，两人都保持着沉默。在别的场合，他或许会为她唱首歌；但是现在，他们俩播放了一张好莱坞的歌剧唱片，随后走进了会议室。这是个晴朗的夜晚，刚过凌晨三点，熟睡中的城市就像是一台发着微光的机器内部。透过电台高大宽敞的窗户，他们可以看到城市的万家灯火：麦特泊罗区霓虹灯闪烁，街道两旁橘红色的路灯连成一线，直指向城市中心。站在会议室里，看起来在这里生活也不错——没有山间的大火，没有大停电。在夜里的灯光下，棚屋看上去根本不像棚屋。诺玛和雷尔可以眯着眼，想象外面是个井然有序的城市，就像这世界上成百上千个城市一样。他俩站在一起，手拉着手，却没什么可说的。中央高速公路穿过东部的山脉，在这里是看不到的。叶里温正在公路沿线某处，一定可以被找到的。

一个小时内，埃尔默回到电台，看上去苦恼而困乏。"你在这里做什么？"他问雷尔，但等不及他的回答就接着说道，"没关系。"他转向诺玛，说道："告诉我发生了什么事。"

事情本身并不复杂，三言两语就说清楚了：诺玛描述着那个人的嗓音、阴沉的音质以及粗暴而带有威胁意味的音调。仅此而已。叶里温死了。他是名反政府军。“真的吗？”她问，“你认为他说的是真的吗？”

埃尔默点点头。

雷尔默默地看着他们，听着他们的对话。他不喜欢埃尔默，这个虚伪而严厉的家伙，大腹便便而无精打采。他的眼神很迷离，像是经常输钱的赌徒，像是摇摇晃晃回家、为了自己的错误而打骂家人的那种男人。雷尔几乎微笑了：他在夸大其词。埃尔默根本就不暴力。如果埃尔默想知道，雷尔可以告诉他一些事实。例如，他可以告诉他“月球”的情形，也大致可以猜出叶里温生前最后几个小时的遭遇。九天前，当叶里温参与反政府军的谣言刚刚浮出水面时，雷尔曾经与他的联络人见了一面，问有没有为了“我们在电台的朋友”采取什么营救措施。

雷尔的联络人——那位穿着皱巴巴西服的男人——疲倦地笑了，他喝了一小口咖啡后回答他：“一旦到了这个地步，就没什么好做的了。”

“什么意思？”

“他不会活着回来主持节目了。”

雷尔点点头，但是他的联络人仍未说完。“如果我们哪天走到这一步，结果也一样。”

现在，雷尔看着埃尔默在会议室里走来走去。诺玛跌坐在她的椅子里，皱着眉头。“有人听到了，”她说，“当时电话线亮着。”

“这没关系，”埃尔默说，擦了擦眼睛，“他们希望我们将事情闹大，这就是他们期望的。我们不能落入他们的圈套。”

“但是我们已经这么做了。人们已经知道了。”

埃尔默缓缓地摇着头。“诺玛，如果我们说什么的话，人们都会来找你的。”

雷尔那时已经明白他们会对此保持沉默，叶里温将彻底消失。第二天白天，会有一位农民发现中央高速公路旁边的尸体。战争已经持续了好几年，没有人会对此感到惊讶。这位农民可能会感到害怕。他或许会报警，不是为了了解真相，只是为了证明他自己是清白的，警方会承诺调查此事，并对尸体进行处理。这是他们的工作职责。当然，更可能的情况是，这件事情会到此为止。如果这位农民是名虔诚的教徒，或许他会亲自埋了尸体，或许会将它藏在一块大石头背后或者峡谷里，防止被别人遇到。他可能会因为恐惧，再也不敢提及此事，即使对他的妻子或者最好的朋友也守口如瓶，即使当他周日参加弥撒时，低着头忏悔他的一切罪行时也不会提起。因此，叶里温将躺在那里，日复一日，年复一年。只要埃尔默坚持他的处理方法，叶里温会永远躺在那里。这是最简易、最方便的遗忘方式。

“他有家人吗？”雷尔问。

埃尔默摇了摇头：“万幸，没有。”

那他只能拜托上帝保佑了。雷尔被他的家人救了，被特尼叔叔救了。不然，他也可能已经死了，没有人需要为此对他解释什么。这个事实如此显而易见，却又令人恐惧。两个星期后，雷尔再次遇到了他的联络人，问他叶里温是不是已经死了，尽管他已经知道答案。

联络人奇怪地看了他一眼，雷尔已经很多年没看过这样的表情了。那意味着：“你为什么要浪费我们的时间呢？”

“目前正在进行一场大搜捕，”稍过片刻，雷尔的联络人说，“叶里温只是开始。已经有几名密探消失了。”雷尔听着他悲观的猜测，本来想耸耸肩膀；他想藉此传达十分具体的信息：他累了，战争已经进行得太久，他比大多数人都更明白，战争不会永远继续下去。雷尔想暗示，他一点都不惊讶：叶里温，一位反政府军的支持者，或许弃用了他知道的这个名字，他被选中，随后……雷尔不抱幻想，即使是他自己，如果他有什么可说的，在“月球”时他早就说了。他们一定折磨了可怜的叶里温。九年过去了，他们有足够的时间改进他们折磨人的技术。

但是雷尔没有耸肩。不知为什么，那一刻他觉得自己很累很挫败，连那个简单的耸肩姿势也做不出来。他问他的联络人，那位穿着皱巴巴西服的男人，这意味着什么。“对我们自己来说。”雷尔问。

“不知道，”联络人回答，“一直到真正发生到我们头上，我们什么也不知道。”

他们都沉默了一会儿，这时有对情侣手挽手经过：女人将自己的头靠在男朋友的肩上，男朋友则带着王者般的自信走着，像所有知道自己被爱的男人一样。她腰肢纤细、双腿修长，右手伸进了男朋友裤子后面的口袋里。雷尔心中升起一股强烈的醋意，尽管他自己也不知道为什么。那时他的儿子已经出生十四天了。

“我们要有段时间见不到彼此了。”雷尔的联络人说。他简单说明了今后几个月的任务。雷尔要再次去丛林。他必须很小心，比以往任何时候都更小心。雷尔点点头表示同意，随后他的联络人起身离开。他没有付账单，也没有郑重地和他道别。

六个月后，他的儿子开始渐渐形成自己的人格。这真是个奇迹。雨季已经结束，诺玛已经回家。叶里温一直没被找到，由他失踪引起的骚动已经彻底平息。警方逮捕了一些人，但是雷尔确信其中大部分人根本不是反政府军，而只是一些边缘人士：符合某种特征的学生、劳工，以及小罪犯。一名倒霉的工人被抓住了，他手上有一张油印的传单；还有一位年轻的女性，她在中央图书馆里找一本激进的书。他们将饱受折磨，其中有些人会死去，但是大部分人会被释放出来，成为那些因为愤怒或怨恨而加入战争的人群中的一员。战争就这样升级了。

现在，雷尔再次回到了森林里，城市对他而言遥远而不真实。他的情妇赤脚在木地板上走来走去，孩子的视线一直追随着她，雷尔注视着孩子清澈的眼睛。

“他能看见了！”雷尔说。

阿黛拉微微一笑。“他当然能看见。”

但是雷尔说得不正确，或者说词不达意：他不是指普通的观察。这完全是全新的，怎么解释呢？这个孩子有着全新的眼睛和无瑕的人格，正在认知这个世界。这是一种发现，是一种启示。孩子窥探着这个未知的世界，像科学家一样的专注，雷尔为此感到无比骄傲。他为自己词不达意而十分沮丧。这个孩子能看见了！雷尔又想了一下，觉得自己的心怦怦地跳。或许阿黛拉已经习惯了奇迹：孩子第一次用他胖乎乎的小手指指着外面，向这个世界伸出手；孩子充满了好奇，一点也不害怕这个庞大的宇宙。孩子的完美令人吃惊。雷尔将自己的手指放在孩子面前，维克多将它放到嘴里，轻轻地咬着。

那天下午，他们一家人第一次一起穿过了村子。这是个杂乱无章的地方：随处可见的小木屋，屋顶覆盖着茅草。雷尔得到很多人美好的祝福与真诚的祝贺，尽管此前他与这些人连话都没讲过。他有备而来，提前学习了当地古老语言中的片言只语，而这已经足够了。人们对于他的尝试表示赞赏，善意地嘲笑着他的口音。他们亲吻着孩子，接着往下走。

那个夜晚，他成为父亲后在1797村度过的第一个夜晚，阿黛拉将他送到丛林里，让他完成他的使命。雷尔在笔记本上记下了草药根的名字；毕竟，他仍然是一名科学家。草药根被捣碎成糊状，雷尔用手指挑进嘴里，细细品味着。它带着一股又苦又酸的味道。他开口问问题，但没有人回答他。几分钟过去了，他的脸麻痹了，接着他再也尝不出任何味道。阿黛拉亲了亲他的前额。孩子的嘴唇被放到雷尔的嘴唇上。“去吧。”阿黛拉说。带着他进入森林的老妇人一直在沉默。他们领着他走到河边，那里的树木长得郁郁葱葱，苔藓的卷须直垂到水面上。老妇人离开了，他坐在黑暗的树林中，默默等待着什么事情发生。他的脑海中不断闪过孩子的面容，用他小小的眼睛专注地看着，一想到这个他就想微笑。透过树荫，他可以看到天空群星闪烁。这是个没有月亮的晚上，他闭上眼睛，感觉到眼皮一阵跳动，开始是一阵波浪，随后各种颜色绽放。他想起了战争，他伟大而无情的监工；他想到了它的分量和它的无所不在。他默默想到，除了这里，哪里都被战争所席卷。这趟旅行只是开始。这听起来充满希望，其实完全不然。事实上，战争在那里也爆发了，仅一桥之隔有一座军营，他四天后会去那里拜访。雷尔觉得他生活中的隔阂正在消失：在城市的家里，诺玛这时候正在疯狂地思念他。他知道，他无需花多少力气，就可以回报她的感情。第一次，他在丛林里想起了自己的妻子。或许是出于虚荣，他想象着她需要他。如果她知道他在丛林里的一切，她永远也不会原谅他。他碰了碰自己汗涔涔的前额，猜测那是因为草药根的作用，它黑色的魔力正将他从现实的束缚中解脱出来。雷尔脱下了鞋袜，小心翼翼地走到了河边的涡流里。河水凉爽而沉静。他走上岸，脱下了衣服，再一次趟进河水里，一直到河水漫到他的胸膛。河水围绕在他周围，令他浑身上下充满了一丝一丝的寒意。他的眼皮后面闪烁着炫目的色彩。雷尔心想，我的孩子，我的孩子会怎么样？他会在这里长大，永远也不会很了解我。他将继续生活在这场由我引起的战争里。雷尔深深地吸了一口空气，把头埋到了水下。他屏住呼吸，直到他的大脑里一片空白，万物都静止不动，这时他浮出水面、呼吸了一口空气，随后他再次埋进水里。他感觉到了色彩——说“看到”并不精确，他感到色彩围绕在他周围，他的内心闪耀着梦幻般明亮的色彩：深浅不一的红色、黄色和蓝色。他屏住呼吸，感到自己正淹没在一片橘黄色中。这既令人兴奋，又令人恐惧，并且对他儿子的未来毫无帮助。他将紫色呼出到河水里：看着自己呼出了一团气。他在河里待了一个小时，随后从水里走出来，赤裸着身体坐在河边，凝望着天上的星星。他穿好了衣服，防止被冻感冒。不时有星星划过天际，一大片星星组成了各种耀眼的形状：有动物，有建筑，还有他认识的人的脸。他努力回想着他在那里想干什么。他拉着自己的银链子，放在牙齿之间咀嚼着，直到嘴里充满了金属的味道。他再次爬到河边，用河水漱口。随后他捧起河水洗脸，接着整个人都埋进河里，这次他全身都穿着衣服，唱着歌、吹着口哨，沉浸在令人激动的色彩里。

几个小时后，他用手指过滤着泥土，努力回想着他小时候看过的一部电影。在他脑海中，他仿佛看见银幕上有一位长腿金发美女。一个小时后，他睡着了。

第二天早晨，女人们来河边找他，将他带回村里，喂他吃饭。他虚弱无力，浑身疼痛。这些都被完整地记录了下来。村里招募了一位特务，一直在跟踪雷尔，记录了他全部的举止、情绪和身体状况。三天后，雷尔将出发去军营，在那里，他将遇到一位他只知道名叫阿拉夫的人。特务记下了雷尔的离开，猜测着他将要去哪里。他只是猜测，但猜得很准：这个城里来的人去了河边，过了桥。有些日子，当风向对的时候，特务能听到枪声。他确信，一定有什么大事在附近发生。

第十二章

那幅画像铺开在咖啡桌上，磨烂的边缘用杯垫压着，维克多根本不愿看它。他对于这个男人——确切地说，是他的画像——并不感到好奇。他只看了一眼，就断定他的父亲真是其貌不扬。他满头白发，五官平平。或许这幅画像画得不好。它根本没有体现出艺术家的想象力：只是一个人在不知情时的平淡表情，看上去昏昏欲睡。在画中，雷尔脸上没有笑意。维克多瞥了一眼他的脸。他没有关于父亲的记忆，因此无从比较。他并没有猜测父亲与记忆中有任何相似之处，事实上是，他的记忆中根本没有父亲。

诺玛请马诺重复他刚才说过的那句话。

“他是维克多的父亲，”他重复道，“对不起。”

整个客厅陷进了一片深深的沉默里。诺玛往后坐进沙发里，脸上泛起一片绯红色，维克多以前从未见过她这副表情。她没有哭泣，眼睛直直地看着前方，点着头自言自语。很多次，她想说点什么，但却欲言又止。这片沉默令人不安。维克多觉得他应该去别的地方。他期望他的老师能说点什么，但是马诺也一直保持着沉默。诺玛看了一眼那幅画像，又看了看他，直到维克多觉得自己在被审视而不自在起来。她向他伸出手，他却突然害怕了。这些人一直都在令他失望。“维克多。”诺玛叫他，但是男孩开始往后退缩。

这次，他没有逃到大街上，而是穿过唯一的门去了厨房。诺玛和马诺由他去了。厨房门突然推开了，维克多认为是马诺母亲的那个女人吓了一跳。他忽然置身于另一个世界，一个更加温暖的世界。她手中的汤匙掉了下去，掉进了火炉上的锅里。她朝维克多疲惫地一笑，小心地将汤匙捞了出来。她举着汤匙，上面还冒着热气。“孩子，你没事吧？”她问。

维克多觉得他无需回答这个问题，马诺的母亲也并不期待他的回答。事实上，她轻轻地吸了一口气，接着说了下去。维克多从餐桌下面拉出了一张椅子，他还未坐下，她已经开始漫无目的地说起马诺和他小时候的故事：“……你能来看你过去的老师真是太好了，你看起来是个很会为别人着想的孩子，我知道以利亚在丛林里过得很辛苦，他小的时候是个好孩子，长大后也能成为一名好老师。我不管考试结果。他是个好孩子，一直都是，他以前养过一条狗，不过是条街上的野狗，他却帮它梳理毛发，训练它，我敢说所有人都喜欢他，上帝是仁慈的。你一定很喜欢他，是吗？”

“是的。”维克多回答。

“哦，你是个好孩子，谁说不是呢？”

过了一会儿，她为他加了些茶，还为他盛了一碗汤。汤碗里有一条鲜美的鸡腿，从汤里露了出来。维克多的嘴里开始流口水。她用围裙擦了擦汤匙，将汤匙放在了碗旁。维克多并不需要劝说，也无需那根汤匙。他集中精力对付着汤里的鸡腿，犹豫了一下这样是不是不符合餐桌礼仪，但这个念头转瞬即逝。这不重要。马诺的母亲背对着他，在水池里清洗着几个盘子，气喘吁吁地东拉西扯：她说，她的丈夫因公外出了。他开着一辆卡车，车上装满了电子产品——你有没有注意到正门旁那箱塑料计算器？“那些是从中国进口的。”她满怀崇敬地补充道，维克多喜欢她的声音。“你母亲很漂亮。”她说，那时他正夹起吃到一半的鸡腿。

维克多抬头看了一眼。他思索了片刻才听懂她的话，犹豫着需不需要解释。“谢谢你。”他回答，同时心里决定了无需解释。

“万一，”诺玛曾经问她的丈夫，“万一你发生什么意外怎么办？在丛林里？”

现在，这个问题看起来既幼稚又可笑，然而她记得她曾经问过这个问题，那时她对他在丛林里的一切一无所知，十分信任他。或许她永远都不想知道。雷尔朝她微笑，说自己“一直很小心”。现在想来，他那句“一直很小心”可以有多重含义，尽管并非他本意。她想，他根本就没小心过。他让丛林里的某个女人怀了他的孩子，并且很可能他自己已经遭遇不测。因此有了这个孩子，有了她独守空房的十几年，满怀希望地祈祷着她无辜的丈夫能够毫发无伤地离开森林。她相信这一点吗？她相信过这一点吗？诺玛意识到，她成了自己一直怜悯的那些女人中的一员。更糟的是，她酿成了自己的悲剧：一些细节经过了修改，以适应现在的时代，虽然她衣着光鲜，却以传统的方式被欺骗，老派、无趣、屡见不鲜。现在，她和过去一样孤单。她很确信，在这样的时刻，她应该以极端的行为进行发泄：摔碎一件传家宝、撕碎照片，或者毁坏一件有价值的东西，例如一件衣服，然而她正在一个陌生人的家里，在城市远离她的公寓的那一侧，远离她与雷尔共度的这些年的假象：奇怪的是，她眼前浮现出一只燃烧的鞋子的画面。如果她是别人，或许她会大笑起来。在她的内心深处，她想恨那个孩子。她闭上了眼睛，听着自己的呼吸。马诺没有来添乱；除了不停地道歉，这个可怜的男人完全不知道该说什么。诺玛不明白他因何而道歉：为了这个坏消息？为了这幅画像和它所代表的意义？诺玛心想，我应该问清楚。我应该刺激他，看他知道些什么，但这一刻已经开始过去。孩子去了另一间屋子里，她独自与这个陌生人、这幅画像，以及这条消息共处一室。

“我能为你做点什么吗？”马诺问。

她睁开了眼睛问：“有酒吗？”

“我家没有酒。我母亲不允许喝酒。”

“真遗憾。”诺玛说。

“所以我父亲从来不待在家里。我们出去吧？”

诺玛摇摇头，问他有没有什么别的要告诉她。“不是说这个还不够坏。”

“没有了。”他说。他们沉默了片刻，马诺问他们要不要留下来过夜。

他们还能去哪？在城市里，他们已经无处可去。她含糊地提到她一个人住，话一出口便觉得十分尴尬。现在还没到将一切和盘托出的时候。这个马诺已经了解她生活的一部分，连她自己几分钟前还不知情。她想象着，这个国家里一定有一些地方，那里没人知道她的姓名和声音，在渺无人烟的某个荒野里，那里尚没有收音机，她可以融入其中，继续保持独身，带着她的失望，安静地生活下去。

“我们会留下来，”她点了一下头说，“除了我以外，还有人知道吗？”

“村里吗？不，几乎没人知道。”

“但他们都认识我的丈夫？”

“当然，”马诺回答，“阿黛拉——维克多的母亲——告诉我，他每年来三次。”

“有时候四次。他那时候在研究……”诺玛的声音低了下去，一种无助的感觉。“哦，他对我说过什么都不重要，对吧？”她颤抖着声音问。他还有什么谎没撒过？这个第三者——一想到这，诺玛几乎要吐出来，这个丛林里的荡妇和她的雷尔在一起，他们紧紧地抱在一起，她仿佛能看到他们的汗水、闻到他们的气息。他们愉悦的面孔出现在她的眼前。她遮住了自己的眼睛，说不出话来。

“我很难过，”马诺说，“我并不想告诉你这个。”

“我也并不想听。”诺玛透过指缝向外察看。

他点点头，接着低下了头，看着自己的膝盖。“诺玛小姐，村里的人都很爱您。”

她拉着他的手，向他表示感谢。“这幅画像，”她问，“是从哪来的？”

“村里曾经来过一位艺术家。很多年前了。”

她回头看着那幅画像。“他的头发都这么白了。”她说。她已经记不清她最后一次看到他的时候，他是不是这么显老。

她的心很痛。她本来想让马诺解释，但却没那么做，或者说她做不到。厨房里传来了一声压低的声音。

“他没有成功，是吗？”诺玛问。

“女士？”

“我在问你，他有没有活下来。”

“您不知道吗？”马诺说。

“难道你看不出来，我什么都不知道吗？”她努力抑制住自己，没有大叫出来。

“他们把他带走了。这是维克多的母亲告诉我的。”

“他们？”

“军队。”

“哦。”诺玛轻声说。

当雷尔去丛林里看望了他刚出生的儿子回来之后，他下定决心要结束他的一切活动。自从叶里温失踪以后，他再也没见过他的联络人。这一切太累了。他第一次觉得，他将丛林里的一部分生活带回了家，既强烈又真实，像一个细菌，像一个诅咒。他曾经谨慎地维持着他生活中的分界线，如今这个分界线已经被逾越，变得无比复杂。他发现自己会站在一个父亲的立场上考虑这个孩子：无论在什么时刻，他的内心都充满骄傲，膨胀着猝不及防的父爱。他最想和诺玛分享这一见不得光的喜悦，但这令他感到羞愧。他有什么权利高兴？然而，他仍然情不自禁：这是生物本能，是伴随人类进化而来的。他希望能有一张钱包大小的孩子照片——给谁看呢？他猜想，应该是陌生人吧。在公交车上，他可以装作一名真正的父亲，从没犯过错。很多次，他打了个大大的哈欠后，向邻座的乘客（往往是女乘客）解释：他很累，因为孩子一夜没睡。他说这些的时候，脸上一副洞察一切又若无其事的表情，至少他装作如此。他喜欢那些女乘客听了以后对他微笑的样子，喜欢她们点头表示理解的样子。她们提到自己的孩子，拿出孩子的照片来，互相说些美好的祝福。在家里，他和诺玛每晚都做爱；在他的坚持下，他们回到了最初在一起时的热烈缠绵：他们早晨做爱，晚上吃晚餐前做爱，睡觉前也做爱。诺玛很开心，他俩都很开心，直到那些灰色的念头闪过，令他想起自己是个怎样的人，他撒过谎、犯过错，有一天，还会从丛林里领回一个孩子，把他带到城市里抚养长大。必须是这样的：他的儿子必须接受教育。他不可能将他的儿子留在丛林里，不是吗？但是他一定要先和诺玛生一个孩子。雷尔乐观地想：两个孩子，真是太好了，这样，她会原谅他的。

在学校里的一天，他决定出去走走。这是两节课中间的空隙，有一个半小时的时间，本来他可以留在教室里看看书，或者批改学生论文，但那天下午天气很好，微风徐来，天空看上去就像是透明的。学生们三三两两聚在一起，雷尔忽然意识到，他几乎已经记不清他的大学时代了。大学来得并不容易——他记得这一点。为了上大学，他花了一年的时间。读了三年大学后，他去了“月球”，一年后他回来继续学业，他大学生活的两个部分似乎毫无关联。他遇到了诺玛，又遇到了那个穿着皱巴巴西服的男人，这两个人改变了他生活中的一切，他曾经以为自己很了解的一切。雷尔从校园走到了大街上，转进了大学校门旁那个街角。那里有一个书报亭，一群年轻人双手插在口袋里阅读着新闻。雷尔买了一份体育报纸，浏览着标题。一辆深褐色的轿车停在街角，车窗打开着，传出了收音机的声音。司机戴着一副反光遮阳镜，手指轻触着方向盘。一本女性杂志摊开在车的仪表盘上。在更远处，一顶破旧的雨篷下，穿着绿色汗衫的男人正在卖小狗。一张斜斜的木桌上放着一只笼子，里面有五六只小狗：它们都紧闭着眼睛，个头很小，它们打着哈欠醒过来，摇摇晃晃地走了几步，又睡了过去。这些小动物正在上演一出好戏。一群孩子拉来了他们的母亲一起看。一名黑头发的小男孩紧张地将他的手指伸进了笼子里，一只热情的小狗慵懒地舔着他的手指，小男孩发出了欣喜的尖叫声。雷尔站在那里看着这一幕，腋下夹着一叠报纸。他意识到，他看的是那些孩子，不是小狗。雷尔想着，我要把我的孩子带回来。为什么不呢？我会给他买条小狗。他的眼前浮现出家庭生活的温馨画面，不禁微笑了起来。就在那时，有人拍了拍他的肩膀。

“叔叔。”他对着雷尔喊道。

他有一张中学生的脸，或许还没到刮胡子的年龄，但是他的穿着好像有点异常。“叔叔，你在读什么？”

“你说什么？”

“你拿的是什么？”年轻人指着雷尔的报纸问。

“体育报纸。怎么了？”

年轻人皱皱眉。“听我说吧，”他从口袋里取出一张工作证，在雷尔眼前晃了一下，他的动作很迅速，以至于雷尔只看得到它一闪而过。“请出示您的身份证，”他压低了声音说，“别在一群孩子面前大呼小叫。”

“哦，”雷尔说，“这样啊？”他笑了。现在的便衣警察越来越年轻了。他早已习惯了这些，再也不会犯第一次见到诺玛那个夜晚他犯的错误。现在的规则是，只要给他们看个证件就行了，随便什么证件都行。他们不是刻意来找你的，如果他们是刻意的，他们早就把你带走了。雷尔从裤子后面的口袋里掏出了他的钱包，拿出了他在大学里的证件。“别在孩子面前大呼小叫。你多大了？”

“我拒绝回答这个问题，”便衣警察将证件翻过来看了一眼，点点头。“教授，我猜是你。特尼是我的上司，”他说着将证件还了回来，“跟我来。”

“特尼？”

便衣警察点点头。

“我一定要跟你走吗？”

“你应该这样。”

他们一起沿着街道往下走，经过了下一个十字路口，那里的街区开始变化。雷尔打定主意不看那名警察。云层开始变薄，几乎已经晴朗了。在路边残破失修的公寓楼里，有个男孩从二楼窗口探出头来，瞪着大大的眼睛看着街道。雷尔朝他挥挥手，他也朝雷尔挥挥手。这栋公寓楼年久失修，仿佛是靠里面不幸的居民们用晾衣绳连在一起的。男孩缩到了窗帘后面，一会儿又从窗帘后面钻了出来，手里拿着一只圆鼓鼓的泰迪熊。男孩和熊一起挥舞起来。

在街角，雷尔和这名警察拐进了一条没有铺砖的路，路上几乎没什么人。一名妇女将她的衣服泡在一桶水里，没有抬头看他们。这时他们离大学已经有好几个街区了。“我们这是在做什么？”雷尔问。

便衣警察挠了挠他的太阳穴。他再次取出了他的工作证，递给雷尔。“你知道，这张工作证是真的。你应该对我尊重点。”

雷尔耸耸肩，将工作证还给他。

“我认识你叔叔。他训练过我，我在他手下工作。直到他们决定对付他。”

“所以呢？”

“我欠他很多。我很爱他。他对我很好，因此我要回报他。”

“所以你跟踪我？”

“不，是给你忠告。”

“我守法生活。”

警察还只是个孩子：“所有的好人都这样。”

“特尼就是。”

“是不是你们所有人都这么粗鲁？”

“我们所有人？”

“你知道我在说什么。”

雷尔皱皱眉。“我发誓我不知道。”

“听着，我只是把我知道的告诉你。我在一张名单上看到你的名字，你的两个名字。”

雷尔抬头看着他：“那个名字已经很多年没用了。”

“好。别再用那个名字了。那张名单上的一些人已经不在这个世界上了。”

他们已经走到了街道的尽头，于是沿原路返回。那个女人已经洗完了衣服。当他们经过时，她咳嗽了几声，随即温和地问他们乞讨。她伸着手跟着他们走了一段路，但她的声音并不果断，年轻的警察赶走了她。当他们回到大街上，便衣警察开始往大学的反方向走。“你曾经去过‘月球’，是吧？”

雷尔点点头。“很多年前。”

“这些天，那里很热闹。你一定不想回去。”

雷尔无话可说。

“特尼应该得到更好的礼遇。”这名警察说。

“我们都应该得到更好的礼遇，”雷尔说，“这个世界亏欠我们。”他谢了那位年轻人。“看，我们不都是粗鲁的。”

“很高兴听到这个。小心点，仅此而已。”年轻人伸出手，雷尔与他握了握手。他们在大街上分道扬镳。

“妈妈，”马诺说，“你让她很无聊。”他双手抱臂站在厨房门口。维克多正在喝那碗汤，桌上躺着一块鸡骨头。

马诺母亲的脸刷地白了：“以利亚，别这么粗鲁。”

“太太，汤很美味。”维克多说。

诺玛轻拍着他的头。

“您的孩子真懂礼貌，”马诺的母亲对诺玛说，“不像我儿子。”

“妈妈！”

“太太，谢谢您。”诺玛说。

马诺的母亲慈祥地一笑。“你们今晚会留下来吗？”

诺玛表示他们会留下。马诺的母亲点着头，赶紧去准备床铺。他们会睡在马诺的房间里，诺玛几乎来不及回答她。厨房里此时只剩下他们三个人。维克多已经吃完了，碰都没碰过那把汤匙。他将椅子转过来面对着诺玛和马诺，他们俩都坐下了。他们还有什么可做的呢？

“你想了解你的父亲吗？”诺玛问。

孩子点点头。她记不清楚时间过去了多久：一年，还是一天？是孩子长大了，还是她变老了？他长得根本不像她的丈夫，至少她找不出任何相似之处：或许是因为他还很年轻，但是他瘦削的面庞和黝黑的皮肤一点也不像雷尔。他有一张小小的嘴和光滑的面颊。雷尔的眼睛是褐绿色的，这个孩子的眼睛却几乎是黑色的。他真的是雷尔的孩子吗？诺玛做了个深呼吸。这些都不是这个孩子的错。她努力让自己的声音保持平静，“我遇到他的那个夜晚，”她开口说道，“一些坏人把他带走了。他们伤害了他，后来又将他还给了我。我一直都知道，他们会再次把他带走。他长得很英俊，至少我这样觉得，还很聪明，像你一样。他让你来找我，证明他一定很爱你。”

马诺清了清喉咙。“几个月前，你母亲告诉过我，她希望将来有一天你能见到诺玛。她一定没想到，这一天这么快就来了。”他低头看着自己的脚。

维克多擦着自己的脸。“好的。”他说。

“这些事情太沉重了，是吧？”

孩子无言以对。

“是的，太沉重了，”诺玛回答，“你知道的，今天早晨我离开了电台。他们一定在找我们。” 她不知道自己在对着谁讲话。诺玛站了起来，转过身去。她打开了冰箱，心不在焉地往里面看了一眼，呼吸着冰箱的冰凉气息，随即又关上了冰箱门。她心想，我应该爬进去，将自己关在里面，就这样死去。

她腰酸背痛。

“在这里，他们不会找到你的，”马诺说，“他们不会来这里找你。”

“谁在找你？”马诺的母亲问。她刚刚走进来。

“没有谁。”马诺回答。

“事情很复杂。”诺玛补充道。

马诺的母亲看上去有点受伤。“看得出来，你们都不累。”她沉默了片刻说。她举起了自己的双手。“你们三个能帮我点忙吗？”

诺玛、马诺和维克多跟着她从厨房走进了餐厅。餐厅角落有一个被人遗忘的储藏柜，里面装着半柜子的玻璃器皿，移门上有一道长长的裂纹。储藏柜外面是一块方形的草地，长宽不过两米。外面亮着一盏灯，诺玛可以看到那片草地照料得很好。她朝马诺的母亲笑了一下，这个可爱的女人。

马诺的母亲也朝她笑了一下，指了指桌子。桌上放着一张白纸板，上面有个拼到一半的拼图，每个角落都堆着一堆拼图碎片。诺玛俯身看那幅尚未成形的画面：那里有黄色的建筑，远处有一座山，近处长着一两棵棕榈树。

“这是什么？”诺玛问。

马诺的母亲递给她一个盒子。显而易见，这是旧街区那里的广场：擦鞋的男孩们坐在教堂的台阶上，穿着背心裙的女子在闲逛，撑着一把遮阳伞以遮挡明亮的阳光；在图片的中心，铜管乐队正在演奏一首爱国歌曲，小号竖得很高。诺玛本来可以在拍这张照片的当天去那里的。人们很轻易地忘记了这座城市曾经美丽过，那座优雅的广场曾经是这个国家首府跳动的心脏。

“我只是喜欢拼图。”马诺的母亲说。

他们都坐下了，维克多跪在椅子上，每个人都抓了一把拼图碎片仔细筛选着。诺玛心想，太聪明了，马诺的母亲真是太聪明了。诺玛想要抽泣，她低头凝视着那张桌子。拼图突然令他们所有人都免于开口，他们迅速地融入了它的旋律：检查每一块拼图碎片的颜色和质地，扫视整个盒子看它应该放在哪里。这是她的城市过去的模样，她和雷尔曾经在此坠入爱河。

马诺的母亲拿起了盒子。“我在这里长大，”她对维克多说，粉色的小拇指指着广场附近的一条小巷子，“就在三个街区以外。”她微笑着，用手指梳理着她的白发。“那时候还是一个小村子。”

诺玛的母亲也曾经管这里叫“村子”，例如“你父亲和村子里每个荡妇都睡过觉……”然而城市发生了天翻地覆的变化。当诺玛还是个小女孩的时候，她曾经沿着广场的四周散步。现在，广场已经不见了。对于大部分这里的居民而言，广场的名字唤起的不是不久以前的这幅画面，而是最近的一些记忆：战争结束那年，这里曾经发生过一场大屠杀。当诺玛还是个小女孩的时候，每逢星期天，诺玛会跟着父亲去那里，观看行进中的乐队。这是那时候的一项传统：随着一声钹响，居民们都从他们的幻想中惊醒过来，暂时放下了手中的一切。几位音乐家和一位乐队指挥穿着黑色西服，衣冠楚楚，在人群中传递着帽子。有一次，当帽子里的钱达到一个可观的数目时，乐队指挥将他衣领上的花取下来，别在了诺玛的耳后。他咧嘴一笑，露出了嘴里稀疏的牙齿，他宣布着下一首歌的歌名，要将它献给“一位公主”。他就是那么说的！那时候，诺玛九岁，拥有白皙的皮肤和美丽的眼睛。她穿着一件点缀着黄色花朵的连衣裙，所有人的目光都落在她身上。父亲在她耳边轻声提醒她应该回以屈膝礼，她依言照做，周围的人群报以赞赏的掌声。即使是现在，接近四十年过去了，她仍然在向观众点头致意，谢谢，谢谢。她的脸上浮起两朵红云。

在家乡，他们也玩游戏，但是和这个不一样。有时候，他们在森林里玩捉迷藏，模拟着丛林动物的吼声吓唬女孩们。多么愉快的记忆。孩子们轮番对老人讲过的故事添油加醋：关于大火与战争，关于半夜里突然改道的河流，还有那些讲着古老印第安方言的印第安人。

那是个奇怪的时代，维克多置身于一群陌生人当中。他从未问过母亲任何关于城市的问题，也没有别人值得他去问。很多人讲过关于城市的故事，但他们也是道听途说。有一次，尼克跟随他的父亲去了一趟州府，回来后声称他看到一本城市来的杂志。一些年龄更小的孩子根本不知道什么是杂志；尼克用这个词代替“书”。“但是里面有很多图片。”他解释道。“关于城市的图片。”他补充说。但是孩子们都在好奇到底是什么图片：说具体点，请告诉我们吧——他们都迫不及待地想知道。尼克说得不多。他忸怩作态，洋洋得意。这是他吸引大家的方式，脸上带着一丝狡诈的笑容，故意有所保留。他开始描述：图片上有宽阔的街道，锃亮的汽车。“铺着柏油。”他强调，孩子们点着头。图片上还有大型的工厂、喧闹的机器，还有拥挤的公园——等一下。

“喧闹的机器？”维克多问。他情不自禁地问了这个问题：“它的图片是怎样的？”

尼克抓住一个小男孩的肩膀，摇晃着他。“就像这样。”他回答。大家都笑了，连那个被摇晃的孩子也笑了，他因为自己被选中而备感荣幸。

“还有什么？”维克多问。

尼克皱了皱眉，接着说下去：教堂、广场、火车。他只说出了这些名词，孩子们急于听到更多更新的内容。当尼克说出“高大的建筑”时，孩子们发出了一声长叹，维克多首当其冲。那里当然有高大的建筑——那里不是城市吗？所有人都听过。

尼克笑了。“哦，是的，你很了解城市，是吧？”他直直地看着维克多。尼克捡起一根棍子，对维克多说：“那你画吧。”

“画什么？”

“城市。”

维克多笑了。“城市是画不出来的。”他大笑起来。令他惊讶的是，所有人都跟着他笑起来。

“是啊，尼克。城市是画不出来的。”他们附和着。他们故意将那个词拖得很长：画——画。

但是如果他画过呢？如果你能画出来呢？这不是他想象出来的：不是周围的这些人，不是这栋房子。不是这幅拼图，不是收音机，充满了光线和金属。不是任何这些：不是诺玛和她的谜，不是维克多记不起来的父亲的画像，不是那个名单，不是广告，不是那个诅咒他们的卖面包的妇女。把城市画出来：黑暗而稠密，一个无法打开的死结。高大的建筑，的确是。锃亮的汽车——他还没遇到一辆。维克多闭上眼睛，打了个哈欠。这是他记忆中最漫长的夜晚。他知道，外面一定很冷。

从出生到现在，维克多撒过三个他认为重要的谎言。第一个是对他的老师，不是马诺，是之前的那位老师。维克多在一场地理考试中作弊了——每个人都看过他父亲留下的地图。他让他们看的；那是镇上仅存的地图。随着时间的流逝，这件事变得越来越不重要，但是他仍然能够回想起当天的焦虑。第二个是对尼克：我不记得了。当维克多说这个的时候，他下巴一沉、表情冷峻，十分有说服力，连他自己都几乎相信了。你发誓，尼克说。我发誓。维克多毫不犹豫地照做了，尽管他从未真正淡忘塔迭克的记忆。第三个是对他的母亲：母亲曾经问过他，你记得你的父亲吗？听着她颤抖的声音，看着她眼里了无生气的悲哀，维克多觉得自己只剩下一个正确答案。当他点着头，母亲将他拉到怀里呜咽起来。她根本不可能真正相信他。

雷尔琢磨着这个问题：你没有退出反政府军——如果你从未加入过，怎么退出？如果连你和你的联络人都不承认反政府军的存在，怎么退出？整个局面不时被影射，仿佛这是刚刚破土而出的，势不可挡。各种评论纷至沓来，你的举止间接地影响了这场战争，但却不能对任何人承认，包括你自己。你和所有国人一样读着新闻，对于事态的恶性循环哀伤地摇着头。你不允许自己感到应该对此负责。

即使到了这个时候，战争发生以后的第九年，仍然有几家胆大的报社和电台在质疑：有组织的武装暴动是否真正存在。如果听说过去武装暴动并不普遍，该多么令人震惊。他们说，政府臆造了这一组织，明显是为了操纵恐惧的人们。那么丛林里的军营——雷尔亲自拜访过的那些军营呢？一派胡言，那些是暗室里伪造出来的照片。他们说，反政府军代表着国内各地的众多民愤，不满的人们借此发声，在一把隐形的大伞下，被当权者们混为一谈。这代表着，管理阶层和知识分子阶层根本不理解人民有多么不幸福。每个手里拿着块石头的愤怒的年轻人——他算是颠覆分子吗？学识渊博的分析家们对此嗤之以鼻，认为这是不可想象的，然而雷尔听到后却暗想着：是的。他们是颠覆分子，至少其中有一个是。无论他知道与否，那个年轻人正在从事我们的工作。我们的计划包含他在内，就像反政府军还没有名字前就包含我一样。

经过这些年，雷尔对这项计划有了直观的理解。他们协调一致，攻击较为薄弱的政府权力机构，例如偏僻的警察分局、遥远村落里的选举投票点等。他们发动了一场宣传运动，渗透进报社和电台；他们在丛林里建立军营，从事武器训练，为最终对首都发起总攻作准备。与此同时，他们不时在城市里策划绑架事件以索取赎金，用于让海外支持者们购买武器和炸药。他们也在监狱里发起大胆的越狱事件，震撼寻常百姓。从来没人给他看过手册，雷尔也不知道由谁决定攻击哪些目标。公报上径直署名“中央委员会”，一夜之间出现在城市的大街小巷，仿佛从天而降。暴力事件不断升级：整座城市被包围，四处蔓延着恐怖情绪。在上级的命令下，整场运动依赖于各方力量不断的武力升级，不时有无辜者被杀害，或者著名的反政府军支持者失踪，并从这些事件中获得力量和意义。

这一切意味着什么？

政府声称民愤可能会集中起来，并通过某种形式的暴力行为得到发泄，这是多么荒谬！一次汽车爆炸与贫困有什么关联，处决一位郊区镇长对于剥夺公民权有什么意义？然而，雷尔仍然参与其中长达九年。战争已经变得不可理喻，即使它刚爆发时并非如此。整个国家迅速下沉，陷进一场噩梦，有时恐怖、有时荒诞；在城市里，人们对于战争的不可理喻只感到十分惶恐。战争到底是始于一次无效的选举，还是一位著名议员的谋杀事件？到现在，谁还记得呢？他们曾经是抗议的学生，感受到愤怒的民众那令人震慑的力量，用同一个声音呐喊着——然而，那已经是很多年前的事了，如今早已时过境迁。没有人还相信那些，不是吗？战争让所有人都精疲力竭。现在，城市里充满了梦游者，不时有炸弹在哪里爆炸，大停电每个月发生一次，这类消息都印在言辞犀利的传单上，像购物广告一样塞在汽车雨刷下面。每两个星期，政府发动那些训练不精的年轻士兵们反击一次，其中一两名士兵死于双方交火，支持者们走上街头，挤满了长长的街道，与粗暴的警方交锋，随即赶回家中，在当天晚上的电台节目里听到他们自己的新闻。部队行进变成愤怒的骚乱，建筑物在火中熊熊燃烧，消防员们却在袖手旁观，恶性循环、无休无止。

“你恨他们吗？”雷尔的联络人以前曾经问过他。当雷尔回答不的时候，这位穿着皱巴巴西服的男人摇了摇头。“年轻人，你读的诗歌太多了。他们一定很恨你。”这已经是九年前的事情了。即使是那时，士兵们已经开始向手无寸铁的人群开枪。即使是那时，任何稍加留意的人都已经知道即将发生的一切。然而他们一起卷入了这场漩涡，在接下来暴力的九年里，起义者和政府携手并肩、翩翩起舞。

雷尔希望，当他的儿子长到步枪那么高之前，战争就能结束。

他曾经在军营里遇到过那些大孩子，不过十四五岁光景。在他见到他自己儿子的那一次，他遇到了那些大孩子们。他们的家乡十分偏僻，有些来自于郁郁葱葱的陡峭峡谷，有些来自于岩石嶙峋的海边，还有些来自于寸草不生的沙漠里，像1797村一样的地方。他们脸庞坚毅、面无表情，根本不关心子弹有什么用。他们不希望自己死去，盼望着有一天能亲眼见到城市。他们中间流传着城市的传说，提到沿着建设中的宽阔街道行进，获得解放者的礼遇。这是指挥官们告诉他们，让他们期待着的。什么时候？他们问。很快，下个月，明年。当实现武力均衡的时候。“均衡”是什么意思？我们会占领首都，指挥官们说；大孩子们重复给雷尔，他可以看得出来，他们都相信这一天会到来。与此同时，他们在丛林里制作炸弹。他们一点都不知道战争意味着什么，也没有人问过。他们很高兴能够离开家乡。每个月，他们都会去附近的小镇，杀害一名牧师，或者烧毁一面飘扬在警察局上方的旗帜。他们在桥上伏击过军方车队，对着那些和他们年纪相仿的士兵开枪，那些年轻的士兵们和他们一样，来自于偏僻的家乡。军费充裕的月份，他们能收到现金酬劳；但当军费紧张的时候，他们只能收到期票，战争胜利时才能兑现。因此，雷尔这个城市里来的人经常从这些十分实际的年轻人这里听到同一个问题：“先生，”他们问，“我们会胜利的，是吗？”

开始，雷尔不明就里。后来，他才明白这些年轻人还在惦记着那些钱。“当然，”他宽慰他们，“我们一定会胜利的。”

在城市里，人们根本不可能那样讨论战争。雷尔觉得那是一场求生的比赛。如果他能等到所有的武器都被放下，如果他能活到那一天，那么他将弥补他曾犯过的所有错误。每天晚上见到诺玛，当他看到她那么爱他，他的内心十分绝望。他多么害怕自己是一个人。

有些月份，战争悄悄地进行着，雷尔却置身事外。雷尔独自去了丛林里，又独自回来。他看到他的孩子，在梦里梦到他，在公寓里愧疚而闷闷不乐。他和自己的妻子做爱，向陌生的女人们吹嘘着自己的孩子。他被警告将一切放下；在叶里温消失十个月后、他遇到那位联络人的时候，他最终决定应该这么做。

每到年底，新闻界总猜测着政府和反政府军会举行一场和平谈判。电台里和报纸上，这类消息铺天盖地。当然，这并不可能：反政府军没有公认的领袖，谁能代表他们？没有人指望真的会有和平谈判，但他们仍然谈论着这些，因为这能让他们内心觉得安慰。这与那年十二月雷尔和他的联络人见面的时候一样。他们在新界的一个公交车站见面，附近的小山延伸向首都的东南角。雷尔从不害怕见他的联络人：这座城市无边无际，十分适合藏身其中。他们走向一家昏暗的小酒吧，那其实是一户贫寒人家的客厅。天花板上仍然挂着圣诞节时的彩灯，不时投下暗红色和深绿色的灯光。他们坐在一张摇摇晃晃的桌子旁，喝着速溶咖啡。酒吧主人站在柜台后，一边听着收音机，一边翻阅着报纸。酒吧外面，在灯光昏暗的另一半屋子里，雷尔能听到一个婴儿的啼哭声。他很想说：我退出，我不干了，一切都结束了，让战争自己继续吧。他想说这些，但却没说出口。空气中烟雾弥漫，雷尔的联络人宣布他将转入地下。雷尔吃了一惊。“你也应该这样，”他说，“从现在直到战争结束。”

“结束？”

雷尔的联络人疲倦地微笑着：“一切美好的事物都有结束的时候。”

第十三章

在接近十年的叛乱里，政府已经学会了如何进行防御。它学会了识别颠覆分子，知道如何狠狠折磨他们。最终，所有的人都招供了。每个夜晚，嫌疑犯们被带到“月球”，交给野蛮原始的警方审讯：如果这些嫌疑犯太强壮，或者他们没什么可招供的（很难区分两者的差别），直升飞机会把他们运到大海上空，胡乱地扔进下面浑浊的海水里。另外一些嫌疑犯则被埋进雷尔幸存下来的坟墓里。他们当中有些人得到了释放，其余大部分人最终被埋葬在尘土飞扬的小山头上。相比而言，雷尔此前所受的待遇堪称奢侈。

在此之外更重要的是，政府开始在全国范围内广招耳目——对于一个这么大而混乱的国家而言，这并非易事。在城市里，政府雇佣了大批街头流浪汉，让他们仔细检查可疑人员的生活垃圾。这项工作成果颇丰，很多人因此被捕。政府鼓励邻居们互相举报，谁能向政府提供有用的信息，谁就能获得现金奖励。城市以外也获得了很多进展。在几乎所有的州府，甚至一些遥远的村落里，政府也安插了人员：虽然人数不多，但却能留意过往的陌生人。他们向政府提供了各种小道消息和含沙射影的暗示，但很少真正有用。

在1797村，政府的耳目正是扎希尔。他只是一位滥竽充数的特务：并不天性多疑，也不是政府的忠诚支持者，对于战争的结果也漠不关心。和很多人一样，他或许相信无论自己参加与否，战争永远也不会结束。然而，他是一位勤恳的父亲和一名尽责的丈夫，为了他的家庭，他很乐于接受这笔数额虽小却源源不断的酬劳。他唯一的使命是留意周围发生的事情，而他早已承担了这一任务：作为留在1797村寥寥无几的壮年男子之一，扎希尔视自己为这里的首领。与其他留下的人不同，他既不酗酒，也不糊涂，因此广受村里人的喜爱。他已婚，膝下有一儿一女，还有一小块贫瘠的土地。尽管他的新职位是秘密的，扎希尔仍然认为这是对他是村里首领的一种认可。1797村的大部分人可能都不知道扎希尔能够阅读。

当雷尔的儿子出生的时候，扎希尔已经成了这方面的专家，监控着经过村里进入森林的陌生人。他们停下来休息一两天，往往精疲力竭，通过他们走路的样子，扎希尔能判断出他们不是从热带来的。他寥寥几笔记下了他们的举止，写下偷听来的只言片语，猜测着他们的口音来自哪里。他们的脸上透露出内心深处的疲惫，这几乎是他们的共同之处。

在扎希尔的孩提时代，1797村里几乎没有书。一次，一位经过村里的路人留下了一本犯罪小说，作为给村里人的礼物。这本书引起了轰动。村里有一位识字的老人，他主动承担了将这本小说讲给孩子们听的任务。在之后的一个月里，他朗读着书中的故事，扎希尔深深地着了迷：书中有戴帽子的侦探，有始终叼着根烟的男人；丰满的女子在偏僻的酒吧里饮酒，还不时会出现一把枪，伺机开火。书中描述的城市里充斥着流氓帮派、锃亮的汽车和走不通的死胡同，勇敢的男人们在那里持刀搏击，直至其中一方倒下。没有什么比这个更激动人心的了。像所有这个年龄的男孩一样，扎希尔热爱书中阴沉的紧张气氛，因此阅读这本小说成了一年一度的盛事，直到那位老人过世。这本小说后来丢失了，或许是村里人将它给老人陪葬了；扎希尔已经不记得了。到那时为止，他的教育已经结束。

成为一名告密者以后，扎希尔多年来第一次想起了那本书，仿佛被一段遥远的恋情所击中。他决定他的报告应该像那本小说一样，然而令他沮丧的是，事实并非如此。整个村子被一场阴暗隐秘的运动所填满，扎希尔根本无法解释。至于那些陌生人，根本不足以猜测他们从哪里来、往哪里去。他想记下那些人的脸，但无论他如何描述，他们看起来都不够可疑。

由于雷尔的频繁往来，他成了扎希尔第一个准确描述的对象。扎希尔当时并没有多想，也不觉得这是某种形式的背叛。这只是一项练习：将单词组合在一处，将音节拼在一起，一幅画像随之跃然纸上。写好以后，他多次修改润色，直至臻于完美。尽管他为自己的写作感到自豪，但并不觉得应该给任何人看，至少时机未到。这个人到底是谁？像村里所有人一样，扎希尔看到阿黛拉与他说话时卖弄风情的样子，他们对此既不认可，也不反对。事实如此而已。这个陌生人友好而礼貌，尽管并不高谈阔论。他每年来三次，有些年更为频繁。他和阿黛拉待在一起，之后便去了森林里。他们说他是一名科学家。当然，1797村没有人知道他叫雷尔。

接下来的一个月，当扎希尔去州府递交报告时，他在另一个口袋里带上了对雷尔的描述——精心编辑过的三页纸上，扎希尔描述了雷尔的肤色、笑容和音质，还为他编了段故事：这个人是反政府军的头目、一名游击队员，他是焚烧轮胎的始作俑者，还谋杀了警察官员以取乐。扎希尔甚至为雷尔虚构了一段忏悔，自认为这些对话是他写过最好的东西。当然，他不会把这个给政府人员看，但他乐于知道自己可以这么做。与政府人员的见面常常令他紧张。

扎希尔走了一整天，下午三点左右才到。夜里下了一夜的雨。办公室在一条泥泞的小路上，距市中心不远，但当时无论什么都离市中心不远。

"有什么发现吗？"当他们寒暄了一番、抱怨了一通天热之后，政府人员问他。他从未透露过自己的名字，但很友好。他是从城里来的。他往后坐进了椅子里，白色衬衫的纽扣已经解开，被汗水湿透了。

"都在这儿，长官。"扎希尔回答。

报告只有两页纸。政府人员浏览了一遍，皱起了眉头。

"有什么问题吗？"

"我一直想问问你，请别介意。你读过几年书？"

"先生？"

"我是说学校。你受过几年学校教育？"

扎希尔的脸红了。从来没有人这样问过他。随着牧师的死去和镇长的离开，他成了村里受教育程度最高的人。“先生，我读过四年书，”他回答，顿了顿又补充道，“如果连牧师教我的也算，那共有五年。”

政府人员点了点头。他肤色白皙，表情阴郁，但当他微笑的时候，他的神情十分柔和。现在，他微笑着示意扎希尔坐下。“你知道的，我喜欢你。你工作认真负责。我令你难堪了。别这样。听我说……好吧……这么说吧，我有个礼物给你。”

他打开自己的桌子，从里面拿出一本小册子。“我让人寄了这个来给你，从城里寄来的。”

那是一本红色的小册子，小到可以放到扎希尔的口袋里。他快速地翻了一遍，发现里面的字印得很小，比牧师给他看过的《圣经》还要小。扎希尔以前从未看过这样的书。“这是什么？”

“没什么，这是一本字典。作为一名村里人，你很聪明，”政府人员说道，“我觉得你可能会喜欢它。它里面有单词，单词后面还有释义。”他递给扎希尔一个信封，随后双手摊开撑在办公桌上，站了起来。“我建议你现在去市场转转，这里物价一直在上涨。”

“谢谢您，先生。”扎希尔对他说。他站起身来，朝他鞠了一躬。他的心在胸腔里猛烈地跳动。这位政府人员在取笑自己吗？他的脸上红一阵白一阵，渗出了汗珠。他将字典放到胸前的口袋里，微笑了起来。“我也有些东西要给你。”

“是吗？”

扎希尔心想，那个陌生人，为什么不呢？他突然变得充满了希望。他从口袋里取出了关于雷尔的报告，将它铺平，递给了政府人员。“这是关于一个陌生人的。一个经常来村里的陌生人。”

“他有名字吗？”

扎希尔将雷尔的另一个名字告诉了他。“他是一名科学家。”他补充道。

政府人员审阅着扎希尔的报告。他读得很慢，嘴角渐渐上扬，露出一个微笑，接着抬起头看着扎希尔。“这个对我们有用，”他说道，一脸灿烂的笑容，“亲爱的扎希尔，你真是个诗人。我知道你是。”

后来，扎希尔在字典里查了“诗人”那个单词。他当然知道那是什么意思，但他想知道它精确的含义，他记住了具体的释义，自言自语地重复着，仅仅为了品味那个音节的愉悦感。一位诗人。那一晚，他告诉了自己的妻子，但她听不懂。她装作睡着了，但他不相信，尽管孩子们就睡在旁边、与他们之间只隔着一层薄薄的帘子，他仍然胳肢着她、直到她咯咯地笑起来，随后他会跟她做爱。

“这个能留给我吗？”政府人员问道。

事情已经无可挽回。“当然可以，先生。”扎希尔回答。

他领了他的酬劳，去了州府的闹市区。街角有一家小酒吧，他买了一杯酒，接着又一杯。扎希尔独自喝着酒，在他的新字典里查着单词：村庄、城市、钱、战争、爱情。他喝了一杯又一杯，翻着他的新书，直到天色暗得看不见。当他离开的时候，已经接近黄昏，暮云聚到了一起，就要下雨了。一阵微风吹过来，暑热开始消散。他觉得自己头晕目眩。

在去等卡车回1797村的路上，他在市场上找到了那样东西。那位政府人员是对的，一切都在涨价：大米、豆类、土豆和山里来的丝兰，每个月都更贵。村里吃来吃去都是银鱼：腌制的、水煮的、油炸的，还有车前草；他们不得不凑合着吃，不是吗？随后扎希尔看到了它：一台闪闪发亮的黑色机器，配得上他——那位政府人员怎么说来着？——哦，一位诗人。那是一台收音机，在市场边缘的一个货摊上大声而媚俗地播放着。这令他感到震撼。他走到货摊跟前。他已经很多年没有听到这令人兴奋的声音了。

“能收听到所有的电台。”店员一边介绍，一边懒洋洋地调着旋钮——电流声、音乐、电流声、播音、音乐、电流声。

扎希尔忍不住微笑起来。

“今天先交首付款，六个月后你可以把它带回家。”

他毫不犹豫地付了钱，却因此夜不成眠：半年时间里，他总担心自己被骗了，然而当他每个月去州府领取酬劳时，那位店员仍然在那里，收音机仍然播放着，仍然像之前那样令他震撼。钱呢？他的妻子问，但是他从来没告诉过她。他回答说，我在投资。借助于新字典，他写得越来越多，最后他终于鼓足勇气要求政府人员加一点钱。六个多月以后，他将拥有那台收音机，用毛毯裹着带回家，毛毯外面还套着一个塑料袋，防止收音机被雨水淋湿。他的钱刚好够，他默默心算着。六个月后，他将震惊他的妻子、他的儿子、他的女儿和整个村子。他将坐在一辆卡车后面、挤在一堆米袋子里，将那台收音机紧紧地抱在胸前，就像抱着个孩子一样。这一想法令他内心充满了希望。我是一位政府雇佣的人士！我是这个镇的镇长！他的确是——除了他，谁愿意做镇长？后来，当反政府军回到村里、砍掉他的双手之后，扎希尔再也不能种地或者写东西，餐厅老板慷慨地借钱给他，他和他的家人得以活了下来。再后来，雨季来了，伴随着雨季的到来，扎希尔感到一种以前从未有过的绝望感，那时已没有战争，也没有酬劳提供给地处偏远的间谍。那位政府人员没有帮助他；事实上，他一定回城市了，因为那间办公室被木板封住了，一群不速之客住了进去，说着别人听不懂的方言。扎希尔在州府问了一圈，没有人记住那位政府人员。扎希尔还不上钱，不得不把那台收音机抵押给了餐厅老板，以此偿还他的债务。那天，他哭了。他在心中自言自语，怀念战争、怀念着那些过去的美好时光。他将字典给了他的儿子，让他好好读书，然而尼克根本不适合上学。一天，当他的老师以利亚·马诺批评他没完成家庭作业时，尼克将那本红色的小册子扔到了河里，看着它慢慢地沉了下去。

战争爆发后的第十年，雷尔的联络人已经转入地下。在城里，知识分子阶层的恐惧变得无以复加。能逃走的人都已经走了。叶里温已经死了一年，几乎没有人提起过他。

一个夏天的傍晚，雷尔和诺玛应邀去一位身份显赫的社交名媛家中参加晚宴派对。这位名媛时尚优雅、富可敌国，嫁了一位英俊而无趣的参议员。他们持有电台的股份。坊间曾有传闻，当前任电台总监发表了一些富有争议的言论之后，他们曾经秘密地推动了他的下台，并亲自挑选了埃尔默作为他的继任者。人们普遍猜测，这位参议员希望能成为总统。四个星期之前、新年的第一个星期，他在一场暗杀事件中幸存了下来。电台盛赞他是一名英雄，这场晚宴派对正是为了庆祝他死里逃生而举办的。

为了参加这场派对，他们不得不接受了两次安检：一次在正门门口，当他们从出租车下来的时候，第二次是在宴会厅门外。门厅里有几位不当班的警察，大厅的每个角落里都站着一位，还有一位远远地站在楼梯的底部。这里是色彩柔和的仙境，随处可见风度翩翩的男士和衣香鬓影的女人。大厅里流淌着柔和舒缓的音乐，略略低于人们轻声的交谈。如此富庶并不符合当时的时代：站在这里都能嗅到钱的气息，雷尔对诺玛说。

"现实点。"她低声说。为了这个晚上，她花了一个多小时精心打扮。她的秀发闪着光泽，看上去美丽动人。"我们得入乡随俗。"

女主人亲切地问候他们，为安检带来的麻烦而道歉。看上去她不并知道他们是谁，但也不质疑他们为什么在这里。她优雅地微笑着，邀请他们去吧台处拿酒水。诺玛带着雷尔穿过人群。他们看到了埃尔默，他正站在人群中间，侃侃而谈战争的意义。作为电台的新任总监，人们热切地想知道他对国家现状的看法。他朝他俩点点头，然而诺玛拉着雷尔继续往前走。一位身着燕尾服、皮肤黝黑的男士帮他们倒了酒。

"至少这杯酒很香醇。"雷尔对他的妻子说。

她亲了他一下，靠到他身前，很快将她那杯酒喝完。当她再次吻他的时候，她的嘴里有烈酒的味道。"怎么了？"

"没什么，"她回答，"我们在庆祝。"

"是吗？"他轻啜了一小口酒，"庆祝参议员死里逃生？"

"不是那个，"她让吧台侍者又倒了一杯酒，与他碰了碰杯，"我们应该去跟埃尔默打个招呼。"

雷尔皱了皱眉。"我在这里等你。"

这个要求太任性了，雷尔立即就后悔了。然而诺玛并不介意；她捏了一下他，吐了下舌头，随即走到了派对的人群里。他欣赏她的自信，却无法形容他的心情。恐惧？焦虑？这里比他想象得更吵。他站在桌旁，看到埃尔默周围的人群向他的妻子举起了酒杯，有人鼓着掌。他应该跟她一起过去的。他一个人站得很远，置身于这片人群中，竟比过去数月更加孤独。当他以为没人在看他的时候，他用小拇指搅拌着他的酒，随即大口喝了下去。

"啊，一位品酒家！"雷尔闻声抬起头来。一位红头发的女郎在朝他微笑。"您是诺玛的先生，是吗？"女郎问他。看到他点头，她补充了一句："她会成为明日之星。"

"她已经是了。"雷尔回答，声音里有点不确信。

"给我一杯同样的酒。"女郎吩咐吧台侍者。"但让我自己调。"她冲雷尔眨了眨眼睛。

女郎和她的同伴们一起来吧台续酒。他们都认识彼此，看上去彼此之间很熟悉，友好地挤来挤去以吸引吧台侍者的注意。天还很早，然而那位女郎目光呆滞，看上去已经喝醉了。"加入我们，"她对雷尔说，一边懒洋洋地招了一下手，"我们正谈到……哦，我不记得了。先生们，我们刚才聊到哪儿？"

"关于世界？关于战争？"

"关于人生？"

"哦，所有这些，"红发女郎回答，"各位，这位是诺玛的先生。您叫什么名字？"

"雷尔。"他回答，众人都似曾相识地点了点头，仿佛这是个特别的名字，仿佛他是一位成功人士。"您太太的声音真特别！"一位胖胖的男士说道。他的脸上带着不怀好意的微笑。"她……对不起，我有几个不该问的问题，但是我很想知道……她讲脏话吗？"

雷尔目瞪口呆，不知道该如何回答。

"先生们，请记住这里什么人都有！"

胖男人朝红发女郎点点头。"很抱歉，"他微微地鞠了一躬说，"您是个厉害的泼妇。"所有人都笑了。"但是先生，她的声音实在太棒了！"

所有人都表示赞同，为此向雷尔道贺，还有人帮他新拿了一杯酒。他一饮而尽。雷尔觉得，大厅里的灯光太亮了。

他站在这群人的边缘，很快他们又把他给忘了。他们漫无目的地东拉西扯：鞋子的价格、异常的天气、宵禁前拥挤的交通。偶尔，有人会提到某个已经死去或者失踪的人的名字，有人叹着气，随即换了别的话题。

有一刻，雷尔听到了他的联络人的名字。

"他怎么样了？"胖男人问道，"我已经很多年没见过他了！"

已经多久了？雷尔在心中问自己。

红发女郎回答他休假了。她说，他出国了，去了欧洲。她脸色苍白，神情抑郁。雷尔点点头；她在撒谎吗，还是她也被别人骗了？

"你们在说谁？"雷尔装作毫不知情。

"哦，你认识他的。"女郎回答。她看上去很熟悉，尽管雷尔确信他们从未被正式引见过。雷尔猜测她是理工学院的一位物理学家，但并不确信。她也是反政府军吗？

"我亲自送他去机场的。"女郎说。

胖男人耸了耸肩。他脱下了外套，里面的衬衫都被汗水浸透了，脖子周围的赘肉松松垮垮地垂在衬衫领口上，嘴上叼着一根香烟。"那个杂种在哪？"他在一片烟雾后面问，"意大利？法国？幸运的狗杂种。"

雷尔和其他人一起笑了。他深深地吸了口气。在某种意义上，他自由了。他的联络人到底住在营房区一间阴冷潮湿的地下室，还是住在富丽堂皇的意大利别墅里，这些根本不重要。雷尔在整间大厅里寻找诺玛。他想离开这里。胖男人正在讲着他申请签证被拒的悲惨故事。

"你想去哪？"有人问。

"哪儿都行。"

雷尔朝这群人微笑了一下，告别了他们。他不认识他们，他们也不认识他。他转身离开的时候，红发女郎朝他举杯致意。

几个小时很快过去了。雷尔先后加入了几个不同的谈话圈子，所有的话题都与战争有关。一位骨瘦如柴却衣着考究的男人描述他被绑架的过程。他很幸运：只被关了两天，因此并没有失去他的工作。雷尔还遇到一位女士，她的女佣居然是反政府军。“想象一下，”她惶恐地说，“她居然敢将那种思想带到我家！”从前至后，雷尔一直站在吧台附近，以至于只要他一靠近，吧台侍者就会为他重新倒一杯。有一次，他们俩还闲聊起来。雷尔能听出他的口音。他来自于丛林，但是他告诉雷尔，他并不怀念那里。“我们村里什么人都没有了，”他说，“所有人都在城里。”

雷尔在台阶上小坐了一会儿。他走到院子里，有人递给他一根烟。他闷闷不乐地抽了起来，已经很多年没抽过烟了。他凝视着远处闪烁的万家灯火，当他回到大厅里，这里变得更加拥挤喧闹，他已经喝醉了，根本无法在人群中找到他的妻子。那时已经接近午夜，客人们分成了两拨：一拨人会在宵禁前离开，另一拨人则会留在这里直到天亮。女主人在人群中穿梭，邀请所有人都留下来。“我们有发电机。”她宣布。她的右手摇摇晃晃地端着酒杯，酒水泼洒到实木地板上。她的先生——那位参议员——站在她的身旁，显然也喝醉了。他红肿着脸，缓缓地从身体一侧晃到另一侧。雷尔很想抱住这个可怜的男人。显而易见，他尚未完全恢复。他的保镖被杀害了，司机受伤了，只有他幸运地逃生了。这一切都在光天化日下一条繁忙的大街上发生，那里距警察检查站只有四个街区之隔，离电台不远。雷尔对自己微笑了一下。某种程度上，听说战争仍在继续，而他并未参与其中，这令他感到满足。那些枪林弹雨、大停电，以及莫名的失踪事件仍在继续——然而，雷尔多年来第一次觉得：他与这一切无关，因此倍感无辜。他可以拥抱这个陌生人，这位可怜的参议员。他可以出席一位绅士的派对，哀叹着时下的情况有多么差，而不用感到自己应该对此负责。参议员这时已经解开了衬衫纽扣，大声喊着将灯光调暗、打开音乐。片刻之后，音乐响起来了，灯光也被调暗了，整个大厅像变了个样。雷尔悲哀地想，他会成为总统，而且不会活过他的任期。参议员夫妇微笑了起来。他们不想让任何客人离开。他们害怕只剩下自己。

“我们也留下来吗？”诺玛这时突然出现在他身边，她的存在让他感到温暖。一整晚，他都在思念她。

“你想留下来吗？”

她耸了耸肩，随即莞尔一笑。她想留下来。

“你喝多了吗？”他问她。她的笑意更深了。

很多客人已经离开了，这时灯光昏暗，几个小时过去了。在留下来的那群客人里，仿佛一只野兽被放开一样。整个场面变得无法辨认。大厅里音乐震天，挤满了跳舞的人。这一切都在瞬间发生，猝不及防。这个普通的聚会突然变成了狂饮作乐的派对：外套被搁在楼梯扶手上，衣着考究的女士们将高跟鞋扔在墙角，正赤足跳舞。房间里有淡淡的汗味，有人正在把玩着枝形吊灯，吊灯伴随着音乐时明时暗。一位警察倚墙站着，另一位坐在楼梯台阶上，闭着眼睛，脚跟着音乐的节奏踩着地板。

埃尔默这时出现在他们身边，伸出手臂揽住雷尔的肩膀。这里每个人都喝醉了吗？埃尔默咧嘴而笑，脸上的汗珠闪闪发光。“你有一个多么好的女人！”他说。

“当然。”雷尔朝他的妻子微笑。埃尔默这时搂住了他们俩，手臂搭在他们两人身上，雷尔能感觉到他压在自己身上的重量。他担心这个小个子男人会摔倒。

“我从来都不喜欢你。”埃尔默低声说。

雷尔抬头看了一眼。诺玛没有听到他们在说什么。他本应该将埃尔默摔在地上，但这一事实并不令他吃惊。“我知道。”他回敬道。

“我爱你的妻子。”埃尔默说，依然只有雷尔能听得见。他随即大笑起来，接着他们两人都笑了。埃尔默在诺玛的脸颊上亲了一下，她的脸红了。埃尔默转过头来面对着雷尔，雷尔能听到这个小男人的呼吸声。“如果你伤害她，”埃尔默低声说，“我会杀了你。”

“你们怎么有那么多秘密？”诺玛问。

埃尔默没有回答她的问题，再次对着他俩微笑，仿佛他在谈论着外面的天气或者一家剧院。“她告诉你了吗？”他问。

“还没有。”诺玛摇摇头回答。

“告诉我什么？”

“我能告诉他吗？”埃尔默含糊不清地问。

“告诉他吧。”

埃尔默面向雷尔。“诺玛马上就会有她自己的节目了，”他说，“我们今天刚决定的。每个星期天晚上，诺玛自己的节目。亲爱的，告诉他节目的名字。”

“城市寻人电台。”诺玛告诉他。她伸手去拉雷尔的手。“你喜欢吗？告诉我你也喜欢。”

雷尔忍不住地微笑。他在心里对自己说着那几个字。他又温暖又高兴。“我很喜欢，”他回答，“太棒了！”

那年，一名自称是艺术家的男人来到了1797村。他在乡村餐厅前面搭起了一个店面，摆着一张凳子、一个画架，还有一叠灰色新闻纸，下雨的时候用塑料布遮着。他看上去像一名年老的智者，黝黑的脸上爬满了皱纹，长而稀疏的头发胡乱地披在脑后。他名叫布拉斯，能画出镇上的失踪者。人们只要跟他描述出一个人的形象，他就能画出来。他告诉那些询问他的人：他的特长在于聆听。

布拉斯在餐馆门前坐了两天等待着，却没有生意上门。他看上去耐性十足，抽着最粗糙的手卷烟，悠闲地倚在墙上消磨着时间。他在餐厅里解决他的三餐，偶尔露出微笑，并且出乎人们的意料，他的身上并没有什么难闻的味道。当有人走近时，他礼貌地招呼他们，介绍他的服务，但并不强迫别人。第三天，他请求餐厅老板允许他展示自己的作品，获得许可后，他忙碌了一个上午，在墙上钉了一排铅笔画。随后他回到餐厅门前，继续等待。

村里的人们一个接一个来看他的作品。他们当然心存疑虑，扎希尔是其中疑心最重的一个。他仍然在秘密地写作，在没有下雨的温暖午后，他常常一个人在河边写。他对布拉斯心怀妒意，这个男人的存在本身对扎希尔而言是一种冒犯：他从哪里来，能为村里人做到什么扎希尔不能用文字做到的事？然而，好奇心仍然占了上风，扎希尔踱进餐厅里，打定主意不会被震撼到。当扎希尔走进来时，老人朝他点点头；扎希尔装作没有看见。

餐厅四周的墙上挂着十几张人物画像，有男人、女人和男孩。布拉斯说，这些都是他根据亲人们的描述画出来的。当然，人们无法判断老人有没有撒谎，这些画像画得是否逼真。即使那些画中人的亲人们也无法判断：记忆是个大骗子，悲伤和期盼模糊了过去，即使曾经鲜活的记忆也渐渐褪色。然而，这些画像仍然言之有物，扎希尔立即就认了出来：这些画像都无疑是人类的脸。满脸皱纹的女人们眼神悲戚，头发黑亮；未老先衰的男人们嘴唇下垂，脸颊松弛；这些年轻的士兵们如今已经失踪，他们的皮肤上闪耀着令人费解的杀戮欲，充满了对生命的兴奋和渴求，他们情不自禁，只能选择背叛。他们一起组成了迷惑的群体，焦急地等待着某个巨大的失望。扎希尔陷入了意料之外的挫败感，却无法说清楚这种情绪。这个村子多年来正在慢慢消失，扎希尔直到从餐厅走到午后的阳光里时，才如此真切地感觉到整个村子的空旷。他被这种空旷感所包围。空气中有森林的气息，有鸟儿的叫声，还有遥远的水流声。除此以外，还剩下什么？

事实上，村里大部分人都在那里。扎希尔过于悲痛，没有留意到他们。村里共有两百多人，男人却只有不到五十个，平均每三个女人只有一个男人。像扎希尔一样，那些看过画展的人们都陷入了恍惚。当他们走进餐厅的时候，他们并不知道自己会看到什么，当他们离开的时候，却一律垂头丧气。现在，仿佛只有布拉斯知道该做什么。他当即开始接受次日上午的预约：他说，只需半个小时的交谈，当天晚上他会完成一幅画像。“女士，您的尊姓大名？”他大声问，“您失踪的亲人名叫？”他仔细地将所有的名字都记在一本笔记本上。女人们挤在他周围，有人在抽泣。扎希尔离开了那群悲伤的女人，坐在了一棵倒下的树桩上。树桩很潮湿，已经开始腐烂：一团柔软而舒适的栖木仿佛要吞噬一切。在他看来，村里的女人们几个小时前仍意志坚定，现在却无比沮丧。他的妻子也是其中之一。几年前，妻子的哥哥跟着一辆军用卡车离开这里去参加战斗，上尉许诺说等到战争全部结束的时候，每位士兵都可以分得四十英亩的土地。

“但是在这里，你可以拿到一百英亩的地！”他们告诉他。森林难道不是无边无际的吗？

“海边的土地，”那位上尉带着城市里的口音回答，“比这里值钱多了。”

扎希尔了解这个地方和这里的人：他平生一直生活在这片森林里，吻过十几个不同的女孩！和二十多个情敌打过架，打得他们落花流水！他曾经是他们当中的一员：赤裸着上身，在泥里摔跤，爬上河上方的树，一直爬到树顶，只为了看着天空发呆。多么愉快！他曾经沿着河流的边缘走到大瀑布下面，花一天的时间往上爬，让那些水流笼罩住他，让那些水珠像汗珠一样从皮肤上迸出来。他曾经让自己迷失在那种巨大的响声里。在他年轻的时候，他从不会孤单——十五年里一次也没有孤单过。他们现在去了哪里？那些曾经和他一起玩耍的男孩们，那些长大后被他在树下亲吻过和触摸过的女孩们？

他抬起头。这天尚未结束。孩子们围绕着母亲们站成一圈，不太明白正在发生什么，而这再次令扎希尔感到沮丧——他们怎么能理解？他们不也想离开吗？他们不正在等待他们的时机吗？

接下来的一个星期里，布拉斯为村里画了七十多幅画像。他告诉那些餐厅的常客，他的生意从未这么好过。令人惊讶的是，很多画像是为了还留在村里的人画的。女人们牵着她们的丈夫，母亲们带来了孩子。“我们很害怕，”她们眼含热泪，“他今天在这里，但是明天呢？”

“女士，我在听着呢。”老艺术家说。多年来，布拉斯一直用心经营他的嗓音。对于他的工作来说，能够令女性消除不安，具有十分重要的意义：他轻声地安抚着他的顾客。接连下了两天的雨，因此他不得不移到了餐厅里面，待在最靠里面的地方。他放下了布帘，这样他们就像单独置身于这间临时的私人工作室：两张凳子、一个画架，还有一排彩色铅笔。“说吧。”

阿黛拉沉默了好一会儿。她的脚开始发麻。

“这孩子长得像他父亲吗？”

她摇摇头。“他长得像我。”

“他多大了？”

“十二个月，”她回答，“一岁了。”

艺术家揉了揉自己的脸。他俯身对着阿黛拉。“我是说他的父亲。他的父亲多大了？”

“哦，”阿黛拉回答，“我不知道。”

布拉斯铺开画布，上面空无一物。“亲爱的，别紧张，”他轻声说，“没什么好怕的。闭上眼睛，说说他的事情。我们一起来。”

阿黛拉深深地呼吸。“他不是本地人。这是他最明显的特点。他是从城市里来的。他的微笑像城里人的微笑：半心半意。他很细心。他的头发凌乱地垂在额头上，但他总是用手将头发往后拨。他的脸上有酒窝，眼睛看上去始终很疲劳。他两鬓花白，有几缕白发，但他不肯承认。我猜他可能染过头发，虽然那只是徒劳。”

“我应该把他的头发画成黑色的吗？还是白色？到底是哪种颜色？”

“就按真实的样子画吧。白色。”

“他瘦吗？”布拉斯问。

阿黛拉点点头。

“女士，说说他的肤色。是咖啡色的深色皮肤，还是牛奶一样的浅色皮肤？”他仍然没有开始画，没有真正开始；只轻轻描了两笔。他紧闭着眼睛，铅笔尖刚刚碰到纸。

“咖啡色，”阿黛拉回答，她的思维开始游移。“他很爱这个孩子，我知道这个，我能看出来，”她停顿了一下，“但他不爱我。”

“女士！”

“先生，女人对这种事情有直觉。他有另一个家，有他自己的人生。他一开始就告诉过我，我一直都知道。我还知道一些别的，那些他未曾告诉我的。我知道有一天他会回来，把我的孩子带走。我发誓他会带他走。他会说这是为了孩子好，我怎么跟他争？如果那样我该怎么办？我就会像这里的老女人一样，她们根本不记得谁爱过她们，她们为什么而活着。”她轻轻地呼吸，“他很残酷。”

“对不起，女士，他具体长什么样？”

“哦，对。比如说，他开始谢顶。每次我看到他，他看上去都变得更老了。他的鼻子有一点弯，弯向哪边？哦，弯向左侧。他的胡须不一样长；那不是很奇怪吗？”

“有点奇怪，女士，但不是最奇怪的。”

“您见多识广。”

“当然。”布拉斯带着歉意说。

阿黛拉轻轻地摇晃着睡梦中的孩子。“每次他离开的时候，”阿黛拉说，“我都害怕他不会回来了。”

“为什么你这么害怕？”

“他的工作很危险。”

老艺术家没有抬头，也没再说什么。那段时期，所有的工作都很危险。整个国家正处于一场战争当中。他挑了另一支铅笔，一支颜色更浅的笔，右手忙乱地在纸上移动。他用大拇指涂抹着画纸，让笔迹晕开。“他的眼睛隔得很远吗？”

“不。”

“那么靠得很近吗？”

“我不确信。”

“鬈发？”

她想了一会儿回答：“微卷。”

“他的额头——像这样高？还是比较小，就像这样？”

阿黛拉看了一眼画像。“两者之间吧。他的脸上皱纹更多。他正在变老，我告诉过你吧？”

孩子在她怀里扭了一下身体，一只小手伸了出来，小小的拳头打开又合上，手里什么也没有。片刻，孩子停止了他的动作，完全进入了梦乡。布拉斯和阿黛拉都停下来看着他。

“真遗憾您的丈夫和您的儿子长得不像。他真是个好看的孩子。”

“谢谢你，”阿黛拉说，“他不是我丈夫。”

“对不起，女士。仁慈的上帝。”

"我们快结束了吗?"

"是的,差不多了。"

布拉斯俯身在画像前,为他的画作润色。他又问了几个问题:男人下巴的形状、耳朵的大小和位置、他的发型、头发具体花白到什么程度,以及她怎么知道他的头发比他希望的更白等等。

"我们不都希望自己永远年轻吗?"阿黛拉反问。

她的脑海里闪过雷尔的身影,各种各样裸体的样子。他不是个好看的男人,他甚至不是她的男人。但是这个孩子是她的。当雷尔刚开始和她在一起时,他很惊奇虽然白天很热,夜晚却很凉快。他对森林一无所知。"你在学校里学了些什么?"她问他,但这却是她最爱他的地方:他什么都不知道,因为他是一个陌生人。他身上城市里的气息,他的口音,他的动作——这些都属于另一个地方,只要和他在一起,阿黛拉就能想象另一个世界,一个更加开放的世界。

当布拉斯问起雷尔的嘴唇时,阿黛拉舔了舔自己的嘴唇,仿佛正回味他的味道。"他的嘴唇很饱满。"阿黛拉回答。布拉斯画了又擦,又继续画下去。当他最终对自己的作品感到满意的时候,他让阿黛拉仔细地观察。"是他吗?"他问。他的音调很特别,是为这个问题而精心训练过的。自从战争爆发以来,他已经问了上千次这个问题,每次得到的答案都一样。

他们根本来不及为自己做决定。当他们想离开的时候,已经没有出租车可乘。接近宵禁,外面已经没有出租车了。这座荒芜的城市就像是一个大雷区。因此诺玛和雷尔回到了派对上,埃尔默跟在他们后面,他们再次回到那间大厅里,穿着燕尾服的吧台侍者继续为他们倒酒。他已经脱下了外套,自己也喝了起来。埃尔默开口说着什么,但是他们都听不到,也没有努力尝试去听。周围的人们都在翩翩起舞,夜已经深了。有恐慌的地方就有自由。多么令人激动的感觉!雷尔拉着妻子的手,带着她走向舞池中央。他靠近她的身体,她也向他贴过来,一切都那么美,他们随即翩翩起舞,就像很久以前那样:身体总会固执地记住一些东西。他们已经很久没跳舞了。“音乐开大声点。”有人大吼道，于是音乐更响了。她的下巴靠在他的肩膀上，他可以闻到她的气息。枝形吊灯在摇晃。大厅里几乎全黑了；雷尔不得不小心翼翼地拉着她，防止她消失在人群里。

第十四章

从第一晚开始，节目便需要遵循一定的规则。电台将延迟六秒钟播出，这令诺玛减轻了部分压力。工作人员将对电话进行筛选，告诫所有人不得提起战争。这是条很好的建议，不仅是为了电台，更是为了保住自己的性命，因为那些日子总有人在暗中监听。埃尔默一直将“保持中立”挂在嘴边。诺玛心想，不要把这个和“漠不关心”混淆起来。她心中牢记着，人们因为五花八门的原因而失踪，但是这个节目不会成为一个传声筒，不会用于宣传阴谋论、抱怨派系斗争，或者对国家机密级的某座监狱进行猜测，尽管这个国家机密早已人尽皆知。埃尔默告诉诺玛，这个节目有一定的风险，但是可以规避。外面有数以万计背井离乡的人，他们会成为她的忠实听众。通过这个节目，大批辗转流浪到城里的灾民将获得希望。埃尔默猜想，他们并不想谈论战争；他们只想聊聊他们的叔叔、表哥表妹，还有他们很久之前离开村子的邻居；他们想聊聊家乡泥土的气息、雨水落在树顶上的声音，还有乡下野花盛开时那动人心魄的色彩。“诺玛，你只要友好点就行。你知道该怎么做，让他们自己讲下去，但别让他们讲太多。重复他们口中的名字，很多听众会打电话进来。你只要问一些友好的问题就行了。明白了吗？”

诺玛说她明白了。她自己的节目，这一念头本身就能令她不寒而栗。她当然听明白了。

“需要我再提一下叶里温吗？”埃尔默最后一遍警告她，“需要我提醒你他已经不在了吗？”

那个夜晚，诺玛第一次做她自己的节目，嘴里有一股干涩的金属味道。她既兴奋又恐惧：只需一个电话，可能会带来灾难性的后果。国务部长亲自打电话到电台来，说他的部下会负责监听这个节目。当电台里开始播放一位业余小提琴家作曲的主题音乐时，诺玛已经开始出汗。埃尔默陪她一起坐在录音室里，记着笔记，十分专注。三——二——一：

“大家好，”她念道，“欢迎收听我们的新节目：‘城市寻人电台’。亲爱的听众们，请接受这个美好夜晚的问候。我叫诺玛。今天是我们第一次节目，因此我会简单介绍一下这个节目。”她捂住麦克风，轻轻地吸了一口水。“众所周知，这座城市正在不断膨胀。我们可以亲眼目睹这一切，不需要社会学家或者人口统计学家向我们重复这一点。我们知道，这座城市发展得很快，有人说已经太快了，而这令我们不知所措。您也来到城市了吗？您现在孤单吗，或者比自己过去想象的更孤单吗？您是否与亲友失去了联络、想在这里找到他们？听众朋友们，这个节目是为您而创办的。现在就给我们打电话，告诉我们您在找谁。我们能够帮助您找谁？您思念的一位兄长、一位情人、您的父母、一位叔叔，或者孩提时代的一位好朋友？我们正在聆听，我正在聆听着……现在就给我们打电话，和我们分享您的故事。”她读着电台的电话号码，强调那是一个免费电话。“休息片刻，我们马上回来。”

插入音乐，播出广告。诺玛终于能够再次呼吸了。暂时没有炮弹，也没有爆炸。“很好。”埃尔默头也不抬地赞扬她。几条电话线已经亮了。他们为了这个节目已经宣传了好几个星期，有人准备好要打电话进来。广告声音开始隐去。“紧张吗？”

诺玛摇了摇头。

这位工程师开始倒计时。

“精彩现在开始。”埃尔默说。

第一位打电话进来的是一位妇女，带着浓重的口音，说自己是从山区来的。她前言不搭后语地说着她认识的一个男人，起初她说自己不记得他的名字了，但是他自称来自于一个渔村，那个渔村的名字以“3”结尾。“我能说出这个村子过去的名字吗？我记得它过去的名字。”

诺玛抬头看了一眼。埃尔默摇了摇头。

“对不起。您说那个村子以‘3’结尾？”

她只知道这个——他是不是叫塞巴斯蒂安？是的，她现在记起来了，他来自于北部。

“您还记得别的什么吗？”诺玛问。

“当然。”妇女回答，但是这可能会给他惹麻烦：她说，还有一些很私人的事情，不道德的事情。她大笑起来。这就够了，她补充道。她将在那里等着他打过去。她知道他会打的。“我已经五十二岁了，”她狡黠地说，“但是我告诉他我只有四十五岁。他说我看起来还要年轻些。”她对着她的情人喊话：“亲爱的，是我啊。我是罗莎。”

诺玛谢了她，将她的电话搁在那里。电话上的灯闪烁了几分钟，随后消失了。

与此同时，很多别的电话打进来了：母亲们打进来找儿子，年轻的男人们寻找他们在火车站最后一次见过的女孩，或者独自站在家乡麦田里的女孩。“我此生的挚爱。”一位男人说罢痛哭起来，每次诺玛都劝慰着他们，说着一些充满希望的话。“他们会想起我吗？”一位妇女问她失踪的孩子们，诺玛向她肯定他们一定会思念她。他们当然会。这份工作很累人，埃尔默却很欣喜。电话源源不断地打进来：从千里到营房区，从克莱德到避难所高原区再到塔摩。男人们承认是以母亲的名字为女儿命名的，他们已经十年没有见到母亲了——然而她们现在可能在城市里，或许她们设法离开了渐渐衰败的村子：母亲，你在这里吗？

那天没有听众找到自己的亲人，但是电话从未停止过。节目结束后一个小时，电话仍然响个不停。他们为了这个新节目设置了一台答录机，埃尔默换了两次磁带。第二天早晨，他将两盘磁带交给诺玛。“你听着玩吧，”他说，“你红了！”

马诺家里，床已经铺好了，没完成的拼图放在一边，灯光被调暗了。马诺的母亲去睡觉了，临睡前她给所有人一个晚安吻，还承诺要给男孩织一顶温暖的帽子。她询问维克多最喜欢什么颜色，维克多回答绿色。随后她走回了里面的房间。

诺玛此刻依然心潮澎湃，无法入睡。然而，她还是向马诺道了晚安，将维克多抱到了沙发上，为他盖上了毛毯。维克多并不抗拒她的拥抱。“我们明天做什么？”他问。

“我也不知道。”她回答。她所担心的不仅仅是明天，她担心现在。但她还是安慰他，让他别担心。她在窗前的一把椅子上坐下，路灯昏黄的灯光透过窗户射进来。外面没有往来的车辆，宵禁已经开始了。

过了没多久，马诺进来了。他说自己睡不着。“我能坐下吗？”他问。诺玛点点头，马诺体贴地沉默着。

透过维克多的年龄，她可以猜出一些事情来，然而雷尔不在这里，无法和他确认，诺玛就像在审问一个鬼魂。维克多十一岁：十一年前我在哪？雷尔在哪？那时候我们什么样子，我有什么没有给他的？她想杀了他；如果他现在在这里，她会杀了他的。从什么时候起，他们的爱情开始变质？从什么时候起，他开始对她撒谎？

她猜想，最可能的答案是：他一直都在撒谎，以这样那样的方式撒谎。不是从最初就是那样吗？当他第一次失踪以后、他们在大学里重逢的时候，他做了什么？诺玛，好好记住，别再为他开脱了。他装作没有看见我。随后，当你走到他面前、他无法逃避的时候，他怎么说的？

“对不起，我认识您吗？”

这是一个站不住脚的谎言，她并非因此而没有受到足够的伤害。即使是现在，她仍然为此感到愤怒，尽管当时她没有。那时，她目瞪口呆，不知道该说些什么。现在，她记起了那一刻巨大的耻辱。数月以来，她一直在想象着和他重逢时的场景，她一直随身带着这个失踪男人的身份证，完全不顾其中的风险——万一有人发现了怎么办？不等到她终于见到他，却被彻彻底底地拒于千里之外那又该怎么办?

后来，他为此向她道歉；后来，他向她解释："我太紧张了；我很恐惧。"后来，他将自己的遭遇对她和盘托出，但是那天，一切都不明不白，她努力说服自己不要失望，努力不要流露出自己的失望。他不是她十三个月前遇到过的男人，不是许多个夜晚她深深思念着的男人，也不是当她的父母大声吵架时，她幻想着的那个人。他变得更加沉默而瘦削，也不像以前那样自信了。他的羊毛帽子几乎压到了眉际，身上的衣服看起来也不甚干净。当他们重逢的那天，他看起来毫无吸引力。如果那时她走开了呢?如果她把他的证件还给他，一切到此为止呢?

但那并没有发生：事实上，他悲哀而笨拙地撒着谎，她却磕磕绊绊地说出了早就准备好的台词："我有一点你的东西。"

"哦。"

她在手袋里搜寻着证件，憧憬中的重逢瞬间支离破碎。天亮得刺眼，他们周围围满了陌生的学生，喧嚣嘈杂。她的母亲怎么形容她的手袋来着?"你能在里面藏个孩子。"与其说那是个手袋，不如说那是个无所不包的杂物袋。马路对面，一群音乐家调试着乐器，演奏即将开始。人群已经聚拢了过来。那张该死的证件在哪里?诺玛结结巴巴地道歉，雷尔站在那里，咬着自己的嘴唇，有一点不自在。

"你在等人吗?"她问。

"没有。为什么?"

"因为你一直在向我肩膀后面看。"

"是吗?"

她看到他大口地吸气。

"对不起。"雷尔说。

她紧张地笑了起来。那时候是三月，离她的生日只有一个星期，或许她因此觉得自己有权占用他的时间。后来，她很奇怪自己会那么做，但那时她拉着他的手臂，到一张凳子上坐下，远离人群、远离那些音乐家。在那里，她不顾形象地将手袋翻了过来，将里面的东西全都倒了出来：用完了墨水的笔、几张纸片、一本小小的通讯录、一叠纸巾，还有一管她只用过一次的口红——她并不是个在意外表的女孩——一副遮阳镜，还有几枚硬币。“应该在这里的，我知道的。你现在记起我来了吗？”

她继续在那堆东西中翻找着，这时他承认他记起来了。

“为什么刚才你说不记得我？”

他刚要开口回答，诺玛却打断了他。“哦，在这儿！”她说。她将证件举到他的面前，在阳光下眯眼看着。她本来只是想逗他，却看到他的脸红了，他一定觉得很尴尬。他的脸上有几道新的皱纹，眼睛下面深色的眼袋突出。他的肤色变得更黄了，颧骨突兀地突了出来。雷尔一定瘦了十五磅。

“我跟你想象中不一样？”他比任何人都清楚，过去一年里他变老了多少。

她装作听不懂：“你在说什么？”

“没什么。”

她将证件递给他，他握在手中片刻，拇指拂过证件上的照片。“谢谢你。”他一边说着，一边站起身来。

“等一下。我叫诺玛。”她向他伸出手，“我想知道你发生了什么事情。”

雷尔勉强挤出了一丝笑容，握了握她伸到自己面前的手。他朝自己的证件点着头。“我想你知道我是谁。”

“这个……”

“对的。”

“他们将你带去了哪里？”

“其实哪里也没去。”他回答。当看到她皱了皱眉，他补充：“你不相信我？”

诺玛摇摇头。“请坐下。你正在逃跑。”他依言坐下，诺玛笑了。“我应该叫你雷尔吗？”

“为什么你想知道？”

“因为我喜欢你。”诺玛回答。雷尔没有作声，但也没有走开。那群学生音乐家正在用本地的乐器演奏着本地的音乐，唱着政治歌曲。大学里尚未发生变化：路灯上悬挂着旗帜，墙上点缀着预示性的口号。几个星期前，战争刚刚在国内一个遥远的角落爆发，很多学生仍然对此充满激情，仿佛那是一场大型派对，他们即将获邀参与。

“你知道吗，你应该把它扔了，”雷尔说，“或者烧了也行。”

“我不知道。我觉得你可能会需要它。对不起。”

他们都沉默了片刻，看着那群学生，听着乐队的演奏。“我担心你会发生什么意外。”雷尔说。

“不会的，我的运气比较好。”

“你确信？”

“我好好的在这里，不是吗？”她转过来面对着他，“你也一样。所以你也没有你想象的那样不幸。”

他朝她勉强一笑，看上去很犹豫。随后他摘掉了他的羊毛帽子，这种天气戴帽子太热了。他太阳穴上的头发变白了，在周围黑发的映衬下触目惊心。是不是一年前他们初次相见的那个夜晚他就是这样的，只是她没有注意到而已？她怎么能没注意到呢？

他挠了挠头。“我很幸运，我知道的，”他喃喃道，“每个人都这么说。”

形势无疑很糟糕。宵禁执行得更加严格，反政府军也增加了对警察局的攻击；每晚天黑以后，双方都在城市的边缘争夺中央高速公路的控制权。这些日子，作战双方都充满了恐惧。对于反政府军支持者而言，当这些日子过去，胜利也就不远了，然而这只是对形势的误判。反政府军急切地想获得一场决定性的胜利；征募新兵的工作已经放缓，数以万计的人们在战争中丧生。经过十年的战争，这个国家终于证明了它比人们想象的更坚韧。在战争的最后一年，反政府军失去了对偏僻地区士兵的控制。外省的军事行动高度分散，战术上犹豫不决，几乎到了计划不周的程度。越来越孤立的士兵们蒙受了沉重的损失，有些排撤退去了丛林深处，他们不再是军人、也不再相信作战的意义，只是由一群武装男孩组成的半游牧部落，充满了绝望。当战争突然结束，他们拒绝放下手中的武器。他们继续战斗，因为他们不知道除此以外还能做什么。

与此同时，反政府军的领袖们聚焦于他们可以直接控制的城市战斗，前线就是被战火摧毁的塔摩。塔摩位于城市的东北角，是个居住着一百万人口的贫民窟，紧邻中央高速公路。他们想把塔摩作为作战基地，以此切断城市的供应：攻击来自富饶的中部山区的粮食供应，让全城的人挨饿，引发粮荒，最后在混乱中赢得战争。他们几乎就要成功了。政府进攻塔摩前的六个月里，中央高速公路上方的悬崖峭壁上持续着野蛮而伟大的对峙。叛乱者们沿着公路埋下了炮弹，随后躲进人烟稠密的塔摩。卡车司机被绑架了，车上的货物被付之一炬。警察检查站不时被偷来的手榴弹攻击。军方加强了这一区的巡逻，却受到了躲在山里和屋顶的狙击手的狙击。

那一年的五月，一名五岁的小女孩在塔摩被一颗流弹击中，并因此丧生。士兵们进入这一区搜寻狙击手。愤怒的民众聚集在士兵周围。这时更多的枪声响起，人群越来越多。一名士兵被杀害了，塔摩之战就此开始。当这场暴动被镇压之后，战争即将结束。

当这些事件发生的时候，雷尔已经最后一次离开了城市。如果不是因为那个男孩，他的儿子，雷尔根本就不会回到丛林里。他的联络人已经失踪了，他不再接到任何命令，就像得到了期待已久的假期。然而他仍然出发去了丛林，因为他无法忘掉那个孩子。当他听说塔摩之战的时候，他正在遥远的丛林里，远到可以相信他自己是安全的。整整一夜，他都和村里人一起收听着收音机里的新闻，十分惊奇地发现反政府军的失败一点都不令他感到意外。战争非胜即败，一直都是如此：那么现在正是一败涂地。坦克驶过狭窄的街道，一个又一个街区被彻底烧毁，巷战持续了四天四夜——在他们内心深处，难道没有任何人知道这一天迟早会来吗？战争过后，当政府宣布获胜、其他街区都在庆祝的时候，塔摩干燥而尘土飞扬的街区收容了成千上万个流离失所的家庭，她们都失去了自己的儿子和父亲，一座只剩下妇孺的城市。军方将她们赶到了临时的帐篷里，让她们在那里生活了好几个星期，与此同时政府决定了对策。由于很多年前他在塔摩的那份工作，雷尔能够认出他们当中的很多人来。

这些都是事实：如果他推迟一个月去丛林里，他或许能从战争中活下来。如果他没有回去看他的儿子，那些从1797村出来奔波了一天、扎营住宿的一百名年轻男子和一些女士或许也能活下来。

雷尔回到村里的时候，布拉斯刚刚离开六个星期。1797村仍然沉浸在兴奋之中，村里多出了几十幅画像，没人知道该拿它们怎么办。很多画像被收起来了，也有一些被摆放在家里显眼的地方。雷尔觉得这一切很奇怪，仿佛在他离开这段时间里村子突然膨胀了两倍。他遇到的每个人都画了一幅画像，每个人都热切地想讨论画像。整个村子一致决定面对村子正在消失的事实。一天下午，雷尔正在餐厅里，一位较为年长的女士突然闯了进来，径直向他走来。雷尔和阿黛拉还有他们的孩子坐在一起。女士开门见山：对打扰他们吃饭致歉以后，她瞬间打开了一幅画像，请求雷尔看这幅画像。画像上画的是她的丈夫和儿子，她已经五年没有见过他们了。她的声音很响亮，以至于孩子抬头哭了起来。

“太太。”阿黛拉厉声叫道。

女士再次表示歉意，但并没有停下来。她正在恳求他：“把这个带到城里去吧，拿给报社看。”

雷尔咳了一声。“它们经不住长途旅行。”他回答。这是他想到的第一点、第一个借口，但完全站不住脚。“我是说这些画像。”雷尔补充道，但已经太晚了：这位女士并不是很老，但那一刻她的脸突然塌了下来，瞬间老了十岁。她愤怒地骂起来，用古老的语言痛斥雷尔的自私，随后走开了。

雷尔和阿黛拉沉默地吃完了饭。他们经过狭小的村子，回到阿黛拉的小屋。他要求抱着孩子，欣喜地发现维克多长大了，变得更重了。阿黛拉很忧郁，然而雷尔装作没有看见，专注地看着他的儿子，这个奇妙的孩子正在做鬼脸，无比自信地流着口水。

“你会把他从我身边带走吗？”当他们快到家时，阿黛拉问他。

如果细心聆听，无论站在村里什么地方，你都能听到河流的声音。雷尔这时便听到一阵慵懒的水流声，并不遥远。他想起之前那个夜晚，他在草药的作用下在冰凉的河水里跋涉的夜晚。雨季已经过去了，这时候的阵雨往往来得快，去得也快。雨过天晴时，阳光十分强烈。阿黛拉注视着他。雷尔瞬间忘记了自己为什么要来这里。

“为什么说这个？”雷尔问。他将孩子腾到另一只手臂里，伸手去抚摸阿黛拉，然而阿黛拉却后退了几步。

“总有一天，你会把这个孩子带走，再也不回来。”

“不会的。”

阿黛拉在台阶前坐下了，雷尔跟着她坐下，特地留意不要坐得离她太近。“你也画我的画像了？”

她点点头。“你会离开我的。”

“把那幅画像撕了吧，”雷尔说，“我是认真的。你得撕了它。”

“我不会离开这里。你不会带我去城里，给我一套小小的房子，让我做你的情妇。”

雷尔从未想过这个，然而这一刻他的脑海里却闪过了这一念头，仿佛是一条出路。他满怀希望地转向她，却立即从她坚毅的下巴看出她很严肃。

“当然不。”

“陪孩子玩吧，”阿黛拉指着孩子说，“因为他是我的。”她愤怒地起身，走进了屋里。

他并不想要一个情妇。事实上，即使她很有魅力，他也并不想要她。他是一个坏男人，他确信这一点，在周围环境允许时会降低道德水准、贪点小便宜的男人。然而，他仍然清楚地知道自己的内心，不是吗？雷尔想要这个孩子，想要诺玛，想要他在城里的生活，仅此而已。他不想要丛林、战争，还有这个女人，以及他很多个错误的决定叠加在一起时的分量。

他想要好好活下去，一直到老。

雷尔让孩子站在他的膝盖上，这样维克多就可以看到外面。他一直睁着眼睛，这是雷尔最欣赏他儿子的一点。他是个努力的孩子：专心致志地记住所有的色彩、光线和脸。雷尔挠着维克多的肚子，骄傲地发现维克多很快向他伸出了手，牢牢地抓住了他的手指。雷尔往后拉，维克多也往后退。

第二天，扎希尔从州府回到了村里，带着那台收音机。他向村里所有人宣布，战争已经结束。

当他们在旅馆登记入住的时候，诺玛一直拉着雷尔的手。那是一天的傍晚时分，橘色的夕阳斜斜地照进来。离夜幕降临还有一个小时。这是他们的第一次，他们手上戴着雷尔从朋友那里借来的婚戒。他们将晚餐放在一个篮子里，仿佛他们是从外省来的。诺玛的头上包着一块围巾。

"是的，先生，"雷尔回答着旅馆的前台接待员，"我们结婚了。"

"你们从哪里来？"

"南方。"诺玛心想，他并没有撒谎：南方是一个方向，不是一个地名。

"小姐，这位是您的先生吗？"

"别这样跟我太太说话，"雷尔打断他，"你应该更绅士点。"

"我并不一定非得让你们住在这里，你知道的。"

雷尔叹气。"我们走了一整天，"他说，"只想找个地方休息。"

诺玛一声不吭。前台接待员皱皱眉头，一点也不相信雷尔所说的。但是他接过了雷尔给他的钱，对着光线看那几张纸币，低声咕哝着什么。他给了雷尔一把钥匙，那一刻电光火石，仿佛诺玛突然明白了这意味着什么、以及她正要做什么。她的母亲不会允许的。雷尔一直没有放开诺玛的手，她很怕他会放开。

旅馆是一栋古老的建筑，楼梯的台阶嘎吱作响。听到楼梯的声音，诺玛的脸刷地红了：或许她还说了点什么——现在谁还能记得呢？——雷尔会意地笑了，让她不用担心。"我们在这里，没人能听到我们。"

那晚的确没有人听到他们，因为整间旅馆里只有他们两名客人。那天是工作日。他们就像是单独在城里一样。他们早早上楼，很晚才出来，太阳早已高高升起，在天空中光芒万丈。那并不痛，没有像她想象得那样痛，没有她曾经恐惧的那样痛。随后，最美妙的事情便是与他赤裸相对，令人惊讶的是，当他在身边时，她那么轻易地睡着了。她的内心觉得很安全。

天黑了，诺玛的睡意浮了上来，这时雷尔突然说道："我一直在做噩梦。"

"关于什么？"

"关于'月球'。"他沉重地呼吸——她感觉到了他的喘息，因为她的手正放在他的胸前。"他们告诉我这很正常，但有时我夜里会喊出声来。如果这样，你别害怕。"

"发生了什么事情？"

雷尔说，他会告诉她的，但不是那一刻。他让她承诺，不会因此而害怕。

"我不会的。"她轻声说。她抚摸着他的脸，他闭着眼睛，快要睡着了。"我不会的。我不会害怕的。"

"您还醒着吗？"马诺问。

诺玛睁开了眼睛，孩子还在那里，她还在这间陌生的房间里。前门那里亮着一盏灯，屋里的一切都笼罩上了一层黄色。已经是深夜，天气更冷了，诺玛想知道现在几点。她想闭上眼睛，再次沉入梦乡。她感到过快乐吗？"我还醒着。"她回答，但她也只是在猜测而已。诺玛觉得离他很近——她的雷尔——即使她的眼睛仍在适应周围的昏暗，她也能感觉到他就在她周围。

许多年来，她从未想过她的丈夫仍然活着，当然也没有死去，但是绝不是活着。他不再是这个世界的一部分。如果他还活着——诺玛曾经想象过无数种他仍然活着的场景——这最终对她来说有什么不同？他从未联络过她。他徘徊在丛林里，或者逃离了这个国家，去了一个更宜人的地方。或许他再婚了，学了一门新的语言，努力忘记了他过去经历的一切？如果她相信他以某种方式活了下来，那么这些都有可能。只有一点匪夷所思：没有她，他怎么能活下去？

男孩轻轻地打起了呼噜。

毋庸置疑，雷尔已经不在了。她现在是一个人了。余生的日子铺开在她面前，巨大而空洞，没有任何路牌、标识或者爱指引她。她的生命中只剩下过去的一个个瞬间、回忆，和对幸福的企盼。数年来，她一直想象着他没有彻底死去，并以此为生活重心：寻找他，等待他。

"我们现在该怎么办？"马诺问。

过去每一个大停电的夜晚，她都和雷尔一起度过，就在像这样的房间里，或许比这个更黑。当整座城市都在燃烧，她跟他讲着小秘密。

"有些人每个星期天都打电话来。我能认出他们的声音。他们是冒名顶替的骗子，装作和前一个电话里描述得一模一样：来自于山区或者丛林里的某个村子。"

"太残酷了。"马诺感慨。

"我过去也这样认为。"

"但是？"

"但是这个节目做得越久，我就越能理解他们。总有一些人，觉得自己应该属于谁，一个不知道为何消失了的人。他们经年累月地等待：不是寻找他们失踪的亲人，他们自己就是那个失踪的人。"

她看着马诺，不太确信自己想从他那里得到怎样的回应。在一个和这里相似的房间里，雷尔曾经告诉她，他爱她。"他还活着吗？"她突然问马诺，"如果你知道，那么告诉我吧。如果你知道，你必须得告诉我。"她并不想哭，却忍不住自己的眼泪。

"我不知道，"马诺回答，"没有人知道。"

塔摩之战爆发的那个星期，诺玛的节目取消了，因为当时很难对电话进行过滤。答录机里录满了母亲们焦虑的声音：街道上坦克横行，她们的孩子却只有老式的步枪，甚至不能直接开火。战斗正在进行，已经失去了控制。整个街区都被烈焰所吞噬。国务部为这场持续了四天的战斗准备了新闻稿，送去电台照本宣科，不加任何评论，没有任何附加报道。埃尔默为此咨询了参议员，参议员要求电台予以配合。所有人都知道有一名五岁的小女孩死于非命，但是新闻里并没有提到她。在官方新闻稿里，备受惊吓的塔摩居民请求军方清除骇人的反政府军。在军事活动期间，中央高速公路被关闭了，政府对日常生活的必需品启动紧急价格控制措施。当这些行动结束的时候，电台宣布战争终于结束了。

那个星期天，在本应播出诺玛节目的那一个小时里，电台播放了一段预先录制好的本地音乐节目。雷尔动身去丛林前，她曾经问过他，在他曾经去过的若干个村子里有没有遇到过收音机。他回答从未遇到过。

“我本来想给你传个口信。”她说。

“你仍然可以。”

因此，诺玛在她高高的小楼里，想象着他正在那里——具体是哪里呢——收听着收音机，惊讶地发现她的节目被取代了，战争已经结束。早晨，她播报着关于塔摩的新闻：新闻措辞含糊、语焉不详，但雷尔那样的人会立即明白究竟发生了什么。他了解那一街区，当她读到军方已经突破了F-10大道时，他完全知道那意味着什么。他会知道这一区的中心已经沦陷，那些剩下的士兵们被赶到了山上。他知道，政府如果没有十成的把握，是不会宣布胜利的。她暗暗地希望：他并没有在收听节目，他仍然在他挚爱的森林里，与花草树木和鸟儿们在一起，他将彻底错过这些不愉快的日子，当他回到城市里时，一切都已经结束。

枪击持续到第二天中午时，埃尔默开始对事先准备好的新闻稿进行小幅修改：战斗正在“肆虐”，而非“持续”。当这些修改过的新闻稿顺利过关、没有被任何人发现时，他从“城市寻人电台”的答录机里精挑细选出一些安全稳妥的言论，准备作为第一手资料播放在节目里。这样，电台成了第一家报道这场战斗的媒体。诺玛亲自接了一些电话，听着绝望的居民们描述着大火如何彻底改变了这一区的地貌。这些打电话来的居民们说，他们想要我们的土地，他们想要我们的家园。大火仍在熊熊燃烧，从塔摩较低的街区直到中央高速公路旁边的贫民窟，从山上直到北方的高速公路。听众们重复着同样的控诉：这些都是军方干的。他们正在对街上的一切放火。他们正在将家园夷为平地，放火焚烧断壁残垣。入夜，站在电台的会议室里，可以看到东部的街区正在慢慢焚烧殆尽。白天，整座城市上空浓烟滚滚，然而报纸和大部分电台对此只字不提。

在1797村，村民们聚在餐厅里，听着扎希尔的收音机。收音机的反响不错，人们轮番上前欣赏这台机器。雷尔和扎希尔只打过几次招呼，这时扎希尔坐在收音机旁边，优雅地接受着大家的道贺。第三天，电台里开始称这场战斗为“塔摩之战”，所有的新闻都在报道这场大火。这时枪击已经停止。在1797村，村民们全都挤了过来——孩子们也来了，他们坐在桌子下面、父母脚上，或者坐在窗台上。天上下起了一阵细雨，扎希尔调高了收音机的音量，好让它盖过雨点落在金属屋顶上的滴答声，让大家听到军方攻克的最新的街区或者又有哪位军官殉职的新闻。

他们听着收音机里的节目，仿佛在收听一场体育比赛，而他们并不支持其中任何一方。一位妇女想起她有个儿子住在那个叫塔摩的地方，但她并不确信。她别扭地坐在那里，将一缕头发塞进了嘴里，紧张地吸着自己的头发。周围的人群向她致以慰问；她的忧虑如此真实，她的悲伤如此彻底。

雷尔坐在众人中间，起初没有人注意到他，然而当下午过去、夜晚到来时，情况发生了变化。大家意识到他们当中有一位真正的专家：所有的村民都在看着他。最后，终于有人直接向雷尔发问：那是一位年长的妇人，雷尔此前从未听过她的声音。“塔摩到底在哪里？”她问。

“是的，”大人们都回应着，“到底在哪？”

雷尔的脸红了。“告诉大家吧。”阿黛拉催促着，因此他不得不回答。他站起身来，走到餐厅前面，突然又成了一位教授。自从他长大后，他一直都是一位教师。在他十四岁离开的那个和1797村差不多大的村子里，他的父亲和爷爷都曾经是教师。雷尔清了清喉咙。“塔摩位于城市的边缘，”他回答，“它在中央高速公路的背面，东部山脉的山脚下。”

然而这对村民们来说毫无意义。“这里有地图吗？我可以在地图上指给你们看。”他问。

有人笑了起来：城市地图？谁有这个啊？阿黛拉有一张国家地图，是他自己带来的。

人们热切地问着各种问题。是的，他知道那里。是的，他曾经去过那里。它大吗？雷尔不得不微笑起来：与他们所处的村子而言，它怎么能不算大呢？人们的手纷纷举起来，雷尔努力回答着他们的问题。谁住在那里？什么样的人？

“穷人们。”雷尔回答。村民们点着头。

“他们从哪里来？”

“他们来自于全国各地。”雷尔回答。他们有的来自于山区，有的来自于丛林和北部正在消失的小镇，还有些来自废弃的山脊里。

雷尔很礼貌，至少他努力表现得很礼貌，然而问题层出不穷。有人调低了收音机：雷尔能听到他妻子的声音，但却无法集中精力听她讲什么。他们不会让他听的。村民们对战争一无所知，他们正在等待它的结束，突然想知道关于战争的一切。

“战争是怎么开始的？”一名男子问道。他将自己的黑发绑成了一根辫子。

“我不知道。”雷尔回答。人群中有人表示不满。他当然知道！

战争是源于什么不平吗，从什么时候开始？是当他还是一个小男孩时，被抓进监狱里的那个夜晚开始的吗？当他和父亲并排睡在潮湿的地面上，愤怒的人们在外面叫嚣着要惩罚他的时候？在此之前，比那个早很多：所有的人都知道战争即将到来。但是十年前战争才正式爆发，他告诉大家。已经快十年了。怎么爆发的？他已经忘了。当时有人对某些事情很愤怒，这个人说服了好几百人，好几百人又说服了更多的人，他们共同的愤怒很有意义，必须对此做点什么。当时发生了一起事件，是吗？标志着一场欺骗性选举的暴力事件？与某次爱国庆典同时发生的一场大爆炸？他觉得他记起了一位反对派领袖，一位因诚实而著称、备受欣赏的政治家，他被人用药毒死，三个星期的时间里在众目睽睽之下慢慢死去。他已经忘了那位政治家的名字。战争就是这样开始的吗？他不知道自己该告诉他们什么，满屋子挤满了好奇的面孔；收音机被调得很低，这个夜晚变成了一名不知名的城市居民关于国家现代史的个人演讲。在这种情况下，声称自己不知情显然毫无用处。没有人会相信他。他断定，战争无论如何都会发生的，是不可避免的。这是我们这种国家的生活方式。

雨渐渐小了，在这片寂静里，夜晚变成了一场祈祷会。雷尔及时地回答了所有问题，尽他所能解答大家的疑惑。他们已经讨论了一个小时甚至更久，这时突然有人问了一个问题，这个问题令他至死都没想明白。他知道这个问题的答案吗？曾经，他以为自己知道，但那已经是很久以前了。这个问题是由收音机的主人扎希尔提出的，他问这个问题的时候，声音里带着无辜和真诚的求知欲，没有任何恶意。“先生，请告诉我们，”扎希尔问，他提到战争时已经使用过去时态，“在这场战争中，到底谁是正义的？”

第十五章

凌晨两点，他们上了马诺父亲的车，打算发动引擎。马诺猛地踩了一脚，往引擎里加满了油——他已经一年多没有开车了，然而车还是发动了，引擎发出了一阵噪音。马诺转向诺玛，脸上带着满意的微笑，瞬间令诺玛记起了他还很年轻。维克多睡得迷迷糊糊，头靠在诺玛的腿上，她还为他盖了一条毛毯。离电台有一段很长的路。车里的暖气几乎不起作用，夜里格外地冷。整座城市仍在宵禁。他们还来得及赶在早晨的新闻节目之前，赶在埃尔默上班之前到达电台再离开。

汽车缓缓地驶过空无一人的街道，缓慢到让诺玛觉得他们在观光。汽车头灯在前面的路上洒下了一片昏暗的黄晕，在他们开到第一个红灯前，引擎已经熄火了两次。然而，一切仍然有闲适的感觉：引擎令人愉悦的低沉的声音，城市安静地在车窗外飘过，就连空气都变得很清冽。他们经过一个又一个空荡荡的街区，城市看上去不像是城市，倒像是一座关于城市的博物馆，而她正站在远处看着这里；仿佛这只是一位艺术家建造的模型，用于展示人类曾经的生活方式。

在海边高速公路上，马诺放慢了车速，从那里可以看到火光点点的海边。海水已经退潮，沙滩变宽了四分之一英里，一片明亮的橙色和金色。黑色的海洋默默地延伸开去，天空中没有月亮，海天一色。海平线上，一排红色的灯在闪烁，那是出海捕鱼的渔民，这个时间他们应该在熟睡，休息身体以迎接新一天的工作。诺玛一只手搭在男孩身上，能感觉到孩子的呼吸；她的另一只手里拿着那张名单，过去一个星期里这张名单辗转经过很多人的手，被弄皱、被折叠，几乎被彻底毁掉，又被救了下来，还被偷着带了出来。现在，拥有这张名单让人十分心安，与其说是获得一场胜利，不如说是得到了减刑。十年过去了，过去的十年是一片不可侵犯的巨大的沉默，过去的这三天里，她却只记得各种声音：七嘴八舌、喋喋不休的说话声，含糊而急迫，从四面八方焦急地呼唤着她。这些声音令她受伤，却好过过去十年的沉默。

公路蜿蜒伸向城市。当他们开上一座山丘，前方是一个警察检查站，明亮的泛光灯闪耀在黑夜里。距离那里仍有半英里之遥，但却无法绕开。车慢慢地开着，孩子仍然在熟睡。

“我应该停下吗？”马诺问。即使光线昏暗，她仍然可以透过汽车的后视镜看出他在害怕。

她咬了咬自己的嘴唇。“当然。”过了片刻她回答，那时他们已经开到检查站那里，已经无法逃避，苦难即将开始。也许苦难一直都在继续？无论何种情况，她都绷紧了身体，仿佛这样能获得巨大的力量。

战争的最后一年，塔摩住着一位五岁的小女孩。她不喜欢那些飞过她家附近的军方直升机。这就是战争对她的意义：直升机扬起了尘土、发出巨大的响声，吵醒了她的布娃娃，她本来想让它们休息的。真讨厌。她的父亲过去两年里一直在东躲西藏，与反政府军一同作战。他是一名炸药专家，名叫阿拉夫。在他永远地离开家之前，他嘱咐他的女儿，如果士兵来到家里，她应该朝他们吐唾沫。他是一名真正的信仰者。“跟我说，”阿拉夫轻声说道，“他们是禽兽。”

“他们是禽兽。”小女孩重复着。她那时才三岁。

“如果他们来了，你该怎么办？”

“朝他们吐唾沫。”她说完哭了起来。两年后，她对父亲的记忆已经模糊：记不清他长什么样子，也记不清他说话的声音。母亲也不曾向她提起父亲。

当她被一枚流弹击中而身亡之后，一场战斗以她的名义爆发。这场战斗并不是自发的。反政府军一直在等待一位无辜的受害者。她住在角落的屋子里，没有水电，屋里始终潮湿而阴冷，烟雾弥漫。它的二楼尚未完工，因此附近的反政府军狙击手有时会在她家屋顶上射杀在这一带巡逻的士兵。一位指挥官作了一个完全合理的决定，结束了这一切。相对于她的年龄来说，女孩身形瘦小，一直在咳嗽。遇难的那天，她没有吃饱，因此她正在去朋友家的路上，希望朋友能请她吃一片面包。尽管她很饿，但她仍然很骄傲，因此她决意不会主动开口讨面包。但如果朋友请她吃面包，她觉得，那是完全不同的情形。母亲正在市场上，她家屋顶上则埋伏着几位枪手。后来，人们争论着她倒下的方向，以及杀死她的子弹的轨迹，然而事实上，当她刚从屋子里走出来的时候，无论是军队还是反政府军狙击手都没有注意到她。当然，没有人想杀了她。这场战斗又持续了半小时。当枪击开始的时候，她躲在一个油桶后面。后来，她被描述成“手里拿着一个洋娃娃，浅黄色的鬈发，纯洁而无辜”，她可能符合所有的描述，但当她遇难的那一刻，没有人注意到她，就像当她活着时没有人注意到她一样。后来，她的脸被印在横幅上，成百上千个善良而愤怒的人们虽与她素昧平生，却举着这些横幅游行到了市区的边缘，游行到了城市的市中心。他们在广场一带遭遇了枪林弹雨，后来这座广场被夷为平地，并改名为新镇广场。在那里，更多的人们死于非难，随后战争彻底结束。

父亲永远也不会知道他的女儿以这样的方式死去，但他有心灵感应。即使父母本人是一位职业杀手，他们与孩子之间的感应依然强烈而紧密，无法用言语解释。这种联系无法衡量，它比静默更微妙、更有力。在女儿被谋杀前的那些日子里，阿拉夫一直觉得胸口疼痛。有两个夜晚，他疼到无法入睡。他吃得很少，甚至去量了自己的体温。他确信自己正在死去，为此十分绝望。他开始在心中起草一封诀别信，写给他留在塔摩的妻女，祈求她们的原谅。他想知道那时他的女儿是否已经识字了。已经多久了？这一切是怎么发生的？他承诺学一门有用的手艺，并专注于此。他描述着宁静祥和的生活的吸引力，这令他心跳加速：星期天上午很晚才吃早餐，下午则在家里修修补补，或者收听一场足球赛。星期一，他会送他的女儿去学校。他和妻子会再生一个儿子。他忽然意识到，他们或许可以彻底离开城市，在这片无边无际的丛林里定居下来，这里土地充裕、土壤肥沃。他想到，他们可以建一个小小的农场，想象着他永远无法拥有的生活。当然，他并没有写那封信，因此也没有寄。塔摩之战后的几天，在离1797村不远的地方，他还没来得及开枪，就已经死于一场伏击。

在雷尔失踪的这些年里，诺玛最怀念的人不是雷尔，而是和他在一起时的自己。路障令她记起了一切：很多年前，当那位士兵将雷尔拉下公交车的那一刻，她自己的一部分——很大的一部分——也被带走了。在她和雷尔共同生活的那些日子里，她整日生活在危险之中，为了和她深爱的男人在一起，努力克服自己心中的恐惧。他们在一起的这些年，她还记得什么？不是那把悬在他们头顶看不见的剑、不是紧张不安的局势、不是猜疑，而是笑声、是各种玩笑、是手牵着手逛街，是不受外界影响的幸福。他们周围的世界崩塌了，然而他们仍然站在一起，镇静而淡定；他们之间的关系坚韧而现代；他们之间有一种魔力，黑暗中，他们拥抱在一起，却丝毫不觉得羞愧。

有时，她不得不提醒自己，因为她很轻易地就忘记了：雷尔曾经想拥有她。

海滩旁的公路很明亮，两旁的悬崖上各有一盏白色的荧光灯。车慢慢地停了下来，同样的一幕发生了：一支步枪正对着他们。她想到了雷尔，几乎叫出了他的名字。这只是例行检查。她直直地看着前方，没有去看她左侧那支步枪。公路前方堆着一排石头，拉着一圈铁丝网，拦住了去路。在马路的一侧，那个男孩看上去只比维克多大五岁，正站在一堆火前取暖。

“出来！”步枪对他们下命令。诺玛决定忽视步枪后面的士兵。

马诺已经下车了。诺玛叫醒了维克多，片刻之后，她也下车了，维克多迷迷糊糊地站在她身边。她双手举过头顶、面对着汽车，就像以前她在电影里见过的犯人一样。孩子一般大的士兵要求他们出示文件和身份证，诺玛觉得一阵晕眩。

雷尔曾经无数次告诉过她，丛林是草药的天堂。茫茫未知的丛林不属于任何人，却隐藏着能够治愈世间百病的良药，等待着人们来发掘。如果丛林不会消失的话，至少需要一代人去发掘它的宝藏。战争无意间造成的后果之一——积极的后果——是它让丛林变得难以进入，因此放缓了它被破坏的步伐。人们从丛林里逃了出去。雷尔说，人们总有一天会逃回丛林，这只是个时间问题：当城市变得太拥挤，当它变得烟雾弥漫、人声鼎沸，当战争结束、人们可以再一次自由地在国内行走。

"我能跟你一起去吗？"有一次，她曾经问过他。

"当然可以，等到战争结束的时候。"

她笑了："傻瓜，这场战争永远不会结束的。"

雷尔回来的时候，带回了药物治愈了各种疾病的故事，还给她看他认真记下的笔记。森林几乎拯救了整个国家：植物们带来了各种各样的奇迹。"丛林里有一种植物，能提高男人的性能力，"有一次，当他将她拉回公寓里、拉到沙发上时，他这样告诉她，"我并不需要它。"那天，他身上仍然有旅行的气息，散发着公交车、香烟和她从未去过的那些地方的味道。"我不在的时候，你跟谁在一起？告诉我，让我吃吃醋……"

"全城的男人都听着我的声音醒来。"

"不许说了！"

"是真的。"她说着，咬着自己的嘴唇，这时他的双手已经游离在她的衣服下面，她的身体一阵颤抖。那一瞬间，她既兴奋又清醒。越过雷尔的肩膀，她看到公寓门敞开着。雷尔用脚带上门，却没有锁好。邻居家十岁大的小男孩正站在门口向里张望。他睁着大大的眼睛，十分好奇，他还是个孩子。"雷尔。"诺玛低声叫他，但是他没有在听。她觉得她应该让那个孩子走开，但她并不在意。他俩躲在沙发后面，孩子什么也看不见。因此她闭上眼睛，假装只有他们两个人。这并不难。战争一直伴随着他们，她已经习惯了假装。

“举起双手！”士兵厉声喝道。他走到马诺身边，拍了拍他，示意他蹲下。他抢过马诺的钱包翻了翻，看上去对他的钱包很失望。他将马诺的证件举到灯下审视着。“这张证件是假的。”

“不是假的，”马诺说，“谁有假的呢？”

“闭嘴！”

“诺玛，快告诉他们。”

“我让你闭嘴。”

“诺玛！”

天气很冷，诺玛的身体冻得僵硬了。她转向马诺，怒视着他。告诉他们什么？这些人根本不想听她的故事，也不想了解她的伤心事。

“你们去哪儿？”

“去电台，”马诺回答，“诺玛。”

“诺玛是谁？哪个诺玛？”

“‘诺玛’那个诺玛。”

片刻，步枪考虑着这一可能性。他将步枪对着地下，让诺玛转过身来。她依言转身，他便在昏暗苍白的灯光下审视着她。看上去他突然紧张起来。“你是诺玛？你看上去不像诺玛。”

“你见过她吗？”马诺问。

步枪突然被举到了眼前，马诺被粗暴地推向车身，枪尖对准他的太阳穴：“你到底有完没完？”

“拜托了，请别在孩子面前这样。是我。是真的。我是诺玛。”

“他们都会爱你的。”节目刚开始时埃尔默这样说过。他是怎么说这个的？他摇着头，紧闭着嘴唇，并不相信他自己所说的。“是因为你的声音……”诺玛因为自己被怜悯而十分不快。随后雷尔失踪了，她每天都有那样的感觉：雷尔失踪这一事实始终跟随着她，就像传染病一样。埃尔默是对的：人们的确很爱她。数年来，她经常收到散发着香水味的信纸，上面密密麻麻地写满了名字，还有用报纸包裹着的小礼物。电台里，锯齿边照片装满了好几个鞋盒，每张照片上都标注着哪张笑脸可能仍然活着。这才是关键：可能活着。这种未知、这种疲惫——你能从每一个打电话到电台来的声音里听出来，从每一个工整的字迹中看出来。他们期待着得到上天的怜悯：只要一个答案，“是”或者“不是”，让他们从无休无止的等待、希望和疑惑中解脱出来。她也从士兵们的声音中听了出来：他们的声音中有一种出乎意料的胆怯和恐惧。

“我不相信你。”士兵说。他仍然用枪指着马诺的头：“你一定觉得我很笨吧。”

“不，不是的，”诺玛回答，“没有人这么说——”

“让我听听你的声音。”

归根结底，这才是诺玛的过人之处：被聆听。她应该成为一名诗人、一位传教士，或者成为一名催眠师、一位政客，或者一名歌手。诺玛深深地呼吸。

“说话！”士兵大叫着，诺玛照做了。

“这个夜晚，”诺玛低声念道，“‘城市寻人电台’来了一位丛林地带的男孩……”

士兵的脸庞骤然严肃起来。“名字。我想听到名字。”

“名字？”诺玛反问，士兵点了点头。她从衣袋里取出了那张名单，递给了他。哪些名字？

所有的。所有的名字，一个除外。

当士兵已经听了足够多的名字，当他放下了步枪、脸上露出了确信的微笑，那时诺玛才停了下来。

这位年轻的士兵恭敬地左手持枪、举向天空，枪管架在肩上。他踢踏着军靴，右手向诺玛敬了一个军礼。

“诺玛小姐，见到您真荣幸。”

诺玛的脸红了。“你不用这样。”但这时另一位士兵也走了过来，朝她敬了个军礼。“我们每个星期都在听您的节目。”他说。

诺玛与维克多挤成了一团，维克多此时已经完全醒了。这时是十月份，天气却很寒冷，冷到他们能看到自己口中呼出的热气。维克多吹着热气，玩得十分入迷。当然，他此前从未看过这个。马诺冻得直打哆嗦，但他还是脱下了自己的上衣，披在了维克多身上。

与此同时，士兵们正忙着记起他们认识的人的名字。年龄较小的士兵敬军礼前已经丢掉了他的烟。没有了那根烟，他仍然是个孩子，红红的脸蛋，圆圆的脸。他冲向路旁的油桶，那里藏着他的包。他回来的时候，手里拿着一张纸。第一位士兵将步枪靠在车身上。他一边为了耽误他们的时间而道歉，一边在车篷上铺开了那张纸。他咬了一会儿笔杆，开始写了起来。

“我们可以在车上等吗？”诺玛问，“太冷了。”

士兵再度致歉：“当然，当然可以。”他转向那位年龄较小的士兵：“为诺玛小姐开门。”

在别的时间，这一切根本无法想象，然而这一刻诺玛让它变成了可能：年龄较小的士兵为她打开了车门，深深地鞠了一躬。当他关上车门时，诺玛像女王一样接受了他谦恭而孩子气的笑容：充满了仁慈，仿佛一切都在她意料之内。一切都变了。在和这个夜晚相似的一个夜晚，他们将雷尔带去了“月球”。他们还带走了多少人？

马诺坐在车前排，向自己的双手呵着热气。维克多是他们当中唯一一个理智的人：“我们为什么要去电台？”

“我们要去电台念那些名字。”诺玛回答。

“我们还能去哪？”马诺问。

维克多看着诺玛，当他看到诺玛点头，他看上去很满意。

过了一会儿，第一位士兵敲了敲前排的车窗。马诺摇下车窗，一阵冷风吹了进来。“这是我们的名单，”士兵说，“给诺玛小姐的。这个——”他指着第二页，那里歪歪扭扭地写着他的姓名、军衔、日期和时间，就像一个孩子的字迹——“是我写给你们的通行证。如果有人拦下你们，你们可以给他看这个。”他咧开嘴笑着。诺玛再度谢了他。“诺玛小姐，”他鞠了一躬，“这是我的荣幸。”

他们穿过熟睡的城市，经过那些空荡荡的街道。维克多刚想开口问一个问题，但转念一想又放弃了。他过于惊讶，累到看不见外面黑漆漆街道上的任何东西。汽车不时开进路面上的坑坑洼洼里，车窗一阵摇晃，车身嘎嘎作响，然而片刻以后便过去了，维克多又能闭上他的眼睛了。诺玛抱着他；车里已经比之前温暖，然而维克多仍然在睡梦中冷得打哆嗦。

电台保安毫不犹豫地放他们进去了。毕竟，她是诺玛，这里仍然是她的电台。他恭敬地朝他们点头致意，带着他们走到了大厅里，维克多曾经在这里第一次出示了他的纸条。灯光很昏暗，仿佛他们走进了一间教堂的地下室。诺玛心想，和我记忆中的一模一样，仿佛回到她童年的家。她前一天还在这里，然而这正是生活的奥秘：所有的事情都同时发生，让人的时间感突然爆炸。但是究竟发生了什么事情，怎么发生的？电台里来了一个男孩。什么时候？她记起来，这一切从星期二开始，现在是……她不知道现在是星期几。她能问谁？一切都很模糊：这里有一张名单，她曾经有过一位先生，他要么死了、要么失踪了。他是一位反政府军，或者不是。战争已经结束，或者战争从未开始过。是这样吗？这些是全部吗？她紧紧地拉着维克多的手。诺玛很确信，在过去的这几天，甚至几个小时里，他已经长大了，一想到这，她的心便游离开去，连站着都很费力气。她有些惊讶地发现，那位保安仍然在说话，一直没停，尽管他们都没在听他在说什么。她朝他微笑，却没有认真去听。保安是一位秃顶老人，脸上有一些麻子。他摸着维克多的头，拧了拧孩子的脸颊。他发自内心地对她致谢，诺玛禁不住好奇自己曾经帮过他什么。

保安用他的钥匙启动了电梯。电梯门关上了，他挥手向他们道别。他们三人在电梯里。

“我累了，”维克多说，“我想睡觉。”

“我知道你累了。”诺玛将他抱得更紧了。半夜无法睡觉，她知道自己正在折磨这个孩子——她到底希望这个夜晚做成什么明天不能做的事情？“我们很快就会睡觉的。”她安慰着他，但听起来不像个承诺，更像是个愿望。

凌晨音乐节目的主持人更容易对付了。她记不住他的名字，但他们曾经见过很多次。他当然知道她是谁。他有一张年轻的面孔，与他的白发毫不相称。诺玛拍了拍他的肩膀。对他说谎很容易：诺玛的谎言脱口而出。是的，埃尔默已经批准了。是的，这没有问题。是的，一个特殊节目。打电话给他？当然可以，你想打的话就打吧，但他现在应该在睡觉。你可以休息一下？我们不能都休息。她轻轻地笑出了声——她根本无需强迫他。晚安。谢谢，遇见您很荣幸。马诺和维克多站在一旁，观察着她说谎；他们和她是一伙儿的。诺玛无需回头，就知道身后的马诺正在点头。

但是这位音乐主持人没有离开。他站在那里，重心从一只脚换到了另一只脚。

“怎么了？”

“我可以坐进来吗？”他谦恭地微笑着，“诺玛小姐，那将是我的荣幸。”

听起来很残酷，但是录音室里根本没有空间。“你明白的。”她回答。

“当然，”他说着涨红了脸，“当然。”他悄悄地转身离开，诺玛想要给他一个拥抱。她的眼睛灼痛，浑身上下都在酸痛。电台里正在播放一支华尔兹舞曲：歌手是一位女人，她在歌唱一名男子。

战争结束三年后，当反政府军回到1797村时，除了扎希尔，所有人都觉得很意外。自从一群军队来村里带走了阿黛拉的男人和另外两个人去森林那天以来，他一直在等待他们。当然，他对于这支曾经骁勇善战的反政府军残余部队一无所知，因此他事先并不知道他们会回来：他曾经看到过雷尔将孩子交给阿黛拉，随后上了一辆军用卡车，背后始终抵着一支步枪。他曾经看到过雷尔凝望儿子的绝望表情，孩子紧紧地抱住他的母亲，母亲开始抽泣。这一切都会遭到报应的。另外两个被带走的男人也在向家人道别，扎希尔已经记不清楚他在报告里怎么指控他们的了——啊，想起来了：他很奇怪为什么他们在森林里逗留那么长时间。他想到了一点，瞬间脸羞愧地红了：那两个人是猎人。

因为自己在战争中所扮演的角色，扎希尔等待着天谴或者别的形式的惩罚，他并没有想到惩罚会来自于反政府军。那一刻以前，他每月一次的报告似乎都被直接束之高阁、再也没有重见天日，他所有的努力都只是一项任务，对战争或者其他没有任何直接的影响。随后，那一天一切真相大白：他并不是无辜的。三个人死掉了。他猜测他们死掉了：三个人因为他而失踪。这都是因为他一时心血来潮，杜撰了他并不熟悉的人的故事。因为他在报告中猜测，除了打猎，一个村里人在森林里带把枪还能做什么。扎希尔的生活原本十分舒适，即将发生的一些事情却改变了他的生活。在那群荷枪实弹、表情严肃的反政府军来过以后，村里的人们继续听着电台的节目，电台里报道着城市里胜利的消息和各种庆祝活动。那个星期，村里一直暴雨倾盆，他们能看到直升飞机在紫色的云彩下盘旋，还能听到远处爆炸的轰隆声。战争真的结束了吗？真不知道该相信什么。

随后远处的战斗渐渐平息了，村里的岁月恢复了平静。他的儿子长大了，十分健壮。学校重建了，老师们开始从城市里来到1797村。他们都没有待多久，但他们承担了之前军队在村民心目中的地位：他们的到来证明了这个国家有政府，并且政府知道这个村子的存在。这也是一种积极的进展。

十月初的某个早晨，阳光清澈，反政府军来到村里，对着天空开枪，要求村民们提供食物。他们将村民们聚在一起，其中一位黑眼睛的年轻姑娘尖声叫喊着，说胜利正在前方等着他们。还在等？现在还在等？她年轻而瘦弱，扎希尔几乎对她心生怜悯。她的头发松松地扎在脑后，当她举起双臂，他能看到她的腋下黑黑的一片。随后她向空中放了一枪，仿佛揭开了一层纱幕。

“但是战争已经结束了。”扎希尔说。起初他的声音很柔和。

一位戴着面具的游击队员走了过来。扎希尔知道即将发生什么，他以为自己知道，然而当一支步枪的枪柄抵住他的腹部时，他的视线变得模糊，他弯下腰去，无助地抓住自己的上腹部，以为自己的器官会从身体里散落出来。游击队员脚踢着他，称他是一名“通敌者”，这个称呼很符合扎希尔，因此他决定自己应该像个男人一样默默忍受。他听到一个孩子哭了起来，猜测那应该是阿黛拉的孩子。他觉得一种接近骄傲的情感。他皱着眉头，抹去了眼角的泪水，然而那位游击队员仍在用皮靴踹着他，在他身上留下了许多瘀青。

当他清醒过来，反政府军正在宣布塔迭克。扎希尔从未想过这个。他的视线模糊不清，腹部一阵隐痛渐渐传遍他的躯干、他的心脏、他的颈部。他眨了眨眼睛：他的大脑也很模糊。他们都被带到森林中一块空地上，灼热的阳光直射下来。两位妇女扶着他，所有人都在那里：全村的成年人恐惧地肩并肩站成一圈。扎希尔僵硬地站着，只隐约知道塔迭克已经开始，一个孩子已经醉了，正要指控他们当中的某个人。他几乎看不见孩子，但能看得出他僵硬的动作，正在摇摇晃晃地走向左侧，一会儿又走向右侧，双手在身前乱舞着，仿佛要从空气中抓出什么。每次当他靠近圆圈的边缘，所有人都很紧张，那些最危险的人微微地向后退了退。反政府军一直严密地监视着，向空气中开枪。维克多一度坐到了人群中间的地上，双手握成拳头，抵着自己的太阳穴，直到一位反政府军走了过来，推着维克多站了起来。“继续，”他说，“找出那个贼。”

他来了，他来了：扎希尔现在能看到那个孩子了，他靠自己的力量站在地上，然而那两位妇女仍然扶着他。其中一位在他耳边轻声耳语：“别害怕。”这是阿黛拉的声音，但他没有转过头去，也没有回答她。或许她只是在自言自语，他不确定。他并不害怕；三条人命需要有人偿还。他难道不应该为这个孤儿负责吗？孩子摔了一跤，又站了起来。他的膝盖沾上了泥土。他哭了起来，他在寻找她。“妈妈。”维克多喊道，扎希尔感觉到阿黛拉往他身后躲了躲。接下来的几分钟，所有的人都屏住了呼吸。每三十秒钟左右，反政府军就会向空中开一枪，每一次，男孩都停下来看着天空，仿佛在晴朗的天空里寻找子弹的轨迹。随后维克多发现了她——发现了我，扎希尔心想——慢慢地向她的方向走过来。他来了，他来了：但就在他走上前认罪之前，扎希尔看到了孩子的眼睛：清澈的眼睛里满是泪水，十分恐惧，他正专注地看着远方看不见的某样东西，像是森林里的一个黑点或者野兽形状的云彩。

随后孩子碰了碰他，瞬间一切都发生了：反政府军举着枪支，领着全镇的人恶毒地唱着“小偷！通敌者！”女人们哭喊着，因为她们不敢不喊。扎希尔看到了他的妻子，她涨红着脸，泪水涟涟，无助而畏缩。另一位妇女扶着她，让她不至于摔倒。他的儿子在哪？女儿呢？他眯着眼睛，阳光太强烈了；随后他被绑到了一个树桩上，随后他尖叫了起来。反政府军唱着爱国歌曲，他的新生活从歌声中开始。

诺玛想象中的节目是这样的：突然间，没有任何限制，所有的名字都是平等的。战争结束以后那些指控——雷尔是一名反政府军暗杀者、信使或者扔炮弹者——都失去了意义。他们只是一群失踪的人，他们的无辜与否既不重要、也不相关。节目开始了：诺玛播放了一支歌曲，听众开始打电话进来。一位听众在电话里说，我认识一位教授，他是我的大学老师，他失踪了。

什么时候？

战争结束的时候。

他教什么学科？

植物学。他热爱森林，不是科学家那种对森林的热爱，而是像诗人那样。他了解所有的基本元素，了解各个河谷里土壤的化学成分，了解降雨和洪水的规律。但是那并不是他最关心的。他最关心的是——

他叫什么名字？

电话突然被挂上了。下一个电话。

我在“月球”认识一个人，他对丛林卷烟很着迷。他说我们看到的一切都是幻象。在现实世界中，人们不会这样对待彼此。

他们怎么对待你？

电话里传来一阵拨号音。

另一位打电话进来的听众说：我有一位朋友曾经在塔摩工作，为人口普查收集信息。他说人们除了无尽的耐心以外什么都没有，他们只想守住他们那点可怜的财物，不被人打扰。

但是为什么人们不愿意放过他们呢?

每次，打电话进来的听众都更接近真相；他们在含糊其辞，他们一直在他周围。数个电话之后，雷尔的一生完整地描述了出来：他的同事，他的熟人，他短短的一生中每个阶段的朋友。少年时代那个失火的夜晚背叛过他的男孩们打过来询问他，他们甚至向他致歉说：我们都只是太害怕了；我们都只是孩子，雷尔离开以后，镇上就不一样了。“他去哪里了?”另一个打电话来的人在第一次大停电那个夜晚和他们在一起：“当你说去过‘月球’，我皱了皱眉，因为我也去过。”还有很多别的人：一位认识特尼的警察，一位带着丛林口音、自称是艺术家的男人，一位反政府军女士：她疑心他们认识的是同一个人，但是没有人记得住他的名字。这位陌生人是谁?没有人记得吗?已经这么久了。诺玛大汗淋漓。即使在她想象的节目里，她都在小心翼翼地在刀刃上跳舞；即使在这里，她也感到恐惧。随后她听到了她自己的声音：我认识一个男人，那时他还是个男孩，这个男孩带着我跳舞，他吸引了我，当我们搭乘公交车穿越这座美丽的城市时，战争还没有爆发，他轻轻地将烟吹进公交车——有谁记得这座城市曾经的样子吗?这个男人、这个男孩、这个可爱而恐惧的孩子，他让我碰了碰他，我爱上了他，直到一名士兵上车带走了他。在我的一生中，他是一个伟大的天使、失踪了的天使，一名消失了的演员，他给我带来了很多痛苦，现在他消失了，问题是，他要消失多久，我担心那个答案是：永远。

她的梦境到此结束，她的悲伤回到现实。她说不出他的名字。她努力过，但说不出来。必须有别人代劳。

这时天已经快亮了，战争已经结束了十年。人们已经原谅了那些罪行，至少遗忘了那些罪行，然而她的雷尔还没有回来。她独自埋葬了他的父亲。她在报纸上登了一则讣告，上面写着：“身后留有一子……”那时战争结束已经三年，这听上去像个谎言。没有人来参加葬礼。她好几个月没有去见老人，他们之间无话可说。一次，她的公公顺利地冲破了电台的审查，打电话进了节目。起初，她并没有听出他的声音。

“诺玛，”他的声音听起来很沙哑，“他在哪?”

“谁？”她问，因为她一直都是这么问的。这是她的工作。“为什么不跟我们聊聊他呢？”

电话那端沉默良久，只听得到呼吸声。

“先生？我们现在讨论的人是？”

“你的丈夫，”老人抽泣着回答，“我的儿子。”

埃尔默立即切断电话，插播广告。

那一刻，诺玛再次经历了那种熟悉的感觉，一直都是那样的：就像有人扼住了她的喉咙，一点一点地攫取她的生命，而且即将成功。最坏的时刻几秒钟就过去了，然而恢复却需要几天甚至几个星期的时间。也或许，她需要用一生的时间去恢复。在那个长长的令人不安的间断里，诺玛觉得不会有人来看她。这时埃尔默端着一杯茶走了进来。“诺玛，刚才那个名字不应该出现在节目里。我很抱歉，但是如果这个名字念出来，我们都完了。你跟我都完了。”他径直说着，没有看她的眼睛。

她放了一张唱片，让它一直放下去。当她再次回到节目，一个新的电话打进来了，电话那端是一个完全陌生的声音，再也没提起诺玛失踪的爱人。节目波澜不惊地继续了下去。

凌晨，战争结束已经十年，诺玛再次回到了这里。她正在不假思索地忙碌着，给维克多一个麦克风，给马诺一个麦克风。到处都是耳机。播音室里有一张沙发，雷尔曾经和我在那张沙发上缠绵。闭上眼睛：静静地回想。但是现在不行。深呼吸。灯光在闪烁，唱片在播放，诺玛觉得自己就像乐队的指挥，决定着整座城市应该醒来还是继续昏睡。播放音乐。

深呼吸。

“女士们，先生们，”当这支歌曲结束，她开始播音，“欢迎收听‘城市寻人电台’的特别节目。我是诺玛。”

节目开始了。

雷尔曾经描述过，整个世界在一种精神植物的作用下融化。为什么他对这些这么感兴趣？他说，奥妙在于发现：你幻觉中出现的一切其实一直都存在着，等待着逃离。那种激动、那种惊讶：你隐藏了自己的什么？在一片阴影当中，在布满蜘蛛网的角落里，紧闭的门突然被打开，门后出现了什么？你看到了什么，雷尔？

你。

我？

你，诺玛。各种形状各种样子的你，像动物，像空气，像水，像光，像肥沃的土壤，像一首韵律诗，像一曲高歌，像一幅画。你。不配我拥有的你。

这是什么时候的事情？很多年前，战争的最后一年。他往她身边靠了靠。

她已经开口讲了几分钟了，这一发现令她恐慌：那些语句仿佛在她的喉咙里信手拈来，无需经过她的大脑。那些话语直接说了出来，她根本来不及斟酌那些语句。雷尔。她已经说出了他的一个名字，因此已经无法回头。雷尔、雷尔、雷尔，没有电话打进来。只有她自己的声音，在城市上空飘荡。她沮丧地想，或许根本没有人在收听节目。一个人都没有。或许这是最好的方式。维克多疲惫的眼睛看了她一眼。"你在找谁？"诺玛问。

他耸了耸肩，诺玛爱他。他看上去一点也不像雷尔。"我们村子里的人。"他回答。

"哪个村子？"

"1797村。"

"你有一张名单，是吗？"

男孩点了点头。可是收音机里是听不到点头声的。诺玛又问了一遍，直到他回答："是的，我有。我可以念出来吗？"

他当然应该念出来。除了他，谁能念完这个之后还能全身而退？他们不会伤害这个孩子。他是无辜的。然而诺玛仍然承受不了。她还没准备好。"稍等片刻。"她说。

为什么要等？难道这不是她一直想要做的吗？她完美的节目不是经常到此为止吗？

"还有你。"她转向马诺。她一直都很喜欢邀请嘉宾参与节目。这间播音室里曾经发生过几十次重聚，如果从战争结束算起，已经接近一百次了——人们在这里流下喜悦的泪水，拥抱他们深爱的家人，接听着陌生人打进来的祝贺电话。她曾经目睹这一切，如果她没有亲眼看到过，她根本不会相信这是真的。然而现在，她像是能感受到那么多次重聚的热度，这间屋子里仿佛瞬间挤满了人。

“还有你，马诺先生，您在找谁？”

听到这个问题，他看上去吃了一惊。他摇摇头，表情阴郁。“不找谁。”他回答。

“你们俩一起来到电台。告诉我们这是一段怎样的旅途。”

男孩和他的老师面面相觑，都希望对方能先出声。最终，马诺咳嗽了一声。“诺玛，对于任何人来说，这都是一段很长的路。特别是对于一个十一岁的孩子，但对我来说更为漫长。我们开始搭乘一辆卡车，后来坐了一艘船，接着又上了一辆通宵行驶的公交车。我们还能去哪？在这个国家里，条条大路通向这座城市。”

“让我们回到刚才那张名单。”

“当然。”

男孩介绍着：“这些人是我们村里失踪的人。”诺玛还没来得及发问，维克多又补充道：“上面很多人我都不认识。我只认识几个。”

“你想跟大家聊聊他们吗？”

“尼克，”男孩说，“他是我最好的朋友。他离开村子出走了。”

“每个人都走了。”马诺补充。

诺玛微笑了起来。“事实的确如此。”

“您不累吗，诺玛小姐？”男孩问。

“哦，不，”诺玛回答，“为什么会累呢？”

“诺玛小姐，我不记得他了。”

“尼克？”

“您的丈夫，”维克多回答，“我的父亲。”

诺玛亲了孩子一下。“我知道你不记得了。没人要求你记住。”

“我告诉母亲我还记得。”

“你是个好孩子。”

“诺玛小姐，即使你不累，我也累了。”

“让我们来读那张名单吧，”马诺说，“这不正是我们来这里的目的吗？”

“当然。”诺玛说着点点头。她一直在拖延，已经再也忍不下去了。“这正是我们来这里的目的。你准备好了吗？亲爱的，你愿意为我们念这张名单吗？”

维克多点点头。收音机里是听不到点头声的。这时刚过凌晨三点，他清了清喉咙，准备开始念。

这时，她几乎听不到那些名字。诺玛闭上了眼睛，战争结束已经十年了。让这个孩子念吧，让他念，他们不会对他做什么的。如果是我，他们会把我送进监狱的，他们会为了我重新开放‘月球’，像对待我的丈夫那样对待我。对不起，埃尔默。或许他们会装作一切都没发生过。现在是半夜，根本没有人在听。只有我们。男孩读得很清晰，马诺应该为他教过孩子而骄傲。名字本身并没有意义，无论是对马诺，还是对维克多。偶尔有一两个名字听着很熟悉，以前听过某个姓，但大部分都没印象。到了父亲的名字时，维克多几乎想跳过去。听到这个名字，诺玛倏地坐直了身体，仿佛有人碰了她一下。“抱歉，”她说，“能重复一下最后那个名字吗？”

维克多从他的名单中抬起了头。

“好名字！”诺玛赞叹道。她只能这样做，才能不尖叫起来。

片刻以后，这个名字过去了：接下来是那个做X光的老人写下的名字，海边的老妇人添加的名字，还有刚才两位士兵提供的名字。维克多把这些名字也念了出来，他的声音一点也不颤抖，反而更加沉稳。感谢上帝，没有人在听节目。感谢上帝，这座沉睡的城市里只有我们醒着。闭上眼睛，想象着只有我们。总共有三十多个名字；又能有什么好处？

两分钟后，名单念完了。

“电话线路已经开放。”她努力说出了这句，仿佛这只是另一个节目。

她充满希望地看着电话交换台，然而什么都没有，还没有人打电话进来。这里应该有一张唱片：一首歌，随便什么歌，用来填补这段空白。

现在，是等待的时间。

如果雷尔说不清战争是如何开始的，至少他知道战争是如何结束的：战争爆发十年后，在一辆卡车上，他被人用黑布蒙住了眼睛，士兵们围着他抽烟，大笑着，不停地用步枪戳着他。他和村里另外两个人一起被带走，但是不知为什么，士兵们似乎只对他感兴趣。“你这家伙，从哪里来？”其中一位士兵问他。

雷尔努力透过眼前的黑布往外看，一片漆黑。“你从未听过的地方。”

“朱尼尔读过很多书。你应该相信他。”

“他是从城市里来的。”另一位囚犯回答。

“没人问你。”一位士兵呵斥他。

他们都大笑了起来。他们还只是一群孩子。雷尔装作他是从别的地方来的：坐过飞机，还乘过快艇。事实上，两者他都没尝试过。同时被抓来的一名村民开始抽泣。雷尔在他们两人中间，对他们知之甚少。他们为什么也在这里？他左侧的男人在颤抖。“我们去哪？”他问，然而士兵们无视他的问题。那个叫朱尼尔的士兵问了个问题：“你怎么会到这里来的，城里人？”

雷尔过了片刻才明白他们在问他。他叹了一口气。“我不是从城市里来的。”

“反政府军走狗。”

“没这回事。”雷尔说，这时他感觉到步枪的枪口在捅他的腹部。士兵们发出一阵笑声。

“滑稽的家伙，接着说。”

“你名气很大，”另一个声音说道，“你比我想象得瘦。他们说你埋过炸弹，炸死过警察。他们说你发明了燃烧轮胎。”

雷尔在黑布后面眨着眼睛。

“我相信你一定很想回家。”

“一定的。”

“但有些时候，人无法得到自己想要的东西。”

1797村外面的道路颠簸不平，吉普车勉强开着，一旦车在开动，周围的一切都在变。气味变了，他们周围的热度也变了。森林并不是完全单调的一大片，而是聚在一起的很多个地方。他曾经来过这条1797村外面的路：路的上方藤蔓盘错纠结，再往上是浓密的树荫，偶尔看得到天。周围的一切凉爽而潮湿。他倾听着：他们已经转弯，接近河边了。以前去露营的时候，他也曾经来过这里。在河边，他和另外两名囚犯被分了开来。其中一人哀求着：“我会告诉你一切的！”他哀求的语速如此之快，以至于雷尔不禁好奇他到底知道些什么。

随后他们让他上了一艘快艇，双手仍然捆在一起，眼睛上仍然蒙着黑布。听着声音，雷尔知道这个排的人减少了，或许是被分成了几个小组。共有三四名士兵留在了他身边。他无法辨别是三名还是四名，但这不重要。雷尔在心里对自己说，最后一次搭快艇了。船开到了河中间，树枝并未长到这里来，金色的阳光从空中洒了下来，瞬间，雷尔让自己吸取着阳光的温暖。他陶醉在这片阳光里，光线在他的眼皮后面留下了色彩，让它照亮了他爱的人和他爱的地方，他再也不会见到他们。只有当死亡临近的时候，人才能充分地享受这些时刻。“我们快到了。”片刻之后一个声音说，雷尔知道这是真的。他们并没有走多远，那时露营一直在1797村附近。船在河里转了个弯，从岸边徒步经过森林，至多两个小时，就可以回到1797村。河水平静，雷尔镇定自若。如果不是被蒙住了眼睛，他甚至会欣赏起眼前的美景：他深爱的森林，大地光彩夺目。即使在这里，即使森林的大部分秘密都在河岸后面，仍然不可能不被震撼到。在他过往的一生中，这些黑暗的地方曾经令他沉醉：他仔细聆听着，想听到丛林的声音、鸟鸣声和猿猴的叫声。最初，他为什么来这里？他想到了诺玛，在心里温柔地念着这个名字，觉得从中获得了安慰。他已经拥有了一切，还要来这里寻找什么？他曾经拥有过她。诺玛，他再次在心中默念她的名字，就像是最后一句祈祷。

“你们会杀了我，是吗？”他在黑暗中问。

没有人回答他，没有人必须回答他。阳光温暖着他的脸，一颗汗珠从他的额头上滑了下来，落到了黑布后面，掉进了他的右眼里。他点点头。“好吧，”他眨着眼睛说，“好吧，那就这样吧。”他仍然在点头，那位叫朱尼尔的士兵往他的胸部开了一枪。

雷尔立即殒命。

他们都还只是孩子。尽管这位囚犯对他们来说是陌生人，他们还是以自己的方式向他致哀。战争结束了，雷尔是他们看到过最后一批尸体中的一个。营地里一场战斗正在等待他们，但那场战斗第二天才会发生，他们也不是独自在战斗。他们遇到了一群疲惫的反政府军，其中一人名叫阿拉夫，他与其他很多人一样，还没来得及发一枪就死了。那是一场大规模的战斗，相比之下，雷尔之死要隐秘得多。一位士兵将雷尔脖子上的一条银链子扯了下来。他们翻了他的衣袋，希望能找到钱，但那里只有手写的信，毫无用处。他们看着雷尔看了很久。河里另一条快艇上，一名笑容满面的士兵朝他们竖起了拇指。他们当中一名士兵取下了雷尔脸上的黑布，合上了他的眼睛；另外一名士兵拿走了他的鞋。良久，没有人说话。他们任由河水载着他们，看着雷尔，仿佛期待着他能开口说话。最终，朱尼尔——他们当中年纪最大的、已经服役三年的老兵、已经十九岁的孩子——将雷尔的尸体推下了快艇，推到了河里。落水的瞬间，它激起了小小的水花，在接下来的四分之一英里路程里，那具尸体一直漂浮在快艇旁，面朝下，随着河流起起伏伏。然而，仍然没有人开口讲话。一位较为年轻的士兵用桨将雷尔的尸体推向岸边。之后，他们都觉得好多了。

文学新读馆

追踪世界文学前沿，沉淀时代作家经典

已出版：

城市寻人电台
诡计与谎言的城，怎样找到你的爱人？

沉默女王
法兰西学院最佳小说奖，
美第奇文学奖

世界上第二强壮的人
七个漂泊异乡的成长故事
英联邦作家奖

面包匠的狂欢节
人类欲望的终极演绎
吉姆·汉密尔顿奖

在迦南的那一边
布克奖入围
沃尔特·司各特奖

法兰西兵法
龚古尔奖，
波澜壮阔的法兰西《现代启示录》

十个离奇而真实的故事
苏格兰当代最伟大的作家，
多艺术形式表现的文学工艺品

蓝狐
冰岛现当代文学首次译介
北欧文学奖获奖作品

女性时代
俄语布克奖

修补匠
普利策小说奖

看不见的山
意大利瑞吉昂·朱利新人小说奖，
乌拉圭心灵地图

男孩杰的动物园
继《少年Pi的奇幻漂流》后，
文学界最精彩诡谲的海上传奇

老虎的妻子
奥兰治奖

圣徒与罪人
弗兰克·奥康纳国际短篇小说奖

最佳欧洲小说系列
精选欧洲各国年度最优小说
一本书，一幅欧洲当代文学地图

航空信
诺贝尔文学奖得主特朗斯特罗默
通信集

图书在版编目（CIP）数据

城市寻人电台 / （美）阿拉孔（Alarcón, D.）著，成云译. —南京：译林出版社，2016. 3
（文学新读馆）
书名原文：Lost City Radio
ISBN 978-7-5447-6076-8

Ⅰ. ①城… Ⅱ. ①阿… ②成… Ⅲ. ①长篇小说–美国–现代 Ⅳ. ①I712.45

中国版本图书馆CIP数据核字（2015）第306931号

著作权合同登记号 图字：10-2012-44号

书　　名	城市寻人电台
作　　者	［美国］丹尼尔·阿拉孔
译　　者	成　云
责任编辑	李浩瑜
原文出版	HarperCollins, 2008
出版发行	凤凰出版传媒股份有限公司 译林出版社
出版社地址	南京市湖南路1号A楼，邮编：210009
电子邮箱	yilin@yilin.com
出版社网址	http://www.yilin.com
经　　销	凤凰出版传媒股份有限公司
印　　刷	江苏凤凰通达印刷有限公司
开　　本	880毫米×1230毫米　1/32
印　　张	8.375
插　　页	2
字　　数	208千
版　　次	2016年3月第1版　2016年3月第1次印刷
书　　号	ISBN 978-7-5447-6076-8
定　　价	39.00元
	译林版图书若有印装错误可向出版社调换 （电话：025-83658316）